中国书籍文学馆
名家文存

穿越经典

张亦辉／著

中国书籍出版社
China Book Press

图书在版编目（CIP）数据

穿越经典/张亦辉著. —北京：中国书籍出版社，2014.3
（中国书籍文学馆·名家文存）
ISBN 978-7-5068-3948-8

Ⅰ.①穿… Ⅱ.①张… Ⅲ.①随笔—作品集—中国—当代 Ⅳ.① I267.1

中国版本图书馆 CIP 数据核字（2013）第 306336 号

穿越经典

张亦辉　著

图书策划	武　斌　崔付建
责任编辑	刘　娜
责任印制	孙马飞　张智勇
出版发行	中国书籍出版社
地　　址	北京市丰台区三路居路 97 号（邮编：100073）
电　　话	（010）52257143（总编室）（010）52257153（发行部）
电子邮箱	chinabp@vip.sina.com
经　　销	全国新华书店
印　　刷	北京富达印务有限公司
开　　本	710 毫米 ×1000 毫米　1/16
字　　数	186 千字
印　　张	18.75
版　　次	2014 年 5 月第 1 版　2016 年 1 月第 2 次印刷
书　　号	ISBN 978-7-5068-3948-8
定　　价	58.00 元

版权所有　翻印必究

自序：穿越经典

经　典

关于经典，卡尔维诺说过一些精辟而且有趣的话，其中就有这样两句：

一部经典作品是一本每次重读都像初读那样带来发现的书。
一部经典作品是一本即使我们初读也好像是在重温的书。①

前一句话，指出了经典作品的丰富复杂和深奥玄妙，用卡尔维诺自己的话来说就是："一部经典作品是一本永不会耗尽它向读者所要说的一切东西的书。"② 具体可以或应该有两方面的理解：一是从人类的角度看，对一本经典而言，古人前人已读过无数遍并已有诸多发现，但并不妨碍今人后人重读时依然可以有新的发现；二是从个体角度看，自己已经读过多遍的

---
① 《为什么读经典》卡尔维诺著，译林出版社，2006年，第3页。
② 《为什么读经典》卡尔维诺著，译林出版社，2006年，第3页。

经典，后来读它时依然会产生新的感悟和惊喜。

对我来说，经典的新解，就是这样的双重意义上的重读与细读的过程：去发现别人没有发现的，去悟到过去尚未悟到的。

后一句话当然也可以作两种考量。第一，经典作品总是表达一些共性和普遍性的东西，表达关于生命关于这个世界的本原的东西，所以，博尔赫斯曾经极而言之：所有之书其实是同一本书。这样的书注定与每个人有关，会让所有人感同身受，恍然间觉得似曾相识；第二，是贾宝玉见林黛玉时的那种感觉，涉及一些魔幻的心灵感应一样的东西，就像去年燕子，仿佛前生今世，一个人与一本书之间常常会有这样的熟稔与缘分，尤其是一部国学经典，从这个意义上来说，经典就是具有魔力和神性的书。只要我们敞开自由的心灵，这样的魔力和神性就会莅临。

这句话，关涉的是我在重新解读国学经典时应该或可能发现的东西：那些整体意义上的情感共性与精神原型，以及内部与细部的魔力与神性。

穿　越

所谓文本新解，对我而言，就是针对诸多古代经典的一次独自的遥远的纵深的穿越之旅，就像一阵悲风穿越中国古代的树林。

我记得阐释学家伽达默尔曾经说过，"经典是没有时间性的"[1]，也就是说，经典的特征或存在方式就是对时间的超越。所以，我的穿越首先是针对时间维度的，我将用当代的眼光去考量古代的经典，用自己的耳朵去倾听古代的经典，即打通古今。我认同江弱水先生的观点："传统的活力来自不断的再解释，这是一种拂拭与擦亮的行为，它将使疏离的传统与当代重新发生关系，从而激发出活性并生成新的意义。"[2]

---

[1] 《中西文化研究十论》张隆溪著，复旦大学出版社，2005年，第181页。
[2] 《古典诗的现代性》江弱水，三联书店，2010年，第2页。

我的穿越也是针对空间维度的，我将用一些西方的理论与实践作为参照物对中国古典遗产加以比对与考察，即打通中外。钱钟书先生在《谈艺录》里说过一句卓有洞见的话："东海西海，心理攸同；南学北学，道术未裂"[1]，而《诗经》里则早就有言："他山之石，可以攻玉"。中西文化之间并非截然的对立关系，不是简单的他者，当然也不存在谁高谁低的问题，两者同中有异异中有同（性相近，习相远）。不同的文化不同的民族在艺术观念、意象、主题和表现方式或风格上均存在着对应、交汇甚至重合的地方，而且在诸多根本问题上存在相互激发相互照亮的可能性。

我的穿越还是针对不同的学科范畴的，我将打通文史哲，打通诗歌、小说与电影等不同艺术样式之间的樊篱和隔阂，互证义理，契合端绪，融会并且贯通，交响以求丰赡。

为了打通古今、中西以及不同的学科分野，我的穿越既有分析、比照以观其异，我的穿越也有综合、会通以见其同。"别异观同，挈长度短，进达其所未至，增益其所不能"[2]，这其实是一个相互碰撞、启发和融通的过程。有了这样的互证创通，可以使那些古代经典焕发出崭新而耀眼的光芒，从而更加彰显其原创性与独特处，以期"比勘增其意义，参会更有价值"[3]。

这次穿越必将逸出传统的学术规范，越过所谓的科研标准，或者说，我想探索和尝试学术随笔化的某种可能性。

总体而言，我的穿越将会侧重于文学的尤其是语言表达和叙述的维度，这与我自己多年来的兴趣有关，与我的小说创作实践有关，当然，也与经典阐释中一直以来对语言表达这个维度的相对忽视有关。

而本次穿越的轴心或归宿，就是在经典新解的基础上，在对经典文本的语言表达的研究基础上，最终汇聚并建构起一个完整的汉语文学写作的

---

[1] 《谈艺录》钱钟书，中华书局，1984年，第1页。
[2] 《古典重温——徐梵澄随笔》徐梵澄，北京大学出版社，2007年，第29页。
[3] 《古典重温——徐梵澄随笔》徐梵澄，北京大学出版社，2007年，第29页。

叙述谱系!

毫无疑问,钱钟书先生的《管锥编》是我的穿越指南,是我的北斗七星,我坚信,钱先生这部解读经典的巨著本身必将成为甚至已经成为经典(而且差不多是一个世纪以来我们唯一的经典);而近来与张文江先生的一系列经典研究成果(如《古典学术讲要》)的邂逅相遇,让我觉得在穿越的途中自己并不孤独,他那篇别出心裁的简短妙文《渔人之路和问津者之路——〈桃花源记〉阐释》[①],真正做到了发别人之未发,见他者之未见,为我树立了穿越的榜样;另外,张隆溪先生的跨文化研究尤其是他那本优秀的阐释学专著《道与逻各斯》,也给我的穿越经典之旅提供了参照与启发。

我的穿越路线如下:从源头《诗经》开始,然后到微言大义的《论语》,再到极致的《庄子》,接下来是浩瀚的《史记》,最后抵达的是陶渊明那片简朴而深邃的沉默之境[②]。

2013年1月5日于万家花城。漫天大雪正下得紧。

[①] 《渔人之路和问津者之路》张文江著,复旦大学出版社,2006年,第134页。
[②] 写完书稿后读到木心先生的《文学回忆录》(广西师范大学出版社,2013年1月),发现自己关于文学的诸多想法,与木心颇有契合处。木心在谈陶渊明时的一段话,倒好像是对我为什么选择穿越这五大经典作出了很好的解释,特引录如下:"什么是陶潜的现代意义?汉赋,华丽的体裁,现在没有了。豪放如唐诗,现在也用不上了。凄清委婉的宋词,太伤情,小家气的,现在也不必了。要从中国古典文学汲取营养,借力借光,我认为尚有三个方面:诸子经典的诡辩和雄辩,今天可用。史家述事的笔力和气量,今天可用(包括《世说新语》)。诗经、乐府、陶诗的遣词造句,今天可用!"这段话主要涉及的有现代意义的经典,差不多就是《诗经》《论语》《庄子》《史记》与陶潜等,不可谓不巧合也。

序：中华人文精神图谱与文学叙述谱系的构建

李惊涛

张亦辉先生新近出版专著《穿越经典》，嘱我写序，令我惶恐而又温暖。惶恐在于我的序文纯属忝列，温暖在于让我有了表达对著者了解、对著作理解的机会。有关我对著者了解的叙写，对于读者阅读本书应该是有益的；而对这部专著体系与价值的理解，则是我就教于大方之家的珍稀机会。

按照叙事的时间轴，先从 1984 年说起，也许是必要和明智的。那年的夏末或秋初，有个 20 岁的年轻人，提着轻便的行李，从杭州大学启程，登上了开往中国东部一座沿海城市的火车，到那里的一所高校任教。行李轻便，是因为梦想沉重；或者说，年轻人用相伴终生、如影随形的梦想，加重了那座海滨城市在文坛上的分量。因为他的小说创作，文学界对那座中等城市的评价远超中等；《作家》《小说界》《北京文学》《世界文学》等杂志，都知道先锋作家张亦辉先生，即本书著者，就生活、工作在江苏省的连云港市。那样的影响,持续了十几年,直到张亦辉先生调回阔别的故土——自古繁华的浙江省杭州市,进入浙江工商大学执教。38 岁的张亦辉先生重游西子湖畔,业已不再年轻;但在 10 年之前,他的辞别依然成为连云港市文坛的失重事件,给人留下了难以磨灭的印象。许多作家和诗人伤心欲绝,有人当场号啕大哭;以至 5 年以后,有人甚至辞官不做,追随张亦辉先生来到钱塘江边,在浙江工商大学附近安了家,见证了本书著者精神上的巨大吸引力量。

说起来匪夷所思,28 年前,张亦辉先生获得的学士学位,是物理学;之后不久,读取的硕士学位是管理学;高级职称定位的学科,是经济学。而他现在执教的学科与专业,却既非物理学,亦非管理学或经济学,而是文学,是小说,是写作,是人文经典。为什么会是这样?跨度的确令人惊讶,但却昭示出张亦辉先生人生追求的定力和清晰的方向感。他 2005 年出版的专著《叙述之道》,透露出答案的蛛丝马迹:"生命中有过多年的小说创作经历,始终倡导先锋文学的《作家》杂志曾让我体验到写作的成功大约是怎么一回事。"① 情况差不多就是这样。事实上,张亦辉先生的社会影响,正是缘于其先锋小说的创作成就。在江苏省,他与毕飞宇、韩东、朱文等作家齐名;在《作家》杂志,他的小说不仅被推为头条,还刊发过"个人小辑"——同期登载两个短篇小说《牛皮带》《上楼或者下楼》,并配作家创作谈,从而奠定了他在先锋作家行列中的位置。

以小说为梦想,以梦想为天马,既打造了张亦辉先生在中国东部那座沿海城市的传奇色彩,也铸就了他在这个意义不断被消解的时代中令人费解的价值取向:对金钱和地位的漫不经心甚至无动于衷,对于文学及叙述艺术近乎古怪的激情与挚爱。在我们所处的世界上,拥有类似执拗个性的人,不是没有,不是很多:玛丽·斯可罗多夫斯卡是,豪尔赫·路易斯·博尔赫斯也是。张亦辉先生,显然行走在他们这一脉人当中:"对我而

---

① 《叙述之道》张亦辉,北京,作家出版社,2005 年 8 月第 1 版,扉页。

言，文学既是梦想又是宿命，给过我狂喜也给过我绝望，但不管怎样，我依然认为文学永远是让拘束纠结的内心完全敞开的最好方式或途径。在这个喧哗与骚动的世界上，我始终觉得只有文学才能让人真正体味到生命的充实和宁静，在这样的宁静里，你方可听见灵魂的声音。"[①]

　　写到这里，想必读者能够理解我为什么以压倒谨慎的大胆，在本书开卷之前，先行介绍著者的相关信息了。不错，从我的角度理解，本书首先是一位先锋作家与国学经典的对话，其次才是一位人文学者在对经典的阐释。尽管对于张亦辉先生而言，他早已将作家与学者复合为一体，成为了"作家型学者"。不过在我看来，经典固在，在图书馆的书架或书房的书橱里，在互联网的电子文库中，安静地等待着；它们是人类先哲的精神，是期待对话的灵魂，而不是静候解剖的标本。作家观照经典，能够在"生发学"机理上，与创造经典的前贤拥有更多的思想契合与情感共振；而学者看待经典，通常会先行构建视角，再用放大镜甚至显微镜，按照理论体系自身的方法，上三下四，左五右六，寻找与其观点相洽的关目，然后或六经注我，或我注六经，最终写出一摞批评学意义上的自说自话——尽管也自洽和不无道理。这样的区别，对于厘清"作家型学者"复合体中先"作家"而后"学者"的顺序，意味是深长的。

　　时间被标注为21世纪的今天，张亦辉先生淡出江苏省连云港市文坛，已经10年。在钱塘江畔执教期间，他先后出版了文学论著《小说研究》、中短篇小说集《布朗运动》和理论专著《叙述之道》，基本完成了一个先锋作家有关创作实践与理论思考的"互文"，将小说创作与叙述之道、作家作品与思潮现象的探索，系统地展示给了读者。《人民文学》新近推出的张亦辉先生的长篇散文《叙述》，更是见证了本书著者对于叙述艺术的深切感悟与思考。然则一个以汉语为主要武库进行小说创作的先锋作家，转身以学者眼光打量中华人文经典时，会有怎样的气象，就有理由成为人们的期待。

[①] 《布朗运动》张亦辉，北京，大众文艺出版社，2003年12月第1版，扉页。

特别是张亦辉先生在中国东部那座沿海城市结识的朋友们，期待尤甚。张亦辉先生知道这样的期待，一如他知道对于熙来攘往的世界，经典同样期待激活，渴望重生。他没有辜负这份期待，用了5年时间，遴选了部分华文经典，进行了"创造性阅读"："那些整体意义上的情感共性与精神原型，以及内部与细部的魔力与神性"（著者语），不仅被他发现，而且获得了深入、系统的阐释。《穿越经典》凡五章十九节，拜读之后，令我忆起厄普代克对于博尔赫斯的评价："他的小说具有论辩的紧密质地；他的批评论文则有虚构作品的悬念和强度。"[①] 我的感受则是：张亦辉先生的小说为汉语写作创造了"一种难得的'阅读—省察'性"[②]；他的理论著述则体现了"作家型学者"在审美精神领域充分的理性自由。

有关本书著者的信息，只是拙文补缀的维度之一。而书中涉及的经典，即呈现给读者的为什么是《诗经》《论语》《庄子》《史记》与陶潜诗文，的确令人思量。以我的浅见，上述经典文本，几近勾勒出1500多年前中华人文精神的一个图谱。研究华文经典，儒道当为首推，故《论语》《庄子》以两极入围，乃是应有之义。南怀瑾先生曾谓儒为"粮店"、道为"药店"，虽为调侃，或许从某个角度道出了孔子与庄子哲学的分野。但无论入世出世，其世相最终都要通过历史中人来谱写，故本书又将《史记》纳入观照范畴。而华人精神序列所衍射的丰富图景，修齐治平、仁恕孝悌，抑或养生主、逍遥游并不能够穷尽；至少，用德国诗人荷尔德林的说法，还有一个"诗意地栖居在大地上"的问题。中国是一个诗的国度。"六经"之中，《诗经》居焉；有诗，而后可以"诗意地栖居"。因此，本书从《诗经》介入，便疏浚了华人精神世界的源头，亦即探赜到了灵魂的家园。说到这里，我想起英国作家爱·摩·福斯特试图给小说下定义时的一个有趣的比方，

[①] 厄普代克：《作为图书馆员的作家》，见《博尔赫斯文集·诗歌随笔卷》，海南国际新闻出版中心，1996年11月第1版，第285页。
[②] 李惊涛：《张亦辉与先锋小说》，见《作为文学表象的爱与生》，中国文联出版社，2002年12月第1版，第84页。

大意是小说是两座山峰之间的一片沼泽。福斯特比方的缺陷我们姑且不论，他所说的"两座峰峦连绵但并不陡峭的山脉"，即指的是"诗"与"历史"①。张亦辉先生同样是小说家。在他的视野里，诗与历史，正如中国古典哲学中的儒、道一样，想必也同样处于两极。因此，将《诗经》与《史记》一并辑入本书，也就顺理成章、不难理解。作为绾结该书的典型个案，张亦辉先生选取了陶潜诗文，大约缘于此人儒道咸宜、亦官亦民、但却真正体现了"诗意地栖居在大地上"的境界。这样，本书中涉猎的经典文本，就中华人文精神图谱而言，虽非巨细无遗，却也择其概要，算得上是撷英咀华了。

当然，描绘出中华人文精神图谱的全息影像，殊为不易；如果在更大尺度的时空坐标中扫描，读者或许觉得本书似有遗珠之憾。在这里，我得说，对于中华人文精神图谱的大致勾勒，实际上是我对本书所涉经典文本的粗浅认知，并非张亦辉先生著述初衷。特别是，张亦辉先生以陶潜诗文绾结全文，还有更为重要而又隐秘的意图，这一点我们将在后文述及。而本书的治学方法——"穿越"，张亦辉先生倒是有意为之，从而构成了本书与众不同的特质。

"穿越"的涵义和语境，读者不难在张亦辉先生的"自序"中廓清；本书中对经典文本以什么方式和作了哪些"穿越"，开卷即可察知，拙文不便饶舌。张亦辉先生之所以能够在螺旋时空和不同学科之间从容穿越，可以从诗歌、散文、小说、电影等不同的体裁之间自由进出，并且在古今中西的诸多经典作品里信步往返，这样的"穿越"，推想起来，当与他跨越物理学、管理学、经济学和文学等多种学科，进而形成了复合性知识结构不无关系。这是其一。其二，能够如此"穿越"，可以认为本书具备了一定的方法论色彩。实际上，春秋以降至于秦汉，中国的文、史、哲并无明显分野：一部《论语》，哲学、文学、政治学、伦理学、教育学等多种学科，几乎都

---

① 《小说面面观》（英）爱·摩·福斯特，花城出版社，1984年12月第1版，第4页。

可以从中追根溯源。按门类、学科和专业对人类早期的知识集成分门别类，是工业文明带来的"科学思维"的产物。因此必须承认，从混沌到有序，并非事物本身主动按门类与学科作了自我区分，而是人们在认知过程中受"科学思维"影响生成的错觉。由此看来，张亦辉先生对华文经典所作的"穿越"，上穷碧落下黄泉，众里寻他千百度，以作家的创造性思维为主导学理机制，其渠道融通诸多领域，其方法贯通各种学科，突破了理论体系之间的壁障，无疑是一种富有活力的研究方法。而假如学科之间壁垒森严，角度与方法鸡犬之声不闻，经典中那些貌似无关、实则神秘存在的联系，即张亦辉先生所说的"那些整体意义上的情感共性与精神原型，以及内部与细部的魔力与神性"，便有可能被切割、肢解、腌制、风干，审美客体只能失去耦合状态下的整体鲜活性。法无定法，张亦辉先生的方法，浑然而又灵活，庶几可以抵达真谛的最大临界值。

既然我们知道混沌是事物的自在状态，既然我们不难承认张亦辉先生的研究方法新颖有益，那么，现在，也许是面对本书发现的时候了。作为全书压卷的《无弦之琴》，无疑格外值得关注。张亦辉先生在充分阐释了陶氏文学叙述的"缄默诗学"的"忘言、不言、互文"等要义之后，腾出笔墨，写了一段"尾声或高潮"的文字。正是这段文字，道出了这部专著选择《诗经》《论语》《庄子》《史记》和陶潜诗文入书的初衷或曰最终意图：借助上述人文经典，著者发现并建构起了"文学叙述谱系"——文学写作的"极大值→中间值→极小值"表达序列！这是全书最为核心的理念，亦可以理解为张亦辉先生以此书打造的汉语写作"叙述之道"。读者读罢"尾声或高潮"后蓦然回首，会发现此道在全书中"一以贯之"，即从庄子的"极限表达"到陶潜的"缄默诗学"，足可系统整合、梳理诸多表达范式，诸如微言大义、寓言述道、春秋笔法、互文见义、言此意彼、异位移植、细节制胜、心理还原、形象说事、话语现场、虚词连缀、复沓、累叠、比、赋、兴……，均可以像梁山泊英雄一样，顺利地在叙述谱系中一一排定座次。

在这样的基础上,张亦辉先生让我们信服了为什么《诗经》是汉语修辞的发轫、《论语》是微言大义的富矿、庄子是极限表达的至尊、司马迁是中国文学的叙述之父、陶潜是沉默诗学的达人。

当然,本书的发现星罗棋布,文字行云流水,论述纵横捭阖,剖析游刃有余,引证左右逢源,真正体现了"作家型学者"著述的风采。任何文字,都应"行于所当行,止于所不可不止",这篇序文也不例外。在文末句号出现之前,我想告诉读者的是,当年在张亦辉先生饯行宴会上情不自禁、号啕大哭的人,是作家李建军先生;后来追随张亦辉先生来到钱塘江畔,并在浙江工商大学附近安家的人,是我。张亦辉先生曾说,我们的友情不受时空的磨损。因此,李建军先生无需为当年洒泪而赧颜,我却为自己延宕了五年才辞官不做而羞愧。

谨以为序。

2013年1月7日于钱塘江畔云水苑

(本序作者为中国作家协会会员、中国计量学院人文社科学院中国文化研究中心主任)

目 录

第一辑 《诗经》新义

002　诗与空间
013　诗与时间
026　诗与修辞
049　诗与原型
071　兴之所至

第二辑 《论语》新义

082　微言大义
108　疑难章句
123　有诗为证

第三辑 《庄子》新义

132　道出常道
157　世外高手
168　庄子之踵

第四辑 《史记》新义

176　先说刺客
191　新鞋硌脚
203　细节制胜
214　笔法如神

第五辑 《陶潜》新义

234　亦儒亦道
255　无弦之琴

[第一辑]

《诗经》新义

诗与空间

——《诗经》新解之一

一

溯源探流，是人类的本能。作为中国文学的源头，人们对《诗经》的研究可谓汗牛充栋，研究角度也各有不同，有文化的、历史的、政治的、民俗的、地理的，甚至有植物学角度切入的。然而，从时间和空间的角度对《诗经》的阐发和探讨却罕有见者。

我们都知道，从根本上说，文学艺术是为了表达人类的心灵感受和生命意识。在所有的感受和意识中，最基本最重要的生命意识无疑是空间意识和时间意识，时空意识渗透在生命的深处，影响并左右着人类的日常生活和几乎所有的心灵活动。人类的时空意识，尤其是体现在文学艺术作品中的时空意识，反映了一种文明的发展状态和先进程度，同时也表征着文学艺术本身所达到的水准和境界。

中国文化源远流长，对时间和空间的认识自然极为古老。《周易》里就有"乾坤"、"天地"、"天下"、"上下"等空间概念；而据《史记》记载，黄帝使羲和占日（测日影），臾区占星气（观星宿），从而开始有了时间的观念。春秋战国的杂家佚书《尸子》已经把时空联系在了一起："四方上下曰宇，古往今来曰宙。"而"宇宙"二字连用，据说最早见于《庄子·齐物论》："旁日月，挟宇宙，为其吻合。"

研读《诗经》不难发现，作为中国文学的源头，里边已经蕴涵着古人对空间与时间的诸多慧见卓识，含藏着丰富复杂的时空意识与体验。

花开两头，各表一枝。我想先谈谈空间意识。

对日常生活中的普通人而言，空间可以说是无需思考的客观存在，只不过是生活的场所，或置身其间的地域，它三维、立体、恒定，只意味着距离，意味着体积。可是，在以思考存在、体验生命为己任的哲学家和艺术家眼中，空间却绝非如此简单机械，在他们眼里，生命和空间的关系要复杂得多玄奥得多艰深得多。千百年来，他们对空间深入多样的思考、体验、想象和表达，形成了文明的基本架构，奠定了哲学的基础和艺术的基因，从而打开了人们的眼界，拓宽了思想的疆域，丰富了生命的体验，给予我们的是奇妙而又新颖的启迪和意会。

比如，我们可以从空间角度，把叙事分为两大类别，一类是空间相对固定和封闭的，另一类是空间变动和开放的。

前一类的代表作品有《红楼梦》这样的家族型小说（空间主要在大观园），还有《鲁滨逊漂流记》这样的类似于关闭和囚禁的小说。到了现代，这种空间类型的作品有一个发展倾向：往空间越来越狭小越来越封闭的方向探索叙事艺术，不断挑战人们的艺术思维，挑战人们的想象力，与此同时，这样的空间叙事大约也隐喻了或象征着现代人心灵的不自由与精神的被禁锢。电影《海上钢琴师》肯定是这方面的一个经典。几年前看过一个外国电影《在床上》，整部电影一个多小时，两个人物一直在床上对话和活动，镜头自始至终不曾离开过床。去年看到一个更加极端的封闭空间的电影《活埋》，影片开始的时候，人物就被活埋关闭在狭窄黑暗的棺材里，虽然他想方设法自救，可直到影片结束，他也没有得救，没有离开这个转身都不可能的黑暗如地狱的空间。最近又看了一个西班牙悬疑片《极限空间》，四个数学家受到神秘的邀请来到一个神秘的密室，而密室的四面墙壁会因四周液压器的作用向中间收缩，如果答不出那些怪异的智力题，密室会不断收缩，直到空间为零……我自己曾经写过一个短篇小说《下楼或者上楼》，整篇小说就写人物的上楼与下楼，我想探索一下空间的单调封闭与生存的惯性与死板之间的对应关系，我记得这篇小说发表在上个世纪九十年代的某一期《作家》上。

后一类的代表作品就是《西游记》《堂吉诃德》这样的漫游型叙事，移步换景，情随景迁，空间不断地变化更新，情节也跟着柳暗花明。像《金银岛》《格列佛游记》这样的探险小说和《破碎之花》（主人公某一天早上醒来突然心血来潮决定去看看曾经与自己有过恋情爱情的那些记忆中的女人）这样的好莱坞电影也是这一类型的作品。另外，凯迪亚克的小说《在路上》，以及国内安妮宝贝的《莲花》、林白最新的长篇《枕黄记》都是这类空间叙事的代表。我曾经写过另一个短篇《牛皮带》，探索的是冒似简单机械故步自封的空间背后，其实却暗涵着命运的玄机与冥冥中的神秘变化及对应。这个小说跟《下楼或者上楼》发表在《作家》的同一期[①]。

接下来，我们就开始具体去考察和探究：在两千多年前的《诗经》中，空间意识与艺术到底已经有哪一些？

1. 空间是相对的

郑风《东门之墠》首章："东门之墠，茹藘在阪。其室则迩，其人甚远。"译成现代文的意思大约是："东门有平整的地面，茜草遍长在土坡上。他家虽然离我很近，他人却好像离我很远。"

从经典物理学的角度看，从客观上来说，空间距离是绝对的。可是，

---

① 《作家》1992年第12期，"张亦辉作品小辑"。

在情感的特殊作用和强烈影响下，在人的内心体验中，空间的大小，距离的远近，却变成是相对的了。生命与空间的关系，在情感的奇妙作用下，已然脱离常理常情和常识，变得不可思议而又饶有趣味。

这首诗多像当代诗人顾城的名诗《远和近》："你，一会儿看我，一会儿看云；我觉得，你看我时很远，你看云时很近。"在上世纪八十年代，在朦胧诗刚刚出现在文坛时，顾城这首诗曾让很多人觉得费解难懂，殊不知，在两千多年前，我们的古人早已有这样的体验和表达。

而卫风《河广》中也有同样的表达："谁谓河广？一苇杭之。谁谓宋远？跂予望之。"古时黄河，波涛万里，非常宽广，可在急切的盼望中，在不畏江河阻隔路途遥远的思乡之情里，在诗人的反诘下，滔滔黄河居然一苇可航不容小舟（"谁谓河广？曾不容刀。"）

邶风《谷风》中的诗句："行道迟迟，中心有违。不远伊迩，薄送我畿。"也是一个例子：由于有心事，道路仿佛变得特别漫长。

情感作用下的这种空间的相对性效果，用当代文艺理论的专业术语来讲，大概就是"心理距离"。

2. 空间可以变形

现代科学已经探索并提出了多维空间、非欧空间的问题，我们在许多文学作品、影像叙事和现代派绘画（如毕加索、达利）中，经常可以看到异度空间，空间可以收缩膨胀可以弯曲变形。

《诗经》年代的古人凭艺术天赋和灵感同样悟到了这一点。

郑风《扬之水》："扬之水，不流束楚"，"扬之水，不流束薪"。由于情绪原因，由于内心的压抑不畅，河流变得缓慢了，停滞了，浅陋了，狭隘了，本来宽广深邃的河面居然载不动一束柴薪。

小雅《正月》里的诗句："谓山盖卑，为冈为陵"告诉我们，在特殊的情形下，在诗人独特的心境和视线里，高冈山陵就像土冢一样低矮不堪。

同一首诗里还有这样的诗句："谓天盖高，不敢不局；谓地盖厚，不敢不蹐。"由于受到心理压迫,由于暴虐和欺凌无所不在,高空居然比屋檐还要局促低矮,坚实的大地堪比于狭窄而又凶险的陷阱。

3. 空间与情感的辩证关系

熟读《诗经》不难发现,古人对空间与情感之间的辩证逆反关系,已然深思熟虑驾轻就熟,并在诗歌中进行了大量得心应手的精彩表达。

一方面,空间的相隔,距离的遥远,构成了人与人的生离死别,距离愈远,情感愈烈,距离与情感恰成正比,无尽的相思就此生发,源源不断,绵绵不绝(现代的通讯技术和快捷的交通,在很大程度上消弭了空间的距离和隔阂,但是否也因此弱化和减缓了人们的内心情感?)这种遥望相思之诗,在一部《诗经》里到处可见,比比皆是。如在邶风《击鼓》中,出征在外的军人与其妻相距遥远,契阔如生死,以至于只能一遍遍地感叹"于嗟阔兮,不我活兮";在王风《君子于役》中,相思的人则变成了守家的妻子:"君子于役,不知其期","君子于役,不日不月","君子于役,如之何勿思";王风《大车》里两个被空间和世俗分隔两处不得相聚的男女之间(世俗和人言可畏,使近距变成了远离。这是空间相对性的又一例子),则发出了这样的绝唱:"榖则异室,死则同穴"(活着不能在一起,死了也要葬在一处);齐风《甫田》中,与心爱的人遥隔两地的女子在无望的等待中只能正话反说:"无思远人,劳心忉忉","无思远人,劳心怛怛";在邶风《终风》里,主人公由于遥思而睡不着觉直打喷嚏:"莫往莫来,悠悠我思","寤言不寐,愿言则嚏";在召南《殷其雷》中,由于丈夫出役在外,遥望天边的妻子发出了一遍遍的呼唤,这徒劳而揪心的呼唤声,穿越时光直抵我们耳畔:"振振君子,归哉归哉!""振振君子,归哉归哉!""振振君子,归哉归哉!"

可是另一方面,人与人之间,尤其是相爱的两个人之间,又不能老是粘在一块,不能没有一点距离和空间,否则,迟早会心生厌倦,以至于最终的结局只能是分手离开。所以,我们才说"小别似新婚"(这个"别"既指时间，更指空间），我们才说"请给我留一点空间吧"。在《诗经》里，许多诗歌表达的正是这样的意识和感受。如郑风《狡童》中的两个青年男女，由于天天厮守在一块，最后相互厌倦到不愿与对方说话，甚至不愿和对方一起吃饭："彼狡童兮，不与我言兮"，"彼狡童兮，不与我食兮"；卫风著名的诗篇《氓》，除了反映男女不平等的意思，自然还有常守必厌的经验之谈："于嗟女兮，无与士耽！士之耽兮，犹可说也。女之耽兮，不可说也！"

空间竟然如此微妙：遥隔分离，苦思不已；总在一起，必至倦弃。空间给人造成的生命感受竟然如此矛盾堪称悖论，简直让人左右为难，啼笑皆非。我有时候想，一个总在异乡飘零总在思念家乡的人，与另一个总想离开老家总想到外面的世界去闯荡一番的人如果邂逅相遇的话，他们之间究竟会交流些什么呢？究竟谁能说服谁呢？

四

面对空间隔阂，面对遥远距离，感叹无奈之余，人类其实一直在努力尝试着克服的办法和解决的途径。交通和通讯都十分落后的古人早就在幻想"御风而行"，试图"日行千里"，消弭空间距离；或者幻想鸿燕传书来接通讯息，幻想用"千里眼"相望，幻想用"顺风耳"相闻。现代科学更是发明了火车飞机，以便用最短的时间克服遥远的距离；发明了电话手机，使遥隔千里的人可以相互"对话"，现在的网络视频，更使两个相距万里的人可以相互"见面"。

可是，无论是古人的幻想还是现代的科技，对空间隔离的克服和抵消始终是有限度的和不完全的，古与今的差别也只是程度的差别。因为，"千里眼""顺风耳"也好，电话和视频也罢，毕竟与牵手面对不同，火车再提速，飞机再快捷，穿越空间仍需一定的时间和过程。

到目前为止，人类能够完全消弥空间并在瞬息之间克服隔离的手段，其实只有一种，那就是诗人与作家的独特的艺术想象。这种想象和手段，我把它命名为"空间假设"。

空间假设彻底取消了彼与此的隔离，打通了远与近的区别，它能够一下子把彼处与此地完全捏置一处，让两个相距万里的人在紧挨的两行诗句里背靠背甚至面对面。这种奇妙的空间假设，这种化不可能为可能的手段，用一般的修辞概念来表达，就是话分两头。

我觉得，在所有的空间意识中，空间假设无疑是最奇异最有趣的意识。这种让人惊叹的艺术手段和意识，起源于我们的《诗经》（至少在中国是这样的），并发扬漫漶于整个文学长河之中。

我们来看看周南中的民歌《卷耳》：

采采卷耳，不盈顷筐。
嗟我怀人，置彼周行。

陟彼崔嵬，我马虺隤。
我姑酌彼金罍，维以不永怀。

陟彼高冈，我马玄黄。
我姑酌彼兕觥，维以不永伤。

陟彼砠矣，我马瘏矣，
我仆痡矣，云何吁矣。
译成现代文大约就是：
采采卷耳，不满一浅筐。
叹我想念人，置它大路旁。

登上那个山顶啊，我的马累得意态颓废。
我姑且酌酒饮那个青铜杯，想要不至于长挂怀。

登上那个山背高冈，我的马病得毛色玄黄。
我姑且酌酒饮那个玉杯，想要不至于长忧伤。

登上那个有土的石岭呀，我的马病得不能前进呀，
我的仆人病得也不能动弹呀，可怎么张望家人啊。

第一章用的是守家妻子的视角，说她一边心不在焉地采卷耳，一边思念着在远方服役的丈夫；从第二章起，视角倏然转入在远方行军的丈夫身上，说他一边骑马上山冈，一边思念老家的妻子。

两个人远隔万里却相互思念惦记对方，男女两人虽处两地而情事一时，诗人通过空间假设，通过话分两头，把彼与此捉置一处，远隔而能感同。由于空间假设的修辞作用，天涯化为咫尺，天边变成眼前，夫妻两人近得触手可及，就像如影随形，就像在同一个舞台上对话。在我们的阅读感受里，两个人仿佛就隔着一道自家的田埂，只隔着一层薄薄的门帘，差不多就像隔着电影幕布所看到的正反影像。男女两人相互惦念，心灵相通，如见肝肺，而聆咳唾，几乎可以闻到对方的气息，可以听到对方的心跳。简直奇妙超绝，真的不可思议。

后来的诗歌小说，这样的修辞便到处漫漶发扬，空间假设，随处可见。

钱钟书先生在《管锥编》里，是把这种修辞叫做"话分两头"的，他列举了后世许多诗文中的案例：

如"可怜无定河边骨，犹是春闺梦里人。"（陈陶《陇西行》）

如"日暮狐狸眠冢上，夜归儿女笑灯前。"（高九万《清明对酒》）

《红楼梦》九十八回："却说宝玉成家的那一日，黛玉白日已经昏晕过去，当时黛玉气绝，正是宝玉娶宝钗的这个时辰。"（两相对照，更为凄绝）

《名利场》写滑铁卢大战，结语："夜色四罩，城中的妻子正在祈祷，求老天保佑丈夫平安无危，战场上的丈夫其时恰好扑倒在地，一弹穿心死了。"[1]

我自己曾经写过一个短篇小说《树》，主人公的一个好友离开他生活的城市已经多年，可主人公还是时不时地想起这个好友，偶尔在街上看到一个似曾相识的背影，仍会误认为是自己的好友。这时，我引用了史蒂夫·卡兹《勒克莱尔和麦克卡佛内》中的一段话，现在看来，这段精妙的话也是空间假设的一个极好案例："我以为这些想法并不是虚无缥缈……相反，我们都发现我们虽在不同的都市，却在同一时间，相同的交通灯下驻足，绿灯一亮，我们都抬起头穿过街道……"[2]

在研究略萨小说中的结构现实主义的时候，我发现，其手法的基础就是空间假设。即，通过气氛配合、话题衔接或事物和场景的相似性等因素，叙事场景被轻易串接和调度，艺术空间被灵活穿插和打通。特别类似于电影剪辑中的蒙太奇手法。

在略萨的代表作之一《潘达雷昂上尉与劳军女郎》的开头就有这样一个例子，三个不同的场景及其人物被空间假设焊接在了一起：

> 不是开玩笑，斯卡维诺，"老虎"将电话夹在耳下与肩膀之间，点上一支烟，"我们考虑来考虑去，还是认为组织'劳军队'才是解决问题的办法，我这就把潘托哈（潘达雷昂）连同他的母亲和妻子派到你那里去。"
>
> 雷奥诺太太（潘母）折起头巾，整好裙子，系上鞋带："我和波奇塔（潘妻）商量好了，我们愿意随你去依基托斯。可你还是愁眉苦脸的，你怎么了，孩子？"

---

[1] 《管锥编》钱钟书著，中华书局，1986年，第68、69页。
[2] 《布朗运动》张亦辉著，大众文艺出版社，第235页。

"你是最合适的人选了，"洛佩斯上校（陆军人事部门负责人）站起身来搂住潘达雷昂的肩膀，"这桩棘手的事，要由你去解决了。"①

到第五章，略萨利用味觉这个相似的元素，把潘达雷昂选定"劳军女郎"新成员的对话与潘家婆媳和好之后品尝鱼汤时的对话穿插连接在一块：

"尝尝，尝尝，要趁热尝……这就是洛列托著名的鱼汤。我兴致来了，做了这种汤，你觉得怎么样？我的儿媳波奇塔？"

"您的口味真不错，选中了这么四位姑娘。""巴西女郎"调皮地对潘达雷昂笑了笑。

"各种发色和味道都有了。"

"太好吃了，妈妈，很像咱们沿海地方叫做奇尔卡诺的那种汤。"②

最近在品读科塔萨尔的短篇小说《万火归一》的时候，我遇到了更为精彩更有创造性的空间假设。这个小说把相距千年的两对男女并置在一起叙述，一对是古代的总督与妻子伊蕾内，另一对是当代都市男女罗兰与让娜，他们遇到的情景却那么相似：爱情、背叛、死亡及其燃烧的火焰（何尝不是欲望的象征之火）。天才的科塔萨尔对空间假设的运用和安排真是巧妙无比渐入佳境，一开始是交替进行，一段古代斗兽场的叙述紧跟一段当代打电话的叙述；慢慢的，在同一段落里，古代与当代被叙述缀接在了一起；到最后，前一句还是古代，后一句已然跃迁到当代，古今混同，相似的人性与悲剧性的命运最终契合融会，直至古代的火焰与当代的火焰燃烧

---

① 《潘达雷昂上尉与劳军女郎》略萨著，北京十月文艺出版社，1987年，第9页。
② 同上，第115页。

汇合在一起：万火归一。

何其精彩，何其独创。这样的空间假设给予我们的是何其美妙的艺术享受。

是的，情况差不多就是这样，正是由于这种源于《诗经》的空间假设，作为读者和观众，我们才得以体验和享受谜一样的空间意识和艺术的奇异玄妙。

诗与时间

——《诗经》新解之二

一

谁能看见时间及其流逝？正如帕斯捷尔纳克所言：谁能看见青草生长？

相比于空间，时间无疑更为抽象也更为玄奥。人类可以凭借触觉和视觉去感知具体恒定的空间，可感知时间的器官却不存在。人类只有借助外在的事物，间接地感知时间的流逝和消失，如通过春夏秋冬的变化感知时序的更替，通过日晷或钟表感知时间的迷幻脚步。关于空间，人类早就建立了欧几里德几何学，而建筑学则体现了人类对空间的改造能力和掌控艺术；可人类却一直没有建立起相应的时间学。人类发明了交通工具，如古代的马车和现代的火车飞机，有效地克服了空间的隔离，发明了电话和网络，打通了空间的此与彼、远与近；可迄今为止，人类仍然没有穿越时间的机器和手段。在时间面前，人类显然要被动得多无奈得多。千百年来，那些长生不老的幻想和企图，总是被时间无情地击碎。

当然，面对时间，人类虽不能通过"器官"直接感知，但却早就凭借想象尤其是艺术想象，对它的性质作出了殊为复杂深刻的体验和认识。时间也早已不再只是线性流动和前后相随的客观存在，时间与生命的函数关系，其实已经被阐释得丰富、玄奥而又有趣。千百年来，特别是通过诗人作家的不懈努力，人类不再臣服于时间的线性流逝，人类不仅洞察了时间的谜一样的性质，而且，也解出了时间与生命之间的几乎所有可能的非线性的多元而艰深的方程式。

比如，在中国文学的源头《诗经》里，古人就拥有了时间的相对性认识。王风《采葛》的表达再清楚不过地体现了这一点：

  彼采葛兮，一日不见，如三月兮。
  彼采萧兮，一日不见，如三秋兮。
  彼采艾兮，一日不见，如三岁兮。

时间本来是客观绝对的，春夏秋冬的更替也好，出生和死亡也好，都被时间的客观性所左右，日晷也好，钟表也好，都显示了时间的均匀步伐和客观长短。可是，在情感的作用下，在为情所困的内心感觉里，时间却已然变得相对，时间的长短不再是固定不移的了，一日居然就是三秋（《西游记》中的"天上一日，地上十年"，虽也是时间相对性的想象，但却是由于空间的不同所导致）。

在郑风《子衿》中，我们看到了几乎完全相同的表达方式："挑兮达兮，在城阙兮。一日不见，如三月兮。"可见，对时间相对性的想象和认识，在两千多年前的古人那里，已并非偶然。

我们在豳风《七月》里也看到了类似的想象和表达："爰求柔桑，春日迟迟，采蘩祁祁，女心悲伤。"在那个愁思缠绕惆怅迷惘的女子的内心感受里，春日的步伐变得缓慢粘滞，时间的流动，已然改变了固有频率和速度。

而我记得前苏联作家艾特马托夫有个长篇小说，名字就叫《一日长于百年》。可以看作是这方面的延伸和发扬。

相比之下，人类在科学上认识到时间的相对性，要等到二十世纪的现代物理，要仰杖爱因斯坦这样的天才人物的研究。这也许是艺术在前、科学在后的一个文化人类学案例。

而在中外文学的叙事史中，我们看到，艺术家们总是在竭力摆脱时间的约束和限制，通过想象、灵感和创造，对客观的物理的时间发起了不断的冲击和挑战，手法新颖独特，效果精彩奇异。比如在史诗《奥德赛》中，荷马就已经大量采用了倒叙手法，颠倒了时间的先后，发生在后面的故事走向了叙事的前面，发生在前面的情节，则跑到了叙事的后面。而斯泰恩这样的天才作家，则率先通过叙事把时间线索完全打乱，时间显得迷乱而又跳宕，使主人公香迪凭借时间的迷乱性逃离了死亡的追击。后来的许多小说家无疑都受到过斯泰恩的启发和影响，从此，在小说叙事中，时间开始显现了它的神奇魔力，生命与时间的关系，变得丰富、多元而又奇妙。如在《尤利西斯》中，乔伊斯通过自己的拓朴叙事，使一天真的长如百年；在《追忆似水年华》中，普鲁斯特通过匪夷所思的细腻叙事，使生命的瞬间如同漫长的一生；在博尔赫斯的小说里，时间成了不可拆解的迷宫；在电影《暴雨将至》里，时间变成了既无起点又无终点的圆环，恰如莫比乌斯环。

二

在所有时间艺术和意识中，我想重点展开谈的是时间假设。

与倒叙、回忆、跳宕等打乱时间线索的方式不同，时间假设可以完全把时间现在和时间将来捉置一处；与科幻小说中人物借助时间机器从现在飞向未来不同，时间假设可以让人物同时置身于过去、现在和未来，从而彻底消弭了时间的先后，克服了时间的线性限制，使时间过去、现在和将来融会贯通汇于一点。对于时间过去，人类本来只能用回忆去重新经历，对于时间将来，人类也只能用预见提前猜度。可是在诗人的想象中，过去、现在和将来，却并非前后相随井然有别，而是交融的共在的一体的。英国诗人爱略特在《四个四重奏》里的诗句表达的就是这样的意思："时间现在和时间过去，也许都存在于时间将来；而时间将来也包容于时间过去。"

在中国文学史中，这种时间假设就源于我们的《诗经》。

邶风《击鼓》中有："死生契阔，与子成说。执子之手，与子偕老。"在分离契阔如生死的此刻，诗歌的主人公先回到了相约成悦的过去，然后，又从执子之手的现在，一下子跳跃到偕老的未来。过去、现在和未来被完全打通，时间不再是约束不再是问题。诗人借助这种时间假设，用时间的过去和未来印证了现在的情感，这份情感就超越了时间，超越了生死，变得可歌可泣，变得永恒。

在《诗经》中，我们的古人经常把未来的漫长时间刹那之中挪移到现在，与现在置于一处，从而来表现内心情感的强烈和永恒。这种手法的使用已经非常自觉几乎比比皆是。如郑风《女曰鸡鸣》："弋言加之，与子宜之。宜言饮酒，与子偕老。"如唐风《葛生》："冬之日，夏之夜。百岁之后，归于其居。"鄘风《柏舟》："泛彼柏舟，在彼中河。髧彼两髦，实维我仪。之死矢靡它。"

在西方文学史上，时间假设的修辞据说最早可以追溯到法国诗人龙沙。龙沙写于1574年的《致埃莱娜的十四行诗》之一中，站在现时的诗人的叙述就是以假设的衰老开始的：

当你十分衰老时，傍晚烛光下
独坐炉边，手里纺着纱线，

赞赏地吟着我的诗,你自言自语:
"龙沙爱慕我,当我正美貌华年。"
你的女仆再不会那样冷漠,
虽然在操劳之后她睡意方酣,
听见你说起龙沙,她也会醒转
用永生不朽为你的名字祈福。

我将长眠地下,化作无形的幽灵;
我将安息在香桃木的树荫;
而你会成为老妇人蜷缩在炉边,
痛惜我的爱情,悔恨自己的骄矜。

你若信我言,活着吧,不必等明天,
请从今天起采摘生命的朵朵玫瑰。(陈敬容译)

由于诗中表现的主题偏于感官欲望,及时行乐的结尾又落入俗套,所以,这首诗的品质和知名度都赶不上叶芝的同样手法的那首诗《当你老了》:

当你老了,头白了,睡意昏沉,
炉火旁打盹,请取下这部诗歌,
慢慢读,回想你过去眼神的柔和,
回想它们昔日浓重的阴影;

多少人爱你青春欢畅的时辰,
爱慕你的美丽,假意或真心,

只有一个人爱你那朝圣者的灵魂，
爱你衰老了的脸上痛苦的皱纹；

垂下头来，在红光闪耀的炉子旁，
凄然地轻轻诉说那爱情的消逝，
在头顶的山上它缓缓踱着步子，
在一群星星中间隐藏着脸庞。（袁可嘉译）

叶芝这首诗的真正魅力，它的特别和卓越之处，无疑也来源于时间假设，由于诗人把内心的情感置入时间未来的假设中来观照，这段至死不渝的爱不仅感动了诗人自己，也打动了世界上的任何一个读者。而叶芝的爱和情感没有停留在欲望层面，而是最终升华到了高贵如星空的精神维度之中，这也许是叶芝的诗超越了前辈龙沙的地方。

2007年暑假快结束时，我通过阅读保罗·奥斯特的小说《幻影书》，又得以看到一段关于时间假设的绝佳文字。

这段文字出现在法国作家夏布多利昂的《墓中回忆录》（更好的译法是《死人回忆录》）之中。在第一卷的一个地方，夏布多利昂描述了1789年6月他陪同一位布列塔尼诗人去凡尔赛宫游览时的情形。那时距离攻占巴士底狱还不到一个月时间，在参观的半路上，他们看见公主玛丽·安多奈特正在和她的两个孩子一起散步：

她微笑着望了我一眼，优雅地向我致意，就像我曾被引见的那天一样。我永远都忘不了那瞥目光，它行将消逝。当玛丽·安多奈特微笑时，她的嘴形给我的印象是如此清晰，以至于当1815年这个不幸女人的头颅被挖出来的时候，对她那个微笑的回忆

（多么可怕！），使我认出了这位公主的下颌骨。①

这幅画面之所以惊心动魄，主要原因就是作者使用了超越生死的时间假设。短短三句话里，夏布多利昂穿越了二十六年时光，横跨了过去、现在和将来，从血肉之躯到一把白骨，从锦衣玉食到莫名之死，而横亘期间的，是整整一个时代的风云变幻，是那些无法形容的恐怖、残暴和疯狂岁月。

在这部被称为世界上最好的回忆录里，还有一段与时间假设有关的精彩文字，作者站在现在，假想并描述了自己死亡及之后的情形：

> 假如我死在法加以外的地方，我请求要等到第一次下葬后的五十年再把我的遗体运回祖国。但愿我的遗骸免受尸检的亵渎；但愿没人到我死掉的大脑和停跳的心脏里寻找我生命的奥秘。死亡根本不会泄露人生的秘密。尸体乘着邮车旅行的想法让我满怀恐惧，而干燥轻盈的白骨运送起来则很方便。没有了我这肉体的累赘，卸下了我这烦恼的重量，它们的最后之旅就会轻松得多。②

三

在整部《诗经》中，卫风《氓》的时间假设无疑最为自觉，也最为具体完整。这首诗共六章，前五章叙述了女主人公与其丈夫从相识相恋到结婚成家的过程，写了她多年来的艰难生活，然后是丈夫变得粗暴二心，而自己的亲弟弟却笑话她，她只能沉浸于悲伤中的现状。第六章的叙述却突

---

① 《幻影书》保罗·奥斯特著，孔亚雷译，浙江文艺出版社，2007年，第60页。
② 《幻影书》保罗·奥斯特著，孔亚雷译，浙江文艺出版社，2007年，第59页。

然跃向了时间假设："及尔偕老,老使我怨。淇则有岸,隰则有泮。总角之宴,言笑晏晏,信誓旦旦,不思其反。反是不思,亦已焉哉!"诗中的女子站立于时间现在,又去向未来,说这样到了晚年,我会后悔怨恨,然后,又一下子回到过去,说起少年时的信誓、欢笑和如梦时光。

这种置身现在,去向未来又回到过去、自由腾挪同时并处的时间假设修辞,在现代派小说中,最著名的当数马尔克斯《百年孤独》开头的例子:

多年以后,奥雷连诺上校站在行刑队面前,准会想起父亲带他去参观冰块的那个遥远的下午。①

马尔克斯这个震惊了世界文坛的小说开头,曾引起过数不胜数的模仿者。中国先锋小说的叙事策略就深受它的启发影响,我们从叶兆言的《枣树的故事》等小说中不难看出这一点。马尔克斯这个开头,在时间假设的运用方面,与《诗经·氓》中的手法可谓古今相通等量齐观。

马尔克斯用时间假设,先让处在现在和此刻的奥雷连诺,一下子跳跃到站在行刑队面前的未来;然后,无需过渡,无需飞毯,奥雷连诺又从遥远的假设的未来一下子跳过现在、回到更为遥远的参观冰块的童年的下午。马尔克斯凭此打通了时间的过去、现在和将来,时间不再是叙述的障碍和限制,马尔克斯获得了一种写作的空前的自由度,他的叙述得以进入了一种比飞翔更为轻盈更为自由的状态,那种充满魔幻色彩的艺术境地于是如喷薄而出的初阳般展现在读者面前。在我看来,所谓的魔幻现实主义,恰恰体现在这种无限的叙述自由之中,魔幻的本质难道不就是自由?!

在这段无与伦比的叙述中,还体现了马尔克斯在叙述方面的其他精妙优异之处,体现了马尔克斯是一个真正继承融合了小说叙述史中的所有精华并最终铸就了自己的独特叙述的伟大作家。奥雷连诺站在行刑队面前,

---

① 《百年孤独》马尔克斯著,高长荣译,北京十月文艺出版社,1986年,第1页。

想起的不是初恋或第一次起义的胜利等好像更为重大的时刻或貌似更有价值和意义的事物，而是童年时父亲带他去参观冰块的下午。马尔克斯在这里运用的其实是普鲁斯特强调的"非意愿记忆"。普鲁斯特把生命的记忆分成"意愿记忆"和"非意愿记忆"两种，认为前者往往是刻意的人为的，不是源于生命深处和内心底里，通常，是为了要表现什么主题思想而特意寻求故意叙写的东西（最虚假最可笑的"意愿记忆"，我们经常可以在国内一些革命题材的小说或影片中看到：一个英雄马上要跳下河救人，他脑中想起的居然是毛主席语录；一个中弹快死的革命战士据然挣扎着告诉战友："我的党费还没有交"）；而"非意愿记忆"虽然看似细小碎屑没有什么显在意义，但它却是烙印在生命底里并自然涌现自动萌发出来的，因而实际上更能表现生命的真实和心灵的律动（普鲁斯特的《追忆似水年华》可谓"非意愿记忆"的集大成者，而有关"小玛德莱娜点心"的细节无疑是这方面的极致和典范）。奥雷连诺临死前想起的参观冰块的细节，虽然好像没有初恋啊战争啊更重要更能表现人生的历程，但这个记忆却曾在童年震撼过他的身心。因为在热带的拉丁美洲，人们从没有见识过水晶一样的巨大冰块，当父亲第一次带他去参观，并用手触摸在阳光下闪烁着魔幻般晶莹光泽的冰块的时候，小奥雷连诺曾大声喊出"真烫！"那一刻就这样深深地烙印在他幼小的心灵之中永生难忘。写出了这个"非意愿记忆"的细节，马尔克斯就让自己的叙述走进了艺术和生命的双重真实之中。

另外，这段话的最后两个字马尔克斯用的是"下午"，而不是"日子"，倒并不一定参观冰块一定发生在下午，而是由于，用"日子"这样的词，叙述会显得空洞无物，"日子"这个字眼在生活中被用得太多太滥，几乎已经被象征化隐喻化空壳化，原来的本真的与时光有关的意涵反而消弭丢失了，而"下午"却是一个纯时间的词，结实，具象，真切。从这个词的使用，你可以体会到老马尔克斯在叙述上的准确、纯净和力量所在。

关于时间假设，马尔克斯在访谈录《蕃石榴飘香》中曾提到自己的先驱伍尔芙。他说当他看到伍尔芙在《达洛卫夫人》中的下面这段话时，就如醍醐灌顶，接着他恍然大悟，一下子知道了《百年孤独》的开头应该怎么写了：

> 拉上遮帘的汽车带着深不可测的神秘气氛，向皮卡迪利大街驶去，依然受到人们的注视，依然在大街两边围观者的脸上激起同样崇敬的表情，至于那是对王后，还是对王子，或是对首相的敬意，却无人知晓。只有三个人在短短几秒钟里看到了那张面孔，究竟他们看见的是男是女，此刻还有争议。但毫无疑问，车中坐的是位大人物：显赫的权贵正悄悄地经过邦德街，与普通人仅仅相隔一箭之遥。这当口，他们国家永恒的象征——英国君主可能近在咫尺，几乎能通话哩。对这些普通人来说，这是第一次、也是最后一次千载难逢的机会。多少年后，伦敦将变成杂草蔓生的荒野，在这星期三早晨匆匆经过此地的人们也都只剩下一堆白骨，唯有几只结婚戒指混杂在尸体的灰烬之中，此外便是无数腐败了的牙齿上的金粉填料。到那时，好奇的考古学家将追溯昔日的遗迹，会考证出汽车里那个人究竟是谁。①

达洛卫夫人明明站立于"现在"的邦德街，天才的伍尔芙却凭着惊鸿一瞥般的灵感突发，通过时间假设的奇异叙述，使达洛卫夫人一下子跳跃到遥远的未来。这正是让马尔克斯惊奇的地方，这也是时间假设化不可能为可能的超绝之处。科幻小说中的人可以坐时间机器飞往未来，但你必须先离开现在才能飞往未来，你不可能同时既在现在又在未来，而时间假设却可以让人物既在此刻又在未来；与倒叙等传统手法也不一样，因为倒叙只是调整了顺序，你只是提前叙述未来，然后回叙现在或过去，你的叙述

---

① 《达洛卫夫人》伍尔芙著，孙梁、苏美译，上海译文出版社，1988年。第16页。

不是同时性的，你没法既叙述过去又叙述现在或未来，而时间假设却可以同时叙述现在和未来，时间假设取消了横亘于现在和未来之间的漫长时距，让现在和未来拉手并肩，情同孪生。于是，现在即未来，未来即现在（空间假设的原理与此完全一样。坐飞机可以让人方便地跨洋过海从此到彼，可你不能既在此又到彼，空间假设却化不可能为可能，它可以让人同时在此又到彼，它完全取消了此与彼之间的遥远距离：此即彼，而彼即此）。时间假设的本质就是超越了不可超越的时间，凭着时间假设，人类终于征服了不可征服的时间。而征服了时间之后，叙述就彻底被解放了，作家梦寐以求了千百年的叙述的自由也就如期而至。我想，伍尔芙心血来潮的天才叙述，最让马尔克斯感到震撼的，应该就是这一点。

当然，马尔克斯并没有读过《诗经》，没有读过《氓》这样的诗，否则他会发现，其实，在两千多年前的中国，早已有了这种战胜时间的高超手段和艺术假设。

四

谈完了《诗经》中的时间意识之后，我想来谈一个也许有些离题的话题。

我们都认为《诗经》是孔子编订而成的。即使这仅是个猜测，但孔子熟悉《诗经》重视诗教（"不学诗，无以言"；"诗三百，一言以蔽之，曰：'思无邪'"）却是个不争的事实。

在这样的前提下，有一个问题就值得分析和考量：既然孔子对《诗经》那么熟悉那么重视，那么，他想必也肯定思索过体现在《诗经》中的时间问题，一定拥有自己的不同于常人的时间意识。我想，这一点，也是大师之所以是大师的标志吧。

可一部《论语》中，与时间有关的论述和话语几乎没有，除了"温故而知新"（《为政第二》2.11），"告诸往而知来者"（《学而第一》1.15）等几句偏于说理的话，剩下来的就是《子罕第九》中这句著名的话："子在川上曰：'逝者如斯夫！不舍昼夜。'"

这句话平白如常，就像一句简单的感叹。但在我看来，它的内涵绝不简单，平白的字面下，一定含藏着非同一般的深意，它绝非一声可有可无的感叹，而是集中体现并展示了孔子对时间的思考和意识。

一方面，《论语》本是一部水静流深微言大义的经典，人生的诸多大道理，孔子说得都平白简单，深入浅出；另一方面，理解老师熟知老师一行一言的深义的学生，在编订这句话时，其实是经过一番处理，加设了特殊的标记的。我发现，在一部《论语》中，其他话前面无非是加了"子曰"或"子对某某曰"，只有在这句话的前面，特意前置了"子在川上曰"。细加琢磨后我认为，"子在川上曰"不是一句写实的话，与"子曰"等不可同日而语，因为如果写实的话，应该是"子在川边曰"，如果说是在桥上说的，那就应该是"子在桥上曰"，如果在船上说的，就应该是"子在船上曰"，可孔子的学生们加设的却是"子在川上曰"。这样的句式，显然不是在叙事写实，而是朦胧虚写，这样的语言和语感通向的是诗歌般的语境，类于《诗经》中的"在水一方"，我们不能坐实理解为"在河的那一边"，而只能意会其朦胧微妙的意境；也可与庄子的"濠梁之上"相提并论，那是庄子诗兴大发的地方。因此，"子在川上曰"就成了一个特殊的话语前置，它把语境架构于诗性基础和抒情韵味之上，让读者注意它的特殊语感，从而预告后世读者，后面跟着的那句话，不能简单地看成一句感叹之言，而是像诗歌一样的哲语。

于是，在我的想象中，孔子说这句话的时候，脑子里一定掠过关于时间的所有思考，内心一定涌现了生命与时间的所有关系。比如，时间一旦与生命发生联系，与情感发生交融，就不再是普通的线性流逝的客观存在，就不再是物理意义上的抽象外物，而变成了独特的绵延，变成了具象如河的时光；在这样的时间映照下，人生真的像一场梦，个体真的像天地间的一个过客；在这样的时间意识里，有生必有死，时间的长短不重要不绝对，在人的一生中，真正有意义的也许只是几个瞬间几个刹那；只有超越了时间，人才能超越生死，既承认"每一下钟声都将我损伤，结束我生命的是最后一下"（巴罗哈），同时也确信，艺术和瞬间的情感却可以抵达永恒之境……

也许，孔子这句话里，还囊括了对时间的相对性的感知；也许，孔子早就发现了《诗经》里的时间假设的精妙之处。谁又一定能说不是这样的呢？

诗与修辞

——《诗经》新解之三

一

一部《诗经》，巍然构筑了中国文学丰沛的源头景观，并为后世树立了写作与修辞的永恒范型："赋、比、兴"。

本文将对《诗经》的文学修辞进行全新研究，力图突破前人的两个局限：

其一，古今学人在研究《诗经》修辞的时候，侧重于"比"和"兴"，相对甚至全然忽视对"赋"的研究。大概是因为"赋"属"直言"，大家都觉得其艺术性与研究价值不大。王季思先生在那篇较有影响的文章《说比兴》（不说赋）中有言："诗歌要抒情，诗人之情，有时非直叙所能尽，直接说只能使读者明白诗中之事，不能使读者共感作者之情"[①]，"诗除抒情

[①]《诗经二十讲》章太炎、朱自清等著，华夏出版社，2009年，第95页。

之外，更要有趣，才能引起读者兴味，而就诗趣来说，直叙不如曲喻"①。所论不堪，研之未几。叙事也可言情，这是常识；至于兴味与诗趣，直言未必就输给曲喻。我认为，直言和曲喻是两种不同性能的修辞，各有所长，在抒情达意、追求艺术效果时谁也没有先在的优势。关键要看如何直言怎样曲喻，把月亮喻成"银色的圆盘"可能倒不如直言"那轮圆月"来得实在可感；而"悠哉游哉，辗转反侧"、"当时只道是寻常"、"相见时难别亦难"这样的直言诗句，绝不输给任何比兴曲喻。再说，不能把直言理解成"直愣愣"地说或"机械呆板"地说，直言应该意味着"直接""便捷""效率""简省"，意味着"深切著明"（子曰："我欲载之空言，不如见之于行事之深切著明。"②）因此之故，直言完全可以有效而且有趣。直言可以生动，如"形象叙事"；直言可以有现场感，如"话语修辞"；直言可以有强烈的情感效果，如"复沓修辞"；直言也可以迂回有致趣味盎然，一般人只说"园子里有两棵枣树"，而鲁迅先生却写成："园子里有两棵树，一棵是枣树，另一棵也是枣树"。在写作实践中，在叙述过程中，作家们的首选应该是直言，能直接表达的，就不要多绕弯子多卖关子，就像契诃夫说的那样"别耍花样"。作家只有在无法直言或直言效果不佳时才会想到比拟曲喻（依赖曲喻或沉溺意象，过于含蓄幽渺，失去的往往是表达的诚朴和直捷有力。在当代诗人海子看来，中国古典诗的一大缺陷就是意象太多，当代诗坛"口语诗"的兴起，就是对这一现象的反拨。于坚的"反对隐喻"也与此有关）。在某种程度上说，直言更有难度，对诗人作家的写作能力和修辞功底更是一种考验；直叙更需变通，对作家诗人的想象力和创造性更是一种挑战。另外，在修辞的频率和比例上，比兴曲喻毕竟是点缀，只是偶尔为之适可而止，赋则广泛而普遍。在淳朴原初的《诗经》中，叙事言物的赋远较比兴密集频繁。所以，本文将反其道而行之，把"赋"作为研究与

---

① 《诗经二十讲》章太炎、朱自清等著，华夏出版社，2009年，第96页。
② 《史记·太史公自序》，黑龙江人民出版社，2006年，第2150页。

阐发的重点，"比兴"则另文分析。

其二，学者们在研究"赋比兴"时，一般囿于中国古代诗歌的领地，这当然是他们侧重于"比兴"研究的原因所必然导致的结果。本文通过对"赋"的全新研究，将阐发其超越诗歌的普遍性文学价值，比如"赋"对后代叙事文学构成的资源性意义与原创性影响。

二

追根溯源，"赋"的内涵可被概括和梳理为以下三个方面：

1. 直言

孔颖达《诗疏》："诗文直陈其事，不譬喻者皆赋辞也"；朱熹《集传》："赋者直陈其事而直言之者也"。也就说是说，"赋"就是直接陈述，相当于后世的叙述概念。很显然，《诗经》中除了"比兴"这两种相对狭隘单一的修辞之外，剩下的语言手段和表达策略均隶属于"赋"，可见"赋"的宽泛性和多样化。

2. 叙物

钟嵘《诗品》："直书其事，尽言写物"；胡寅《斐然集·与李叔易书》引李仲蒙云："叙物以言情谓之赋，情物尽者也；索物以托情谓之比，情附物者也；触物以起情谓之兴，物动情者也。"[①] 由此可见，"赋"的对象是物是事，是具体的事件和物象。当然，写物叙事的目的是"言情"。这几乎揭示了文学语言尤其是叙事性文学语言的本质特征。《诗经》是言情的，是诗歌，但所叙皆物所写皆事，跃然纸上的是日月风雨虫草鱼兽，是稼穑渔猎婚丧嫁娶。

3. 铺陈

挚虞《文章流别论》："赋者，敷陈之称也"；《文心雕龙·诠赋》："铺

[①] 《管锥编》钱钟书著，中华书局出版社，1986年，第63页。

采摘文，体物写志也。""赋"的铺陈指的是《诗经》中的重文叠章咏叹再三的表现方式，即所谓"一弹再三唱，慷慨有余哀"。这一艺术形式在《诗经》中比比皆是最为普遍。"赋"的"叙物"加上"铺陈"，基本上也概括了汉赋的文体特征：抓住一个典型事物或中心意象，韵散结合，四六拼偶，铺排重章，丰辞缛藻、渲染杂沓。枚乘的《七发》、司马相如《子虚赋》和《上林赋》、班固的《两都赋》、张衡的《两京赋》等皆汉赋名作。对汉赋的文体与语言，论者多有诘难。如西晋的挚虞在《文章流别论》中就说："古诗之赋。以情义为主，以事类为佐；今之赋，以事形为本，以义正为助。"他所谓"今之赋"就是指汉代兴起的大赋。他认为它们"假象过大，则与类相远；逸词过壮，则与事相违；辩言过理，则与义相失；丽靡过美，则与情相悖"。在我看来，汉赋虽有结构和语辞上的矫枉和过当之处，但也不能否定其文体方面的自觉与追求："诗赋欲丽"（曹丕《典论·论文》），"诗缘情而绮靡，赋体物而浏亮"（陆机《文赋》。在某种意义上说，汉赋是中国文学史上第一次"形式主义"运动。当然，汉赋的文体与形式其实源于《诗经》，即挚虞说的"古诗之赋"。

我所要阐发的《诗经》"赋"的文学价值与修辞技巧，与《诗经》批评中习见的修辞研究有所不同，比如张西堂的《〈诗经〉的艺术表现》和唐圭璋的《三百篇修辞之研究》等，他们的研究要么流于表面与空泛，如张西堂所论及的话题"概括的抒写"、"比拟的摹绘"、"生动的描写"、"艺术的语言"；要么囿于语法范畴内的修辞学内容，如唐圭璋所拈出的"叠字法"、"叠语法"、"撇问法"、"先叹后问法"、"平铺法"等。而且这样的讨论总也没有越出古诗本身的领地。

我要讨论的"赋"之修辞，不是语法意义上的，而是艺术和写作意义上的；不是表面化的概念，而是内在的文学机制与语言技艺。在我看来，《诗经》之"赋"作为源远流长的艺术修辞，活跃着或含藏着诸多的写作原理与叙述之道，它们不仅属于诗歌，也属于小说等其他文学类型；它们影响深远，绝不是一些历史档案或修辞标本，即使到了今天，它们依然充满文学魅力和艺术活性，值得我们不断去阐扬和开掘。

三

关于"复沓"——

即《诗经》中"赋"的铺陈其辞与重章叠句，窃以为，这种修辞与形式比四声音韵等更为重要，不仅影响了《墨子》等先秦散文的行文风格，孕育了汉赋的形成，同时也肇始并开创了后世叙述艺术中蔚为大观的修辞与结构：复沓。

所谓复沓，有两个义涵：一是语言修辞方面的，二是文本结构方面的。

语言修辞意义上的复沓，说白了就是指语句的有变化的重复，差不多意思的一句话，重复说它两遍、三遍甚至更多，一唱三叹，吟咏再三，就构成了复沓。复沓的最大的修辞功能或艺术目的，就是强调、突出和扩张语言表达的效果，化简单的信息为强烈的情感，化陈述性为震撼性，有点类于数学上的平方、三次方和N次方。当然，复沓修辞还可以形成独特的语言节奏与音乐调性，创造所需的气氛和语境，是一种非常有效的艺术手段和写作策略。

《诗经》里到处都是复沓句式，它无疑是"赋"中最简明直观也最富有价值的文学修辞，《诗经》里十有八九的诗歌具有自觉的复沓性。比如《芣苢》，"采采芣苢，薄言采之"，如果只说一遍，我们仅知道主人公在采车前子这样一个信息，想起车前子这种行肝疏肾、畅郁和阳的草药，但这首诗歌却将这两句复沓了六遍，诵读时满篇都是"采采"两字，满纸都是"芣苢"，从而造成了一种特别的阅读感受：劳动场面之欢快之生机盎然，劳动的节奏感、仪式感与技巧性，劳动者内心洋溢着的热情以及他们身上的勤勉与充实，甚至还隐约传达出了一种生活的愿景与希望，几乎应有尽有。

读着叠唱般频频复沓的《苤苢》，隔着两千多年，我们似乎仍可闻到字里行间飘逸着一股细微但却辛辣鲜明的草药气味。这首诗语句简单，看上去好像没说什么，但由于复沓修辞，它好像什么都说了。

再比如《汉广》，如果只有首章，意思也是明了的，我们知道诗中的男孩心里有个喜爱的"游女"，但却无法追求她，两人之间好像隔着一条无以泅渡的汉江一样。可由于"汉之广矣，不可泳思。江之永矣，不可方思"在三章中重复了三遍，而"之子于归，言秣其马"（她要出嫁了，要成为别人的新娘了，他们正在喂那匹拉婚车的马呢）重复了两遍，于是男孩内心那份痴情不改、那份伤痛和执迷才跃然纸上，从而动人心魂感人至深。

《绿衣》这首诗，正是在"绿兮衣兮"的不断复沓与强调中，男主人公对妻子的思念与伤悼，才超越生死，惊天地而泣鬼神，那份呼之欲出的爱与痛才有永恒的感染力……

需要特别指出的是，单纯的重复并不是复沓，两者差之毫厘却缪以千里。因为人类有喜新厌旧的本能，总想求新求变，这个本能与创造性有关，与人的成就感有关，也与人性中对自由与多样化的追求有关，这个本能其实是人类进步的源泉。所以我们害怕重复，害怕一成不变的生活。比如电视上偶尔播出的连放三遍的广告总是让我们讨厌，这样的完全重复的广告违背人的本性，有一种愚弄和嘲讽的东西，有一种与创造性相反的原地踏步与墨守成规，谁看到都恨不得立马关掉电视，并且打心眼里决定从此不买广告里的这种商品。

现代社会由于分工和效率追求，把人都逼到狭窄的专业渠道，人们总是在重复着同样的工作，早餐吃的是同样的稀饭馒头或豆浆油条，出门乘坐的是同一条公交路线，每天重复着同样的日子，毫无新意，没有激情，所以，在早晨的城市街道上，那些匆匆走过的人，总显得灰头土脸，神情沮丧。我记得在电影《爱在黎明破晓前》结尾，女主人公（我记得那个女演员正是基耶洛夫斯基《红蓝白》系列中《白》的女主角扮演者，她长得如此美丽如此像天使，表演充满生活气息，绝无"花瓶"之感）看见路边自己养的那只猫，问男主人公："你知道这只猫最让我感动的是什么吗？"，面对男主人公的若有所思与沉默，女主人公自问自答道："是每天早上，当这只猫从家里来到院子的时候，就好像它是第一次来到这个世界上一样。"是呵，我们都看到过猫从屋里来到外面时的那股子欢欣与激动，猫活得多新鲜多快乐多有活力，它没有分工，没有专业，没有固定的职业与工作，它每天的生活与行踪都是自由与全新的，它不知道什么叫重复。人们总是无奈地感叹"太阳之下无新事"，可对猫来说，连太阳每天都是新的。所以，人常常会羡慕猫或狗。

过着重复呆板的生活的人们，当然不想在读诗歌看小说时再遇到呆板的重复！

所以，复沓是艺术，重复则是毛病。比如智利诗人聂鲁达在流放海外的日子里曾经写过一首思念祖国的诗歌，其中有这样一章："什么时候，什么时候，什么时候啊，什么时候，我才能回到我的祖国？！"由于复沓修辞，简单的诗句却表达了真挚而又强烈的情感。可如果去掉第三句的"啊"字，就取消了复沓艺术，连续四个重复呆板的"什么时候"，读起来倒像是一个呆子或疯子在那里喃喃自语（艺术家与疯子常常只差一步甚至半步呵）。

《诗经》年代的古人似乎早就意识到了这一点，在重章叠句中，在迂回和咏叹中，他们总不忘变化与调整，重复中有变奏，叠句里有变更。就说前面所举的诗歌《芣苢》吧，第一次说的是"薄言采之"，后面就说"薄言有之""薄言掇之""薄言捋之""薄言袺之""薄言襭之"，真是辞藻丰富变通有方。就像你看到的那样，《诗经》里的每一首诗歌，几乎都有这种精妙的处理和变奏。由此可见，古人已经深得复沓之精髓和奥妙。

复沓修辞除了在后世诗歌中常见（比如仓央嘉措那首广为传诵的情诗《十诫诗》的妙处恰在复沓），在小说叙事领域也随处可见。另外，我们在音乐电影等艺术形式中，也可见到复沓的普遍运用。也就是说，在古今中外的文学艺术中，复沓构成了一种写作之道。

在生活中，人们说话的时候往往会重复，会拖沓，一句话会有意无意颠来倒去说好几遍。作家常常利用这一点，把那种简单的重复进行艺术加工，改造成艺术的复沓。这种复沓技巧，不再是简单的或机械的重复，重复中自有巧妙的区别和变化。为了给学生讲解复沓对话，我曾经编过一个例子，让两个老年农民，面对下个不停的春雨，站在屋檐下你一句我一句地对话：

"今年春天的天气真够糟糕的。"
"是呵，麦子种不上喽。"
"这算是什么鬼天气啊。"
"毁喽，麦子种不上啦。"
"你说这雨怎么就下个不停呢？"
"麦子是笃定种不上了。"
"哎，这老天爷到底是怎么了。"
"毁喽，毁喽，麦子种不上了……"

如果两个老农民只说了一遍，我们就只能知道一个事实和信息：这年的春天老下雨，麦子无法下种。可让老人把同一个意思的话绕来绕去复沓四遍之后，那份焦急又无奈，那份念兹在兹耿耿于怀，那种复杂而又强烈的情绪状态和心理就可以淋漓尽致地渲染出来。

我记得在《许三观卖血记》中，余华通过许玉兰生孩子时的三段喊叫和骂人，利用复沓技巧，叙述了生活的重复和漫长时间的消逝：三个孩子在同一页里来到了人世。

在《永别了，武器》的结尾处，主人公亨利在遭受战争的痛苦摧残之后，恋人凯瑟琳因为生产大出血而眼看就要在医院产房里死去。面对这生与死、绝望与痛苦的关口，海明威让主人公独自呆在医院的走廊上，说出了一大段复沓式的呼告和独白，仿佛是与上帝在对话。这段从内心涌出的话重复冗长，翻来倒去，回环往复，变奏突进，与海明威提倡的冰山理论和惯有的简洁文风几乎背道而驰，这段话就像出奇制胜，就像灵光乍现，就像歌剧中回肠荡气的迭唱，就像巴赫《马太受难曲》里的咏叹调，简单、复沓而又辉煌，艺术效果简直好得不能再好：

我坐在外面的过道里，我内心空空荡荡的，一切都消失了。我没有想。我不能想。我知道她快要死了，我祈求上帝但愿她不会死。"别让她死去。啊，上帝，请别让她死去。要是你不让她死去，不论干什么我都愿意为你效劳。请你，请你，请你，亲爱的上帝，千万别让她死去。亲爱的上帝，别让她死去。请你，请你，请你千万别让她死去。上帝请你使她不死。要是你不让她死去，你吩咐我干什么我都依你。你拿走了孩子可别让她死。那没关系，可别让她死。请你，请你，亲爱的上帝，别让她死去。"①

在《白象似的群山》这篇小说快结束的时候，海明威"故伎重演"，在男女主人公不断的貌似散漫的对话中，突然写了一句如剑出鞘般的复沓式对白，从而终于让女主人公压抑已久的内心情感像山洪一样得以爆发：

"那就请你，请你，求你，求你，求求你，求求你，千万求求你，不要再讲了，好吗？"

同样，在《弗朗西斯·麦康伯短促的幸福生活》的结尾处，海明威让玛格丽特·麦康伯一连说出或喊出8句语气不同的"别说啦"。而在《杀人者》的对话中，两个杀手一口一声"聪明小伙子"，阴阳怪气，反复使用，

---

① 《永别了，武器》海明威著，汤永宽译，浙江文艺出版社，1991年，第284页。

达25次之多，彰显了杀手的本质和现场的怪异气氛。

叙述时的复沓修辞，与和尚念经有异曲同工之处。因为无限虔敬，所以任何花哨的腔调都不合适，所以只能用一个调子重复着念叨着；剧烈的异常的情感只有简单的语式能触及，一个绝望透顶的人是不会滔滔不绝花样翻新地诉说什么的，但简单的语式常常又不一定能向别人传达情感之强烈，这时候，复沓就是最好的选择了：用简单的相似的语句，不断地说，复沓着说，一遍又一遍！

在叙述的复沓性追求方面，不能不提到奥地利的托马斯·伯恩哈德。这个连诺贝尔文学奖都没瞧上眼的作家，这个被耶利纳克（诺贝尔奖获得者）说成"伯恩哈德是独一无二的，我们，是他的财产"的作家，最擅长叙述的复沓，他的语言有一种罕见的节奏感与谐振感，字句叠山，旋律恣肆，在他手里，文字似乎已然变成音符与节拍器。伯恩哈德那么喜欢缠绕的纠结的重峦叠嶂的复句，喜欢佯谬和愤怒，喜欢文字的旋风。其语言虽然口语化，有一种故意似的粗鄙，他的愤激和戏谑几乎不加掩饰，但由于歇斯底里般的复沓与近乎疯狂的叙述漩涡（这语言的旋风和漩涡居然拥有美妙的曲线与弧度），使他的叙事虽然没有什么故事却仍然充满了美学张力、怪诞的戏剧性以及令人惊奇的文学效果。我觉得，他的《历代大师》《水泥地》《维特根斯坦的侄子》等作品的艺术水准与重要性，不会输给贝克特，甚至也不输给卡夫卡……

重温《红楼梦》时，发现其中也有伯恩哈德式的复沓叙述和语言漩涡，第九十一回"纵淫心宝蟾工设计、布疑阵宝玉妄谈禅"：黛玉道："宝姐姐和你好你怎么样？宝姐姐不和你好你怎么样？宝姐姐前儿和你好，如今不和你好你怎么样？今儿和你好，后来不和你好你怎么样？你和他好他偏不和你好你怎么样？你不和他好他偏要和你好你怎么样？"宝玉呆了半响，忽然大笑道："任凭弱水三千，我只取一瓢饮。"（用这种复沓缠绕的方式，黛玉宣泄了自己的内心情绪。但这种故意的叠床架屋般的纠缠语式，把林、薛和宝玉之间的微妙关系点明了说破了，失去了前八十回那种引而不发含而不露的语言控制与叙述韵味）。

当然，音乐与复沓的关系更为密切和内在，音乐几乎就是一种复沓艺术。古典音乐的叙述基本上就是对主题动机回环往复的变奏；每首流行歌曲至少要变换歌词重复演绎两遍。法国印象派作曲家拉威尔有一首《波莱罗舞曲》，可能是音乐中复沓的极致性案例：将近二十分钟的舞曲，复沓着同一个旋律和乐句，从起于青萍之末般的轻声开始，不断升高，不断延展不断复沓，渐奏渐强，直到雷霆万钧一样铙钹齐鸣震耳欲聋，然后戛然而止，淋漓尽致而又震撼人心。电影插曲中，我印象深刻的是法国影片《放牛班的春天》的主题曲，不断复沓不断歌唱的只有一个拟声词"啊"，但关于生命关于人性关于记忆的一切尽在其中。与它相比，头两年曾在国内流行的那首所谓"神曲"《忐忑》，充其量只是无聊的游戏。

在舞蹈领域，爱尔兰的踢踏舞堪称复沓艺术，它的气势，它的震撼性魅力，无疑来源于复沓。

再来看一下作为结构的复沓。

《诗经》中的复沓，既有语言修辞的效能，同时也有结构的功用。民歌的质朴与简单，诗三百的乐歌特点，都要求这样一种复沓结构。所以，《诗经》里的复沓诗句更多地出现在不同章节上。

后世艺术中，以复沓作谋篇手段和结构方式的，电影领域多有所见。比如德国电影《罗拉快跑》，同样的奔跑，复沓演绎了三遍，却由于细微的差别，导致生死异位，结局迥然；比如黑泽明的《罗生门》，同一个案件，复叙了四遍，不同的当事人讲述同一个杀人案，由于人性，由于立场与角度的迁移，还由于记忆本身的错进错出和误差，每一次叙述均通向不同案底，真相始终难以抵达。张艺谋的《英雄》采用的也是复沓型结构，对同一故事的三次差别化叙述，意欲揭示的是世界的多种可能与人性之难以测度。

而在小说领域，尝试复沓结构的作家则首推瑞士德语作家马克斯·弗里施。他的长篇小说《施蒂勒》是我漫长的阅读生涯里遇到的一个惊喜，在这部堪称伟大的小说里，弗里施创制了一种让人叹为观止的复沓结构。在弗里施趣味纯正难度极高的叙述中，在无尽的复沓迂回变奏缠绕延缓往返之中，我们读到的，是人性的深奥复杂，是令人眩晕的命运的黑洞。

我们不知道弗里施有没有读过中国的《诗经》，他好像对复沓情有独钟，他的《蓝胡子》等中篇也都采用了复沓结构。

马尔克斯是个吸收消化了现代小说的几乎所有技巧与精华的空前绝后的作家，他当然也熟知复沓的独到的艺术效果，因此，在《百年孤独》的循环式时间结构中，也回旋着复沓的笔调与神韵。

另外，关于《诗经》中的复沓，美国汉学家苏源熙在《中国美学问题》这本研究《诗经》的专著里，曾经提出一个新的观点，颇值玩味：《诗经》的押韵方式与语言节奏，在阅读过程也自然而然地形成一种复沓性。苏源熙还进一步指出，这种押韵和复沓与中国文化中"和而不同"的精神气质在形式上是相通的。

我们从《诗经》开始，梳理、分析和阐述了中外古今文学艺术中的复沓修辞。在此必须说明和指出的是，我们的分析并非比较文学中的影响研究，并不是要把《诗经》中的复沓与后世文学艺术中的复沓进行简单的比对，并得出前者影响了后者的结论。在某种角度上说，复沓这样的语言修辞与艺术节奏类似于文化上的"原型"，差不多是人类的集体无意识，中外古今的写作者都有这样的艺术体认与文学经验与本能，不一定存在谁影响了谁的问题。我们分析与梳理的侧重在于，构建这样一种打通古今、融合中外的论述方式与分析语境，一方面可以更全面更深切地探究和阐扬这种修辞，另一方面，也可以使古与今、中与外相互激发与照亮，从而让古老《诗经》焕发原初的活性与崭新的意义。穷流竟源，流长正显源深，这才是我想做的。

这也是我的整个穿越经典之旅的基本路径与方向。

四

关于"心理还原"——

小雅《采薇》末章的那四句诗人人熟悉非常著名:"昔我往矣,杨柳依依。今我来思,雨雪霏霏。"曾被东晋诗人谢玄看作是整部《诗经》中最美的诗句,那种冷与热、今与昔的对比,那种物是人非沧桑变幻的感触,相信能打动任何时代的读者。

那么,这四句诗为什么会被千古传诵?谢玄又为什么把它看作是《诗经》中最美的诗句?这四句诗到底有什么特别之处和卓越之处呢?

一个偶然的机会,也记不清当时究竟受到了什么启发和触动,我惊喜地发现:原来,这四句诗之所以格外完美,特别耐人寻味,是因为它的表达方式中,暗含着一个非常重要而又普遍的叙述之道和艺术修辞策略,涉及到了心理表达的问题。我们不妨在这儿具体分析探究一下。

如何表达复杂的内心情绪,如何表现微妙的人物心理?这对中外古今的诗人作家来说都是一个绕不过去的问题。事实上,心理描写涉及到一个根本的艺术难题,它几乎可以说是一个文学表达的悖论。因为,人物的心理往往比我们想象的要丰富微妙得多,尤其是当人物处在特定情景和极端状态时,内心更是复杂难言。雨果的诗句早就告诉过我们:"比大地更广宽的是大海,比大海更广宽的是天空,比天空更为广宽的则是人的心灵。"因此,用一般的线性的逻辑的语言根本无法呈现人物复杂混乱的心理活动,用"愤怒"、"悲哀"、"高兴"、"委曲"等常见的心理描写词汇根本无法捕获和穷尽人物的心理情感,几乎只是雪泥鸿爪,挂一但却漏万。诞生于20世纪初的意识流小说曾企图来解决这一艺术难题,比如,用跳宕的非线性的语流表现心理的混乱和丰富,叙述中故意不加标点符号以便表现心理的连绵不断（詹姆斯·乔伊斯在《尤利西斯》最后一章的长篇独白无疑是意识流文学的典范）。这种手法与传统的心理描写相比无疑是一种艺术创新，但却并没有真正解决问题，因为再怎么漫长的意识流和貌似紊乱的内心独白，也仍然无法穷尽内心的几乎是无限的微妙、丰富和复杂。况且，意识流手法的混乱和连绵仍然有明显的主观色彩和人为的痕迹，作家并没有钻进人物的大脑，他又是如何知道这种意识的流动的呢？因此意识流手法的真实性和有效性依然是有限的。

关于心理描写，我在余华的《内心之死》这篇文章里也看到了类似的见解，而且阐发得独到而又精辟："当人物面临突如其来的幸福和意想不到的困境时，对人物的任何心理分析都会局限人物真实的内心，因为内心在丰富的时候是无法表达的。"[①] 那这时候作家应该怎么办呢？余华接着说出了自己的发现："这似乎是叙述史上最大的难题，我个人的写作曾经被它困扰了很久，是威廉·福克纳解放了我，当人物最需要内心表达的时候，我学会了如何让人物的心脏停止跳动，同时让他们的眼睛睁开，让他们的耳朵矗起，让他们的身体活跃起来，我知道了这时候人物的状态比什么都重要，因为只有它才真正具有表达丰富内心的能力"[②]（余华在叙述的实践中的确也是这么做的，在《活着》这篇小说中就有一个很好的例子：福贵的儿子被抽血致死后，埋葬了儿子的福贵心中的痛苦巨大得难以想象和表达，余华摒弃了心理描写，他只写了福贵眼睛所看到的那条月光下的白茫茫的道路："就像撒满了一层盐。"余华只写了人物在一刹那间的视觉，问题就完全被解决了，因为在这句关于视觉的异想天开的叙述和比喻中，读者可以想象到福贵内心的所有痛苦，这比"福贵觉得自己的心里充满了巨大的悲痛和绝望"或"福贵的心都碎了"之类的心理描写要强一百倍）。余华的结论是：福克纳的心理描写就是"没有心理描写"。

---

① 《我能否相信自己》余华著，人民日报出版社，1998年。第40页。
② 同上。

这种没有心理描写的心理描写，实际上就是一种艺术上的还原策略，把看不见的心理还原为看得见的生理行为和感觉，把丰富复杂的内心活动还原为简单直观的表情和动作，把无限还原为有限，从而让读者通过人物的简约准确的感官活动和有限话语去自行想象那复杂微妙无限丰富的内心和意识（这种叙述手法也吻合了读者参与理论）。海明威的冰山理论和后来的卡佛、比蒂等人的简单派显然也是这么做的，而罗伯特·格里耶等新小说作家的客观叙述则更是摒弃了任何心理描写。

当然，更早放弃传统老套的心理描写，并创造性地有意识地采用叙述的还原策略的小说家中，福楼拜无疑是最重要的一个。这里边的原因也许很简单，由于福楼拜追求的是一种纯客观的精确的叙事语体和风格，他自然就对人为的主观粗略的心理描写敬而远之了。

在《包法利夫人》中有一个很好的例子。为了表达爱玛婚后生活的枯燥、空虚、无聊、单调、愁闷等复杂情绪和难言心理，福楼拜压根儿没用什么心理描写，他只写了爱玛的听觉和视觉，她的内心情绪却已经被完好无损地表现出来了：

> 她呆呆瞪瞪，细听钟声一下一下在响，日光黯淡，猫在屋顶耸起了背，慢条斯理走动。风在大路扬起一阵一阵尘土。有时候，远远传来一声犬吠；单调的钟声，按着均匀的拍子，响个不停，在田野里消散了。①

回头再来看《采薇》里的四句诗，我们就不能不感到惊讶了：原来我们的古人，在《诗经》年代，就已经知道怎样才能最好地表达人物心理，就已经悟到了上面所说的叙述之道。也许我们的古人并没有把心理表达的问题上升到自觉的理性的层面，就像福楼拜和福克纳等近现代作家所做的

---

① 《包法利夫人》福楼拜著，李健吾译，人民文学出版社，2002年，第58页。

那样,但凭着强劲的文学直觉,凭着原初的艺术灵感,《采薇》的无名作者已然在叙述实践中完满地解决了心理表达的问题。你看,他并没有去叙写过去离开的时候,人物的心理是怎样的状态(什么依依不舍啊留恋啊),现在回来,人物的心理又是怎么样的(比如渺茫啊悲伤啊凄凉啊),他采用的也恰恰是还原的方法:抓住并写出人物眼中两个简单的视觉物象(这恰好也是对"赋"的"叙物"原理的应用),而且是最能体现人物今昔不同心理的两个视觉物象:一个是"杨柳依依",一个是"雨雪霏霏",人物的内心,人物的情绪,就全在里边了。

无独有偶,相似的表达还见于小雅《出车》:"昔我往矣,黍稷方华。今我来思,雨雪载涂。"

可以想见,在《诗经》年代,古人已经悟到这样的叙述之道,并能够较为自觉地运用于写作实践之中了。

五

关于"形象的力量"——

我一直觉得,只要真正静读细读精读并且重读,你就会发现,《诗经》年代的人已经深谙写作之道,悟到几乎所有的叙述之精髓了。

一个不知今夕是何夕的夜晚,就在"诗三百"第一首《关雎》中,蓦然回首一般,撞见了一个隐藏其间的叙述奥妙。

用现代术语来说就是,形象说事。

《关雎》第三章前三句是:"求之不得,寤寐思服,悠哉悠哉",三句诗都在"直言":因为追求而不得,所以我日思夜想啊,我没完没了地思念啊。许多解诗者面对这一章,无一例外地纠缠于"思服"两字。有人说"服"通"伏",是思念的意思(难道是因为"埋伏之偷偷状"与"思念之背地里"相似?)。而一向自信过头的何新则云:"'寤寐思服'之'思服'二字，千古难解。"当他发现陈第考古音时曾指出："服古音当读为逼"之后，就像发现了新的星座一样窃喜，进而以"何安"的方式公布："'逼'通'彼'也，'彼'古汉语中有第三人称之意，如孙子名句'知己知彼'……则'思服'即'思彼'、'思伊'"[①]。至于《诗传》把"悠"也强解成"思念"，早已被钱钟先生哂笑为"不胜堆状骈拇矣"。我个人认为，这三句诗皆"直言"，没有什么难懂之处，无需经生庸人自扰一样替天下读者解来解去，只要一个人谈过恋爱，自会明白思念是怎么回事，也自会明白这三句诗的意思的。

我那个晚上凝想神往的是这一章的第四句："辗转反侧"。解诗者谈到此句，总不忘称赞其"生动形象"。我萌生的想法虽也与"形象"有关，但却不是解诗者使用的那个空泛形容词，而是一个名词性动词，通向一种叙述精髓或写作奥妙：

前三句诗歌作者一直在替主人公直言和自白：我思念，我白天晚上都思念，我长长地长长地思念。如果诗人第四句还写"我没完没了地思念"或"我的思念何时才是头啊"之类，文学效果就不好，就差强人意。倒不是因为重复了前面三句，而是这样的道白与直言，说者投入角色，听者不痛不痒。这里边涉及文学语言的表达效果问题。思念本身是一种看不见摸不着的东西，直接说，只是抽象的概念与术语，只诉诸于人的大脑或理性，却不能触动人的内心，无法唤起听者或读者的感同身受。哪怕你前缀了瘖痳或悠长这样的副词或形容词，但依然习见和老套，打动不了读者。对此，《关雎》的创作者心知肚明，他知道，必须把抽象的思念凝聚结晶为具象的动作，必须把理性的术语转化成生动的形象，举一个未必恰当却颇能说明问题的例子，前三句就像三条鱼，你必须把这三条抽象的思念之鱼抓到一个具体的筐里，第四句就是这个筐。经过一番思考并借助文学的灵感，诗人最终写出了关键的第四句："辗转反侧"！

[①] 《风与雅——〈诗经〉新考》何新著，中国民主法制出版社，2008年。第19页。

为了生动地传达情感的煎熬再现思念之纠集，没有比"辗转反侧"更好的动作与形象了（何况前面已有"寤寐"作铺垫）。有了这一句，有了这个神来之笔，读者对那份似曾相识的思念就可以设身处地感同身受了，如果说抽象的概念只能停留在大脑，那么形象与动作则可直接进入人的内心，唤起生命深处的情绪与感受。就如同生理学和心理学所表明的，比起文字，人总是更易接受图像一样。更何况，"辗转反侧"是如此准确、形象和强劲的动作与画面，几乎可以涵容与接纳这个世界上的所有思念之连绵和情感之纠结，因为世界上的人都曾经如此思念过，并在思念如潮涌来之时，"辗转"过"反侧"过。所以"辗转反侧"这个词一经创造和书写，历几千年而不改难移，无论是过去现在还是未来，人一旦堕入思念情境，第一个想到的依然是只能是"辗转反侧"。也许后世《太平乐府》卷一乔梦符《蟾宫曲寄远》那句："饭不沾匙，睡如翻饼"①，勉强可以比拟，但却没有"辗转反侧"那么高雅典范。记得阅读纳博科夫的小说《普宁》的时候，看到过一句大意如下的话：一个人由于思念与烦恼，怎么也睡不着，往左面躺睡不着，往右面躺也睡不着，真恨不得有一个第三面。意思虽然好，想象也有趣，但毕竟不像"辗转反侧"那么干净利落，那么有"形象的力量"（一次讲课时，有学生听我把这个貌似普通的词说得这么好，看得这么高，反驳说"翻来覆去"也不比辗转反侧差到哪儿去。我说这两个词的意涵好像很接近，但其实语言效果与艺术表现力却差之毫厘谬以千里。辗转两个字不仅形象，而且把过程表现得生动连续、立体、生动，内涵复杂而又丰满，不能分解为简单的动作；翻来覆去则单薄得多，一正一反，而且有些抽象，远没有辗转反侧那样的生动丰富与惟妙惟肖。最后，我说文学表达的目的远不止于意涵，更重要的是其文学效果与准确性，精通叙述之道的大师之所以呕心沥血，追求的往往就是那点似乎差不多的差很多）。

　　形象说事，对于小说家们来说，几乎是杀手锏，都知道要表情达意，

---

① 《管锥编》钱钟书著，中华书局出版社，1986年，第66页。

非得形象说事不可，否则，只是一个劲地空口说白话，只是用概念讲述，不可能有足够的文学效果。鲁迅先生就深谙形象说事之艺术功效，在《孔乙己》中，我们看到鲁迅先生在刻画人物时笔法特别传神而简省，靠的实际上就是"形象的力量"。那些"短衣帮"靠柜外站着喝，"只有穿长衫的"，才"慢慢地坐喝"。鲁迅先生不说"穷人"站着喝，"有钱人"坐着喝，因为那样的话只是讲述，只是交代意思，而不是描绘，不够具象；而"短衣帮"和"穿长衫的"则泾渭分明栩栩如生，形象毕现。这里面体现了一个很关键很重要的事实，作为一个优秀的小说家，鲁迅先生深知小说叙述的精髓是"形象说事"，因为讲述意思更多地作用于读者的大脑和神经，唤起的是一种逻辑思维和判断，而"形象说事"则具有一种直接进入读者内心的效果和力量，唤起的是一种如临其境和感同身受。意思往往"唠唠叨叨缠夹不清"，吃力不讨好，而形象则简约而有力，意在言外，供人想象和回味。在接下来的叙述中，鲁迅先生继续使用"形象说事"的艺术手法描述了小说的主人公："孔乙己是站着喝酒而穿长衫的唯一的人"。这一描述不仅形象传神，而且，立竿见影地使孔乙己成了文学中典型的"这一个"。穿长衫却站着喝，站着喝却不属于短衣帮，这说明孔乙己是一个特殊的人物，是一个处在生活的边缘的例外。我们都知道，生活的边缘，才是艺术的中心。

六

关于"话语与现场感"——

平时我们更经常地把话语称之为对话，其实不够准确。因为，对话主要指两个人或多个人之间发生的话语现象，其实，还有一个人独自在那里自言自语的现象，比如《老人与海》里的那个老人，在整篇小说中就有过一百多次自言自语。另外，话语还可分直接话语与间接话语，对话这么分就不妥。我记得福楼拜在小说叙事中就经常使用间接话语，因为间接话语（对话语的转述）既可保持对话的鲜活效果，又可提高叙述的速度与效率。当然，普鲁斯特在《追忆似水年华》里也使用了许多间接话语，法国符号学理论家热奈特曾在专著《叙事话语》中对此作过详论。

为什么几乎所有的小说都有许多的话语呢，为什么作家在叙事时总也离不开话语？

因为话语有一个很特别的地方。

有各种各样的叙述方式，它们要么是叙述时间短于现实时间，如"十年之后，当他回到故乡，发现自己已变成了乡亲们眼中的陌生人"，只一句就让现实中的十年时间消失不见了；要么叙述时间大于现实时间，比如伍尔芙、普鲁斯特这样的意识流作家，一刹那的心理或感觉可以叙写几页，在如此细腻迂回的叙述中，现实时间几乎停滞不动了。所以，卡尔维诺说过大意如下的话：没有时间的伸缩、扭曲或变形，就没有叙事。

但有一种叙述方式却可以使叙述时间等于现实时间，那就是话语。当作家让人物开口说话的时候，两种时间重合了，相等了。因此，话语就成了所有叙述中最直接最鲜活生动最有现场感的叙述方式了。而在小说叙事中，现场感是任何一个作家都竭力追求的东西（托尔斯泰是这方面的典范），现场感差不多就是小说感，因为它可以让读者身临其境，可以在艺术真实中表达生活真实。如果说文学是对生活的模仿（柏拉图意义上的），那么，话语或对话是最有模仿能力的语言方式与叙述手段。我想，这差不多就是小说、电影等叙事文学离不开话语的根本原因。海明威在小说领域祭出"冰山理论"，他手中的笔恰如斧头，把叙事中多余的累赘的成分像什么形容词副词状语从句定语从句等全数斫去，最后只剩下了人物话语。

当我们翻开两千多年前的《诗经》，当我们慢慢地欣赏，慢慢地读下去，我们会发现，现代小说里的所有话语方式，《诗经》里几乎都已存在、均有相应的案例！

《郑风·女曰鸡鸣》和《齐风·鸡鸣》里，都是夫妻对话，都发生在大清早，那么生动如画，那么有生活情趣；《召南·采蘩》则是两个采白蒿的女孩之间的对话："于以采蘩？于沼于沚。于以用之？公侯之事。"

　　而《召南·野有死麕》中的女孩的话语简直撩人心魂了，两千多年前的轻声悄语恰在眼前耳边，有如幻听：男孩把"白茅包之"的"死麕"送到女孩家之后，两人终于在院前角落找到单独相处的机会。男孩有些猴急，女孩就说："舒而脱脱兮"（急什么啊你有点出息好不好）；男孩只能更急，手上开始有进一步的动作，女孩一边忙用手挡拨一边又说："无感我帨兮"（你干吗你干吗，动手动脚的，哎呀，别扯我的佩巾）；男孩依旧死乞白赖，而且胆子越来越大，这下女孩只好假装生气，并搬出她们家的那只狗："无使尨也吠"（你再乱来，我们家那只狗可要叫了啊，你不想让我妈听到吧）。这三句话虽然都是女孩一个人说的，但绝非独语或自白，而是对话，只是与她对话的人用的是"无声的话语"（即男孩的动作），我们读起来却是"无声胜有声"，这是此话语特别需要被注意及欣赏的地方！另外，关于此诗此景，还记得现代《诗经》研究中的一则"公案"或轶事：说《歌谣周刊》1925 年第 90 号上，顾颉刚撰文谈及《野有死麕》，批驳经学家将一首情歌理解为贞女拒强暴。胡适不同意顾颉刚将"舒而脱脱兮，无撼我帨兮"的"帨"理解为佩在身上的巾，他以为应是门帘。俞平伯对二人说法大不以为然，说不管是手巾，还是门帘，能有多大声音呢？"你俩笃信《诗经》为歌谣的人何以如此拘执？郑玄朱熹以为那个贞女见了强暴，必是凛乎不可犯也；而您俩以为怀春之女一见吉士便已全身入抱，绝不许有若迎若拒之态了"。是呵，"若迎若拒"，四字确为的语，不过，要是改成"若迎还拒"，可能更加准确到位。很显然，学者（如顾颉刚胡适）解诗总不如文人（如俞平伯闻一多朱自清）靠谱啊。

　　《诗经》里有许多自言自语和独白，形式上多有变化。如《郑风·子衿》："青青子衿，悠悠我心。纵我不往，子宁不嗣音？"后两句明明是自语或独白,是"心里话",但诗人却把它模拟成女孩对男孩的嗔怪:你真是个傻瓜啊,虽则我没去找你,难道说你就不能带句话捎个信?!《王风·大车》则把女孩的自问自答,戏仿为女孩对男孩的究诘:"岂不尔思?畏子不敢"(你以为我不想你呀?我是怕你胆小啊);《邶风·静女》则更有意思,被爱情搞得五迷三道的男孩居然对白茅自言自语起来:"匪女之为美,美人之贻"(白茅啊,我喜爱你,不是因为你好看,而是因为你是她送我的呵)。让人不禁想起海明威《老人与海》中那个孤独老人桑提亚哥对鱼对海鸟说话的情景。

《王风·黍离》中的话语修辞,除了有明显的独白和呼告:"悠悠苍天,此何人哉!"(此类呼天抢地在《诗经》中挺多,如《鄘风·柏舟》里也有"母也天只!不谅人只!")其实还隐匿着间接话语。"知我者,谓我心忧,不知我者,谓我何求。"分明是想起并转述了别人("知我者"和"不知我者")在别的场合曾对我说过的话,且模拟其口吻和语气:理解我的人啊,说我这个人太忧虑,有些不知情的人,却说你这是何苦呢。每次读这首诗,总觉得语感迥然,语言效果很特别,仔细推敲,终于发现是间接语话的作用和使然……

在本文快结束的时候,我想说的是,关于《诗经》的"赋",关于这类修辞中所蕴涵的叙述之道与写作资源,我的分析只是杯水车薪,挂一而漏万,必有更多的精华更深的奥妙,等着我们去探知去分析去阐扬。

譬如,钱钟书先生在《管锥编》里,就有这方面的诸多体察和洞见。如论及《周南·卷耳》时发现的"话分两头"[①];论及《召南·行露》时指出的"修辞之反词质诘"[②];论及《魏风·陟岵》时提出来的"己思人乃想人亦思己、己视人适见人亦视己"[③];论及《小雅·车攻》时拈出的"以声

[①] 《管锥编》钱钟书著,中华书局出版社,1986年,第67页。
[②] 《管锥编》钱钟书著,中华书局出版社,1986年,第74页。
[③] 《管锥编》钱钟书著,中华书局出版社,1986年,第113页。

音烘托寂静"（即"蝉噪林逾静，鸟鸣山更幽"之类）① 等。我不想掠美，在此就不作赘述和展开了。

最后，我想借此机会表达我对钱钟书先生的敬仰。在我看来，钱先生的《管锥编》，无疑是现代中国最好的"文论"经典，它贯通中西古今，融会文学史哲，谈理论艺，左右逢源，渊博却决不迂腐，犀利但幽默雍容，澄明超拔，堪称巨著。它是我在"穿越"《诗经》的时候竭力想回避却难以回避得了的，这就像一个人无法在夏天回避太阳的光照一样。这里，特别想吁请学士文人们多多阅读钱先生的《管锥编》。我甚至曾经说过这样的话：如果我们能够多读点钱钟书先生的书，不仅读《围城》，而且多读他的《管锥编》（当然不是韩寒那种读法），中国的人文水准将会上升一个台阶。

这是我的心里话。

---

① 《管锥编》钱钟书著，中华书局出版社，1986 年，第 137 页。

诗与原型

——《诗经》新解之四

原型,这里指原创性的文学范型和艺术母题,具体表现为人类的普遍的生命体验和情感经历,涉及思维特征和心理模式,当然也涉及人与人、人与自然的亘古关系等等。原型和母题一经产生,并绵延千年,传续无尽,而且古今相通,中西相仿。

如果说,《诗与修辞》主要谈形式与技巧,那么《诗与原型》主要论及内容与题材;修辞主要关乎怎么写,原型则关乎写什么。

《诗经》是中国文学的源头,自然蕴藏散布着众多重要而有趣的文学原型,它们不仅奠定了中国诗歌的经验类型与取材范畴,也影响了后世小说戏曲的构想空间与运思路径。这些原型和母题不仅扩散弥漫于悠久的文学史,它们还延续于现当代文学之中,甚至活跃于电影和音乐等艺术之中,当然,它们还与西方文学中的原型与母题存在一定的可比较性。

与修辞研究一样,阐发和梳理《诗经》中的文学原型,其意义有二:一是把《诗经》的原创性资源和影响扩展到诗歌以外的文学领域如小说和电影；二是这样的研究可以重新激发《诗经》的艺术价值与文学活力、并使其从过去弥散到现在蔓延到未来。

钱钟书先生在《管锥编》里谈到了这方面的内容，当然他并没有使用原型这个概念去界定它们。为了话题的系统性，为了使梳理与阐析工作尽可能完备，我除了论述和归纳自己发现与感悟到的那些写作原型之外，还将涉及并申述钱钟书先生的卓越洞见。

1．琴瑟友之

爱情存在于古今中外的所有文学作品之中，作为源头的《诗经》，涉及爱情的诗歌无疑是最多的，爱情诗是《诗经》的重头戏。"诗三百"里"风"占了一半多，而在所谓"十五国风"（实际上是十五个地区的风，比如邶、鄘、卫三风都是卫国的，魏、唐二风是晋国的[①]）的民歌中，十有八九与爱情有关。所以，"爱情是永恒的主题"，就是一个"巨大"的文学原型。

考虑到爱情题材过于普遍，这个原型涉略太宽泛，我们不妨把爱情原型再细分为诸多二级的子原型。而"琴瑟友之"无疑就是其中的一个子原型。

"参差荇菜，左右采之；窈窕淑女，琴瑟友之。"出现在《关雎》中的这个原型，首先可以理解为一种爱情的表达方式，干脆点说就是一种求爱方式：主人公"我"弹着琴唱着歌去接近女孩取悦女孩，让她欢喜，让她高兴，更主要的是让她留意"我"——从留意"我"的琴声歌声到留意"我"这个人。谁都知道爱情从来就是这个世界的奇迹，从来就是生命的最高意义，《诗经》年代的古人早已体验其奇妙与美好，并认定爱情是生命中最重要最珍贵同时也是最难得的东西（如此才能理解"诗三百"里的爱情

[①] 《诗经二十讲》章太炎、朱自清等著，华夏出版社，2009年。第1页。

总是那么难以实现总是那么好事多磨），所以，明明是一个河边采荇菜的乡村女孩，在"我"的心目中却是值得迷恋复也值得敬重的"窈窕淑女"（这其实是"情人眼里出西施"的"原型"吧），以至于，我必须弹着琴唱着歌去表达"我"对她的爱。求偶于是成了求爱。这样的求爱方式自有其珍贵与细腻、典雅与风度，超越了普通的话语，也超越了庸常的生活，彰显的是原初而又经典的风流和浪漫！

在此后的文学史中（当然也包括在我们的生活之中），"琴瑟友之"的求爱场面层出不穷屡见不鲜，一直蔓延到今天：小伙子背着吉他到心爱的女孩屋后窗前去唱情歌的熟悉场面，总会在某部小说或电影中与我们不期而遇。我记得有一部西班牙电影，那个被爱情搞得晕头转向的小伙，居然请了一个四重奏的乐队到女孩家楼下去演奏并歌唱。两千多年来，小伙子们唱的情歌数不胜数，从《桃夭》《月出》，到刘禹锡的《竹枝词》、柳永的《蝶恋花》，再到《月亮代表我的心》《最爱你的人是我》《爱你一万年》和西城男孩的《Mylove》《Therose》。我记得在电影《东成西就》中，张学友演的北丐洪七公向王祖贤演的表妹求爱时唱的歌是《我爱你》。

另外，999朵玫瑰啊，从天而降的巨大条幅啊、沙滩上的心型图案啊，诸如此类的这些浪漫的求爱场面，都可以看作是"琴瑟友之"的延续和演化。

而像张艺谋的电影《有话好好说》，姜文演的男主人公花钱请了一个收破烂的人，让他拿着话筒，扯着嗓门对住在高楼上的女主人公一遍遍地叫喊："安红，我爱你！"或许可以看成是对"琴瑟友之"的反讽或解构？这样的粗鄙和解构如果有意义，只能是唤醒人们对"琴瑟友之"的记忆与缅怀。

当然，"琴瑟友之"除了理解成求爱方式，我们当然也不能忽视它的另一重含义：昭示爱情与音乐的同构与对应关系。

因为爱情是奇迹，所以，用语言表达总显得苍白与无力，这个世界上有一些东西是难以言说的，比如道，比如爱情。除了直接用诗歌去表达爱情，《诗经》年代的古人想到的另一种表达工具就是音乐和歌曲。因为爱情与音乐都是从内心深处涌现出来的；因为爱情与音乐都是那么强烈复又暧昧；因为爱情与音乐都是那么动人而又美好；因为爱情与音乐都是对庸常生活的摆脱和超越。所以，爱情与音乐从一开始就变得难解难分，到如今，流行歌曲里唱的几乎全是爱情……

托纳多雷那部风靡全球的电影《海上钢琴师》，就表现了音乐与爱情之间那种相互激发的微妙关系：录音师上船为"1900"录音的那个桥段，一开始，"1900"不太乐意，弹得有气无力，后来无意间看到那个女孩谜一样的脸宠，映现在舱门玻璃上，他于是像触了电一样遭遇了爱情，一下子陷入如痴如醉的状态，手下即兴弹出的钢琴曲倏忽变得柔情似水如有神助，美得让人心碎！这首耳熟能详的曲子就是意大利作曲家颜尼欧·莫利克奈为影片创作的《PlayingLove》。

2. 爱的礼物

又叫爱的信物或情人的礼物（泰戈尔有一部散文诗集就叫《情人的礼物》）。《静女》第二章"贻我彤管"中的"彤管"（一种叫丹萋的草，也有人认为是一种红色管状乐器）和第三章"自牧归荑，洵美且异。匪女之为美，美人之贻。"中的"荑"，《木瓜》第一章"投我以木瓜，报之以琼琚。"中的"木瓜"和"琼琚"，还有《野有死麕》中用"白茅包之"的"死鹿"等，均是《诗经》中"爱的礼物"的原型案例。

我想，爱之所以需要有信物或礼物，与爱需要由音乐来表达，原理攸同。音乐和彤管，都可以表达"难言"的爱情，它们都是爱的中介和工具，只不过音乐偏于"精神"而"彤管"偏于物质。

爱的礼物因为寄寓着爱情，它已然从客观物质跃变上升为精神象征，爱的礼物差不多就是爱的图腾。一根彤管或荑草之所以显得美丽而特别（"洵美且异"），不在于物质载体本身的原因（"匪女之为美"），而是因为它是心爱的人给予的（"美人之贻"），它携带着心爱的人的体温、气味和全部的情与爱。所以，它已经不是原来的自然之物客观之物，而是被象征化与拟人化，已经有生命的气息和人格的特征，所以它已经不再是"它"，而成了人性化了的第二人称"女"（汝）。钱钟书先生在《管锥编》里谈到《静女》时，用的小标题就是"尔汝群物"："卉木无知，禽犊有知而非类，却胞与而尔汝之，若可酬答，此诗人之至情洋溢，推己及他。我而多情，则视物可以如人，体贴心印，我而薄情，则视人亦只如物，侵耗使役而已。"① 作为反例，钱先生举的是《魏风·硕鼠》中的"三岁贯女"和"逝将去女"。钱先生说得真是辩证而圆备，一语而中的〔在这里，我想申说一下钱先生的"尔汝群物"，顺便谈谈《诗经》中的命名或称谓。《诗经》年代的古人，置身于丰盛的农业文明，人与自然的关系恰如鱼之于水，在他们眼里，世界多姿多彩充满无限生机，看到万事万物，心里皆洋溢着欢喜，所以《诗经》里到处都是花卉草木禽鸟的名字，有时甚至直接称其为"尔""汝"。难怪孔子的"诗教"中专门提到了这一点：《诗》，可以兴，可以观，可以群，可以怨。迩之事父，远之事君，多识于鸟兽草木之名。"（《论语·阳货》）。同样，《诗经》年代对人自身的称谓也非常丰富非常多样，尤其是对企慕心爱之女孩的称谓更是微妙多变，比如"静女"，比如"窈窕淑女"，比如"游女"，比如"伊人"，比如"硕人"，比如"佼人"……两千年以后，我们已经慢慢丧失了这些美丽的称谓，到今天，我们甚至不知如何去称呼一个女孩是好，"小姐"吗？女孩可不乐意，"美女"？谁都知道这个称呼背后的调侃与反讽。所以经常性的，在这个越来越贫薄的时代，我们只好称眼前的她："喂！"〕

爱的礼物可以化无形之爱为有形之物，体现的是人类寄托精神、形塑

---

① 《管锥编》钱钟书著，中华书局出版社，1986年，第86页。

情感的技艺和本能。音乐和语言会在空中消逝在风中弥散，而彤管和琼琚却可以一直置于胸口陪伴身边，时时惦念，反复揣摩。爱的礼物使精神性的爱拥有可靠的物质性，使看不见摸不着的爱情变得有模有样，爱于是触手可及，不再只是遥想和嗟叹。

而爱的礼物形状之可爱色泽之绚丽，当然也指涉着隐喻着爱情的美好。所以如果送的是死鹿，古人没忘记"白茅包之"。

随着人类从原始与自然渐次迈向文明与进步，出现在生活中和文学中的爱的礼物，其物质形态也慢慢在演变，从花卉彤管木瓜香草等自然之物变成了荷包、变成了绣花的手帕、变成了戒指、变成了钻石手表等人造品。但不管是自然物还是人造品，作为情人间的信物，它的价值不在于物质载体本身的功能，不在于它的实用性，相反，爱的礼物超越了价值规律，遵循的是美学规律和心理规律，体现的是相反相成的"物轻情重"和"无用之用"。两千多年以来，从来如斯。

但自从我们陷入功利而又物质至上的时代以来，爱情已经异化，爱的奇迹常常退化为欲望的现实性交易。当一个老板送给女孩一辆跑车或一座房子之时，差不多就是爱的礼物退出人类生活之日。因为跑车和房子只能是房子和跑车，它们不可能是爱的隐喻和情的象征；因为跑车与房子的物之沉重，压垮了情之轻盈与爱之纤柔。女孩收到这样一件礼物的时候，恰如一只飞鸟收到了一个漂亮的笼子，她得到的不是自由与爱情，而是小蜜的身份与自我的囚禁和迷失。

3. 邂逅相遇

最近这些年，电视上充斥着名目繁多花样翻新的"相亲节目"。看到那么多青春年少的男女嘉宾，我就想，如果他们不是在作秀，如果他们真是为了爱情和婚姻而站在众目睽睽的镜头前，我将为他们感到悲哀，同时悲哀于这个时代：人口膨胀，城市拥堵，可是，两颗心之间的距离却越来越远，再发达的交通工具再先进的通讯传媒，都无法缩减这个距离。

在我们这个物质丰富而精神贫困的时代，一个人走在街上，会遇到摩天大楼，会遇到电子广告牌，会遇到车祸，会遇到陌生的人流，会遇到现实中的所有坚硬的现实性，但却无法遇到一场爱情了。

人们早已忘记，邂逅相遇，才是这个世界上最美丽的爱情故事。

曾几何时，我们在诗歌、小说和电影里，到处可以读到看到邂逅相遇的爱情传奇：两个人在人生的陌路里，偶然相遇，然后一见钟情，再然后至死不渝。

就像王菲在歌中所唱的："有生之年狭路相逢。"

还记得《魂断蓝桥》吗？年轻的军官与芭蕾舞女演员，在战火纷飞的岁月里邂逅相遇，情意相投，为世人演绎了一场经久不衰的爱情传奇，每当《友谊地久天长的》的歌声在耳边响起，我们就会想起那场感人至深的爱情；还记得《风月俏佳人》吗？这部由理查·基尔和朱莉娅·罗伯茨主演的现代版的"灰姑娘"，也是从邂逅相遇开始的；谁还记得《罗马假日》的男女主人公是怎样相遇的吗？《泰坦尼克号》的男女主人公则是在那艘历史上最著名的邮轮甲板上偶然相遇的；《甜蜜蜜》的男女主人公最初邂逅于香港一家麦当劳柜台前，最后，两个人在经历了那么多生活变故和人世沧桑之后，命中注定一样重新相遇在美国纽约某条大街的某个橱窗前。

小说里的爱情故事大多也是始于邂逅相遇。比如萨瓦托的《暗沟》，比如奥兹的《了解女人》。我记得《霍乱时期的爱情》里，马尔克斯让少年弗洛伦蒂诺·阿里沙的眼睛在送电报的路上，遇见那个叫费尔明娜·达萨的女孩的目光："这个偶然的目光是半个世纪后还没有结束的爱情纠葛的起因。"[①]

《西厢记》里崔莺莺与张生的爱情故事，则是传统戏剧中邂逅相遇的最

[①] 《霍乱时期的爱情》马尔克斯著，漓江出版社，1987年，第57页。

好案例。这样的案例不胜枚举。

邂逅相遇，是偶然也是缘分；邂逅相遇，惊艳之余如有天意；邂逅相遇，那份可遇而不可求的浪漫举世无双魅力无穷；邂逅相遇，乃证明爱情是奇迹的最好方式。

张爱玲曾在一篇叫《爱》的短文里告诉世人什么叫爱，什么叫"邂逅相遇"："于千万人之中遇见你所要遇见的人，于千万年之中，时间的无涯的荒野里，没有早一步，也没有晚一步，刚巧赶上了，那也没有别的话可说，唯有轻轻地问一声：'噢，你也在这里吗？'"

如若逆着时间的河流一直上溯，你终会在《诗经》里遇到那一场最初最美的邂逅相遇："有美一人，清扬婉兮。邂逅相遇，适我愿兮。"（《郑风·野有蔓草》）

4. 痴情不改

《诗经》里有许多痴情的原型和故事。

《汉广》里的那个小伙子可以算得上是其中的代表了。明明知道那个"游女""不可求思"（这个世界上有过多少无法实现的爱和没有结果的缘啊），可他依然痴迷她，想她爱她。我们所说的单相思，也许就是这个小伙子的发明。即使"游女"出嫁了，眼看着她成为别人的新娘，将要拉着婚车到远方去的马儿已经在喂草了，他看在眼里，痛彻心肺，但却依然痴情不改。他的痴情真像无尽的汉江之水，连绵不绝，其波澜一直涌流到此刻和现在。

这样的痴情故事，这样的单相思之恋，在后来的诗歌小说中总是让我们读得长吁短叹；因为我们无可救药地觉得，那个痴情的主角分明就是曾经的自己。

5. 爱的誓言

其实，人类的语言也并非完全不能表达爱甚至证明爱。只要这种语言方式足够庄重，足够有分量，足够诚挚，足够超凡也足够卓越，足够惊天地又足够泣鬼神。

这样的语言，只能是爱的誓言。

《诗经》里就回响着这样的誓言。

"执子之手，与子偕老"（《邶风·击鼓》）：在这样的誓言中，爱情被人生的长度所测度和丈量，人生有多长爱就有多长。只要人活着，爱就活着，只要还有呼吸和心跳，爱就不会停止。

"德音莫违，及尔同死"（《邶风·谷风》）：说出这个誓言，爱的长度已经延伸并超过了人生，从生一直伸展并触及到了死，而且是理想化的浪漫的同死。因为爱情，生命拥有了意义，而因为时间，人终将走向死亡，触及死亡，人就超越了时间的约束和拘禁，或者说，死亡使生命摆脱了时间，在某种意义上说，进入死亡就相当于进入了时间的无限和永恒。所以，这句誓言相当于后人所说的"爱到永远"。《鄘风·柏舟》中的誓言在语式上虽然更为决绝，但其内容却如出一辙："之死矢靡它。"

"穀则异室，死则同穴。谓予不信，有如皦日。"（《王风·大车》）：一方面，这个誓言更为周全完整，因为它不仅有誓言的内容，还有发誓的方式"有如皦日"（后世男女动不动就"对天发誓"，自然渊源于此）。另一方面，在内容上在爱的主观长度上这个誓言也更进一步，如果说《谷风》的誓言里爱一直到死为止（爱到永远），那么这个誓言则扩张到了死后的同穴（超过了永远）。这让我想起了海涅的诗句"爱你到永远以及之后"。这样的修辞方式与《一千零一夜》异曲同工，在数不胜数的一千夜后面再加一夜，已然永远却再加之后，长到不能再长，久得不能再久。爱情真是奇迹啊，让人类轻易就超越了极致的界定与无限的观念。

在后世的戏文里，在京白或者昆曲唱腔里，时常可以听到爱情悲剧的男女主角们一再重复这个溅泪泣血的誓言："生不同室死同穴"。距离《诗经》多少个世纪之后，《梁山伯与祝英台》里的男女主人公在那出举世闻名的爱情悲剧里，终于把这个誓言变成了现实。

你还能想起自己发过的爱的誓言吗？

6．月光如水

月出皎兮，佼人僚兮，舒窈纠兮，劳心悄兮！
月出皓兮，佼人懰兮，舒忧受兮，劳心慅兮！
月出照兮，佼人燎兮，舒夭绍兮，劳心惨兮！

（《陈风・月出》）

每次读《月出》，两千年前的月光就哗哗地响了起来。在这样的诗句与韵律里，月光之明亮清澈，月光之皎白，月光之阴柔之感伤之悲凉，月光之如水，月光之永恒，应有尽有。更何况，月光下还有窈窕美人，真乃绝配。

月亮自从《诗经》里皓然升起，就一直朗照着中国的文化与文学，月光如水，经久不息地淌响在逶迤的文学史上：

床前明月光，疑是地上霜。举头望明月，低头思故乡。（李白《静夜思》）

花间一壶酒，独酌无相亲。举杯邀明月，对影成三人。（李白《月下独酌》）

今人不见古时月，今月曾经照古人。古人今人若流水，共看明月皆如此。（李白《把酒问月》）

明月松间照，清泉石上流。（王维《山居秋暝》）

野旷天低树，江清月近人。（孟浩然《宿建德江》）

海上生明月，天涯共此时。情人怨遥夜，竟夕起相思。（张九龄《望月怀远》）

露从今夜白，月是故乡明。（杜甫《月夜忆舍弟》）

月落乌啼霜满天，江枫渔火对愁眠。（张继《枫桥夜泊》）

春江潮水连海平，海上明月共潮生。滟滟随波千万里，何处春江无月明？"（张若虚《春江花月夜》）

秦时明月汉时关，万里长征人未还。（王昌龄《出塞》）

人有悲欢离合，月有阴晴圆缺，此事古难全。但愿人长久，千里共婵娟。（苏轼《水调歌头·明月几时有》）

吟罢低眉无写处，月光如水照缁衣。（鲁迅《无题》；"缁衣"可是《诗经》里的一首诗的名字）

限于篇幅，我们就不列举散文和小说中关于月亮的描写与抒发了。

毫无疑问，无论是对中国文化，还是对中国的诗歌与文学，月光远比阳光重要和显耀，以至于我们拥有一个专门赏月的民族节日：中秋节。如果没有月亮，中国的文化将失去重心，如果没有了月光，中国的文学将黯然失色。

月光之下，万物有情，世界如诗。

7. 暝色起愁

这是钱钟书先生的慧见。

君子于役，不知其期，曷至哉？鸡栖于埘，日之夕矣，羊牛下来。君子于役，如之何勿思！

君子于役，不日不月，曷其有佸？鸡栖于桀，日之夕矣，羊牛下括。君子于役，苟无饥渴！

（《王风·君子于役》）

夕阳西下，牛羊下山，鸡栖于埘，伫立眺望，远役之人却依然毫无音信，思念便如汹涌的潮水一般难以抵挡。钱钟书先生把这个旷古情景和特殊场合命名为"暝色起愁"。这样的情景实乃生活与文学中的经典之境。

关于《君子于役》的诗意与情景，钱钟书先生援引了许瑶光《雪门诗抄》卷一《再读〈诗经〉四十二首》第十二首："鸡栖于桀下牛羊，饥渴萦怀对夕阳。已启唐人闺怨句，最难消解是黄昏。"并赞许其溯源之功和领会之切，称其为"大是解人"。钱先生接着引述了司马相如的《长门赋》："日黄昏而望绝兮，怅独托于空堂。"指出"日夕足添闺思"和"日暮增愁"，并引称英国诗人丁尼生曾在诗歌中抒写奥农怀想欢子，不舍昼夜，而最恨薄暮日落之际。然后，钱先生进一步畅然阐发："诗人体会，同心一理。潘岳《寡妇赋》：'时暧暧而向昏兮，日杳杳而西匿。雀群飞而赴楹兮，鸡登栖而敛翼。归空馆而自怜兮，抚衾裯以叹息。'盖死别生离，伤逝怀远，皆于昏黄时分，触绪纷来，所谓'最难消遣'。韩偓《夕阳》：'花前洒泪临寒食，醉里回头问夕阳：不管相思人老尽，朝朝容易下西墙！'；赵德麟《清平乐》：'断送一生憔悴，只消几个黄昏！'；取景造境，亦《君子于役》之遗意。孟浩然《秋登兰山寄张五》云：'愁因薄暮起'，皇甫冉《归渡洛水》云：'暝色起春愁'，有以也夫！"[1]

在漫长的农业文明的历史中，"暝色起愁"几乎是一个标识性情景，几

---

[1] 《管锥编》钱钟书著，中华书局出版社，1986年，第102页。

乎是集体记忆，它属于乡野，属于过去。而到了现代，到了城市文明，一方面没有牛羊鸡鸭，暝色被路灯消解抹去，夕阳也不知落在哪个高楼后面，所以，无从感怀，也无从起愁；另一方面，现代的交通和通讯之发达，千里只等闲，远方如隔壁，一个电话，一个短信，他的行踪归期一清二楚，也不需要牵肠挂肚。暝色起愁，无影也夫！

8．依依惜别

相见时难别亦难。诗歌小说与电影中随处可见的送别场面和情景，无疑发源、滥觞于《诗经》中的《燕燕》和《遵大路》这样的诗歌。

"之子于归，远送于野。瞻望弗及，泣涕如雨"、"瞻望弗及，伫立以泣"（《邶风·燕燕》）。钱钟书先生在《管锥编》中曾经拈出后世诗歌及文学中"远绍"《燕燕》并申扬其意的诸多案例：张子野长短句："眼力不如人，远上溪桥去"；东坡与子由诗："登高回首坡垄隔，唯见乌帽出复没"；辛弃疾《鹧鸪天》："情知已被山遮断，频倚栏杆不自由"；王维《齐州送祖三》："解缆君已遥，望君犹伫立"；宋左纬《送许白丞至白沙，为舟人所误，诗以寄之》："水边人独自，沙上月黄昏"。然后钱先生列举了莎士比亚剧中女角惜夫远行的一段描述："极目送之，注视不忍释，虽眼中筋络迸裂无所惜；行人渐远浸小，纤若针矣，微若蠛蠓矣，消失于空蒙矣，已矣！回眸而啜其泣矣！"，认为也是"眼力不如人远"之旨。增订时他又补充了一个雨果小说里的例子："雨果小说写舟子困守石上，潮升淹体，首尚露水面，注视其小舟随波漂逝：舟不可辨识，只见烟雾混茫中一黑点。少焉，轮廓不具，色亦淡褪。随乃愈缩而小，继则忽散而消。舟没地平线下，此时人亦灭顶。漫漫海上，空无一物矣。机杼大似莎翁此节，而写所观兼及能观，以'两者茫茫皆不见'了局，拟意而变化者也。"钱先生还借此比较了中西文化在语言表达上的差异："西洋诗人之笔透纸背与吾国诗人之含毫渺然，异曲而同工焉。"最后,钱先生还指出了送别中情景中的"反打镜头",即被送之人回顾送者之境:"则谢灵运《登临海峤初发疆中》:'顾望脰未悁,汀曲舟已隐。隐汀绝望舟,骛棹逐惊流';谢惠连《西陵遇风》:'迴塘隐艫栧,远望绝形音';與《燕燕》等所写境,正如叶当花对也。"[①] 钱先生谈艺之左右逢源、周详完备,此一例耳。

《邶风·二子乘舟》:"二子乘舟,汎汎其逝",其情其景宛如《燕燕》。读《诗经》,可知别离之伤痛乃人类普遍的经验与记忆。

与《燕燕》中送别情景的"依依"与"含毫渺然"之诗意不同,《郑风·遵大路》中的送别则更其揪心更其不舍,动作性也更强,它着墨于被送之人登上舟车之前的场面:"遵大路兮,掺执子之袪兮。"舍不得他走,所以,她就紧紧地拉住了他的衣袖!类似的场面和情景,在后世的小说与电影中,在现实生活中,何其熟悉呵。

当然,古人"送之于野"的"伤别离"与我们送亲人朋友到车站机场毕竟已经不同。一方面,情感的强烈程度有所减缓,因为古人一别如生死契阔,浑然不知何日才能再见面,而现代人的分别总是短暂的,相隔再远,返回有时;另一方面,"送之于野"的那份伤感和诗意,也是站在纷乱喧嚣的车站外送行的我们所无从体验的。

与"依依惜别"成镜像相反的原型则是"相见时欢",在古代,交通不便,音息渺茫,不仅"别难","相见"更为难得,一旦相见,快乐无边:如《召南·草虫》中的"亦既见之,我心则说";再如《小雅·隰桑》中的"既见君子,其乐如何"。

"相见时欢"与"依依惜别",相反而相成,恰如硬币的两面。

[①] 《管锥编》钱钟书著,中华书局出版社,1986年,第79页。

9. 睹物思人

记得作家余华曾经说过一句大意如下的话：对一个作家来说，一颗掉落的纽扣，比一场刚刚发生的宏大历史事件更有价值。而张爱玲小说的叙事魅力之一就是：对物质生活的细节性描写，一件首饰，一盒胭脂，一袭披巾，在她笔下都会呈现出生命的伤痛痕迹与时代的显著特征。她甚至把生命直接比拟成物质："生命是一袭华美的袍，爬满了蚤子。"

法国作家加缪也曾在那本未竟之作《第一个人》的一条自注中这样说："小说要多写物体与肉体。"

我们在阅读《红楼梦》《金瓶梅》和艾·巴·辛格的《魔术师》这样的小说时，看到了那么多精彩的物质细节。

中外作家之所以不约而同地对物质进行细致描摹，是因为物质不仅仅是物质，是因为这些与生活相关的物质细节，印刻着生命的痕迹，凝结着情感的细微印记，寄寓着诸多生活的回忆，这些物质细节中甚至残留着生命的体温与气息。比如一个玉佩，一个烟斗。

写物是为了写人。反之写人必需写物。这几乎是作家的共识，是写作的秘诀。

情从景来，意在物中。这样的共识与秘诀，在《诗经》年代其实早已形成。古人对《诗经》三种基本修辞的界定就体现了"物"在写作中的中心位置："胡寅《斐然集》卷一八《致李叔易书》载李仲蒙语：'索物以托情，谓之比；触物以起情，为之兴；叙物以言情，谓之赋。'"① 诗歌写作与物的关系简直跃然纸上。阅读《诗经》，满目皆物，除了草虫鱼兽，还有那么多生活物件与器皿，数不胜数。后世诗人托物言志，如汉赋中的"体

---

① 《管锥编》钱钟书著，中华书局出版社，1986 年，第 63 页。

物"，如陶渊明咏菊，骆宾王咏蝉，王勃咏风，贺知章咏柳，思路一致，理致相同，均以《诗经》为渊薮。

这其中，像《邶风·绿衣》（"绿兮衣兮，绿衣黄里。心之忧矣，曷维其已。"）和《召南·甘棠》（"蔽芾甘棠，勿翦勿伐，召伯所茇。"等篇什，在以物写人方面更直接更集中更典型，开创了文学艺术中"睹物思人"的写作原型。）

所谓物质的精神性，客观的主观性，"使物之为物与人相关涉"①，这样一些晦涩的现代术语背后的那点意思，《诗经》年代的古人其实早就明了了。

10．秀色可餐

《诗经》年代的古人早已打通了"色"与"食"的关系。这也是钱钟书先生的发现：

"未见君子，惄如调饥"（《周南·汝坟》）；《笺》："'调'、朝也。……如朝饥之思食。"按以饮食喻男女，以甘喻匹，犹巴尔扎克谓爱情与饥饿类似也。《楚辞·天问》言禹通于塗山女云："闵妃匹合，厥身是继，胡维嗜不同味，而快朝饱？"以"快朝饱"喻"匹合"，正如以"朝饥"喻"未见"之"愁"。曹植《洛神赋》："华容婀娜，令我忘餐"；沈约《六忆诗》："忆来时，……相看常不足，相见乃忘饥"；马令《南唐书·女宪传》载李后主作《昭惠周后诔》："实曰能容，壮心是醉；信美堪餐，朝饥是慰"；小说中常云："秀色可餐"，"恨不能一口水吞了他"，均此意也。西方诗文中亦为常言；费尔巴哈始稍加以理，危坐庄论"爱情乃心与口之啖噬"，欲探析义蕴，而实未能远逾词人之舞文弄笔耳。②

爱与饥，色与食，心理与生理，用现代心理学的观点来看，它们之间

---

① 《在通向语言的途中》海德格尔著，孙周兴译，商务印书馆，2009年，第13页。
② 《管锥编》钱钟书著，中华书局出版社，1986年，第73页。

的确可逾界、有"通感"。《诗经》年代的人虽无心理学，但却有强劲的想象天赋与卓越的生命本能，凭此，他们足以洞见生命真相与心理根底。钱钟书先生通过《卫风·伯兮》"愿言思伯，甘心首疾"这样的诗句所拈出的"心愁而至头痛"，或通过《邶风·旄丘》"叔兮伯兮，褎如充耳"这样的诗句拈出的"耳聋多笑"，均打通了心理与生理壁垒，恰可与"秀色可餐"等量齐观。

11. 人言可畏

在爱情领地，存在一些"伤不起"的阻力与障碍，除了父母反对、门第观念、第三者插足等原因之外，"人言可畏"四字无疑也是杀伤力极强的"爱情杀手"。人世间有多少爱情止于此、毁于斯？我们读过看过的多少小说和电影中，酿成爱情悲剧的原因恰好正是"人言可畏"。

殊不知，在《诗经》里就回荡着"人言可畏"的悲怆之吁和无奈之叹："父母之言，亦可畏也。""诸兄之言，亦可畏也。""人之多言，亦可畏也。"（《郑风·将仲子》）

当然，"人言可畏"的声音并不囿于爱情范畴，它也回响在社会生活领域。我们都记得阮玲玉绝笔所写的正是这四个泣血汉字。

流言恰如流弹。

12. 青春

朱熹解诗一向自信，比如在《朱子语类》卷八有言："读《诗》且只将做今人做底诗看。"再比如坚执《桑中》为"淫者自状其丑。"（钱钟书常常讽刺"经生不通艺"）可面对《卫风·芄兰》这样的诗歌，朱熹却又突然谦虚起来了："此诗实不知作何解好。"

也许,《芄兰》的确不像一些诗那样一目了然,不是"淫奔"就是"怀人"。可它也远没有晦涩到不可解的程度。

在我看来,《芄兰》的蕴含涉及一个生命成长史中的重要关口:青春期。"虽则佩韘,能不我甲"(衣服穿戴像模像样,再也不与我亲昵狎玩),它表现了男孩忽然从少年进入青春期,仿佛在一夜间,那个熟悉的经常在一起玩耍的男孩变得无端的陌生,青青的下巴上冒出了黑色胡茬,喉结也突出来了,甚至目光也变得硬朗起来,服饰也好,举止脾气也好,都不同于从前了,就好像一下子换了个人似的。一个可爱的少年,就这样告别了两小无猜的童稚岁月。这其中的突变和跃迁,除了让人觉得陌生和惊讶,觉得措手不及,同时还自有一份成长的无奈和残酷在里边。

就像王菲在《流年》中所唱的那样:"懂事之前情动以后长不过一天。留不住算不出那流年。"

日本作家樋口一叶写过一篇关于青春期蜕变的小说《青梅竹马》,被余华称为"杰作"。在这部中篇小说中,樋口一叶运用冷笔热心的绝妙文字,写出了少年男女告别纯稚童年进入陌生青春期的生命经历,那么蕴藉,那么沉着,那么伤痛又那么决绝。

王朔的《动物凶猛》则是中国当代小说中此类题材的名篇了,深受评家推崇。它以文革为背景,却写出了青春期生命中那些陌生的、懵懂的、残酷如野兽的能量与爱的骚动。姜文据此改编拍摄了当代影坛中堪称经典的《阳光灿烂的日子》。

13. 追忆

在某种角度上说,所有的文学都是一种追忆。对苍茫遥远的历史,对曾经的生活,对逝去的爱情。

"当时只道是寻常",在追忆里,寻常的事物变得异乎寻常,拥有了崭新的价值；在追忆里，有保鲜期的爱情会变得永恒；在追忆里，生命的所有凋落与伤痛都会被抚平并诗化，在追忆里，历史的沧桑最终汇成一首古老歌谣。

《王风·黍离》就是最古老的那首追忆之歌：

> 彼黍离离，彼稷之苗。行迈靡靡，中心摇摇。知我者，谓我心忧，不知我者，谓我何求。悠悠苍天，此何人哉！
>
> 彼黍离离，彼稷之穗。行迈靡靡，中心如醉。知我者，谓我心忧，不知我者，谓我何求。悠悠苍天，此何人哉！
>
> 彼黍离离，彼稷之实。行迈靡靡，中心如噎。知我者，谓我心忧，不知我者，谓我何求。悠悠苍天，此何人哉！

美国汉学家宇文所安用一部就叫《追忆》的精彩著作，阐发梳理了中国文学史中"追忆"的主题与艺术。《黍离》就是他分析的第一个苍凉而忧伤的追忆案例：繁华终成一梦，风中只有青黍。

14. 伤春

"春日迟迟，采蘩祁祁，女心伤悲，殆及公子同归。"（《豳风·七月》）在暄日、柔桑和仓庚的鸣叫声里，怀春而不得的女孩那份伤悲格外真切，如在眼前。钱钟书有言："吾国咏'伤春'之词章者，莫古于斯。"[①]

也就是说，钱先生认为，《七月》是中国文学史的第一首"伤春诗"。

钱先生还指出，除了《七月》，《诗经》中还有《小雅·出车》（"春日迟迟，卉木萋萋，仓庚喈喈，采蘩祁祁"）和《小雅·四月》等诗也涉及同类主题。可见，在《诗经》里，"伤春"已是一个较为普遍的写作资源与原型了。

[①] 《管锥编》钱钟书著，中华书局出版社，1986年，第131页。

与《诗经》桑麻地里的"伤春"稍有不同的是,后世的"伤春"更多地发生在花前柳下:"后来如梁元帝《春日》:'春心日日异,春情处处多,处处春芳动,日日春禽变';李商隐《无题》:'春心莫共花争发';以至《牡丹亭》第十出:'却原来姹紫嫣红开遍'。胥以花柳代桑麻,以游眺代劳作,多闲生思,无事添愁。"① 倒有些俗语中"温饱思淫欲"或"闲得慌"的意思在里边了。少了《诗经》里那份原初的质朴、诚挚和自然。

15. 风雨

郑风里有一首《风雨》,张文江先生曾有独到的解读。这首诗在我看来说的是见到"君子"(这是后来《论语》中孔子时常说起的两个字)时的那种欢喜。"风雨凄凄,鸡鸣喈喈。既见君子,云胡不夷。"于乱世里见到不改其度的君子,如同凄风苦雨中听闻依旧守时的熟稔的鸡鸣声,同样地让人笃实安心,进而生出喜悦。此诗之后,风声、雨声,遂成为中国人心中挥之不去的声音:

霭霭停云,濛濛时雨。(陶渊明《停云》)

夜来风雨声,花落知多少。(孟浩然《春晓》)

好雨知时节,当春乃发生。随风潜入夜,润物细无声。(杜甫《春夜喜雨》)

青箬笠,绿蓑衣,斜风细雨不须归。(张志和《渔歌子》)

清明时节雨纷纷,路上行人欲断魂。(杜牧《清明》)

小楼昨夜又东风,故国不堪回首月明中。(李煜《虞美人》)

一蓑烟雨任平生。(苏东坡《定风波》)

---

① 《管锥编》钱钟书著,中华书局出版社,1986年,第133页。

梧桐树，三更雨，不道离情正苦。一叶叶，一声声，空阶滴到明。（温庭筠《更漏子》）

夜阑卧听风吹雨，铁马冰河入梦来。（陆游：《十一月四日风雨大作》）

当然还有：风声雨声读书声。

这个原型，彰显的是中国文化中人与自然的那种深度相契与无尽感应。除了风雨，我们还可以在《诗经》中找到类似的许多原型，比如：云、河、鸟、树等等。

16．其他

最后，再拈出钱钟书先生的《管锥编》里其他几处可归类于文学或社会学意义上的原型例子：

"忠孝不能两全"。"岂不怀归，王事靡盬，我心伤悲。……不遑将父。……不遑将母"（《小雅·四牡》），钱先生认为"后世小说、院本所写'忠孝不能两全'意发于此"。①（相似的例子在《小雅·北山》中也有一个："王事靡盬，忧我父母。"）

"天下乌鸦一般黑"。钱先生认为，这句谚语发端于《诗经》中的《邶风·北风》："莫赤匪狐，莫黑匪乌"。②

"天若有情天亦老"。钱先生认为其原型是《桧风·隰有苌楚》："夭之沃沃，乐子之无知。……乐子之无家，乐子之无室"。③

"及时行乐"，后世文学中常见题材。钱钟书先生认为源于《唐风·蟋蟀》："今我不乐，日月其除"、"今我不乐，日乐其迈"、"今我不乐，日月

---
① 《管锥编》钱钟书著，中华书局出版社，1986年，第134页。
② 《管锥编》钱钟书著，中华书局出版社，1986年，第85页。
③ 《管锥编》钱钟书著，中华书局出版社，1986年，第129页。

其滔"。①

"生不逢时"。钱先生认为原型在《小雅·正月》:"父母生我,胡俾我瘉?不自我先,不自我后"。② 我发现《大雅·瞻卬》中有一模一样的声音:"不自我先,不自我后",《小雅·苕之华》也有:"知我如此,不如无生"。可见,生不逢时,怨天尤人,在《诗经》年代已成常情常景,更何况在后世文学乎?

另外,人们打喷嚏时总说:"谁又在想我了呢?",它的源出当然是《诗经》《邶风·终风》的"寤言不寐,愿言则嚏"。

《诗经》中的一些著名的诗句,它们成为后世的成语俗语或典故,一直流传并沿用至今,历几千年而不变不移,几乎保持着原型原样,也一并列出:《小雅·车舝》中的"高山仰止,景行行止";《小雅·巧言》中的"巧言如簧";《小雅·小宛》中的"战战兢兢,如履薄冰";《小雅·鹤鸣》中的"它山之石,可以攻玉";《大雅·板》中的"不可救药";《大雅·荡》中的"靡不有初,鲜克有终";《大雅·桑柔》中的"进退维谷"……

---

① 《管锥编》钱钟书著,中华书局出版社,1986年,第119页。
② 《管锥编》钱钟书著,中华书局出版社,1986年,第139页。

兴之所至

——《诗经》新解之五

一

在《诗经》的三种文学修辞中,"比"和"兴"的研究连篇累牍最为普遍。但畅达周到清晰明了的阐述究竟不多,云里雾里人云亦云的倒是不少。

"比"较为简单,就是打比方,就是比喻。可能是直接说不好说不易说,说了也抽象空泛,效果不好,人们就会迂回着说,绕着弯说,就会善借于物,就会用比喻。比喻有点像武术招数中的隔山打牛(不直接打,因为牛的抗击打能力想必很强,直接打效果一般,必须用隔山打牛的方式震撼它),也有点像军事上的明修栈道,暗渡陈仓,出奇制胜。比喻切忌老套,喻体与本体不能太近,"像狼一样的狗",不如不比,当然,两者距离也不是越远越好,而是要恰到好处。理论上,一个本体有无数个喻体,天才作家费尽心血方才能够找到最准确最有效的那一个,所谓"众里寻它千百度，蓦然回首，那人却在灯火阑珊处"。第一个把女孩比作玫瑰的人肯定是天才，但老是这么比，玫瑰和女孩都不乐意。《诗经》年代的古人就很会打比方，精彩的比喻数不胜数。同样比喻女孩子，不同场合不同对象，比喻就完全不同各有千秋。《卫风·硕人》的比喻叠床架屋不厌其烦，因为庄姜是名人兼美人，大家知晓，众人传谈，对她的长相肤色，也熟谙在心，如在眼前，于是比喻起来得心应手，如作素描速写一般："手如柔荑，肤如凝脂。领如蝤蛴，齿如瓠犀，螓首蛾眉"；到了《郑风·有女同车》就不同，"彼美孟姜"说的其实不是孟姜，而是一个像孟姜一样美的女孩，在《诗经》里，孟姜是美女的代名词，如后世之西施貂蝉。男孩与这样一个美女同车，距离近，心跳急，但毕竟还不够熟稔，不便细瞧傻看，所以，心里只有美好暧昧的总体印象，自然不能眼睛鼻子一路素描和比喻，深谙比喻之道的古人以少胜多，只打了一个含蓄概然却恰切不过的比方："颜如舜华"（她的容颜可真像一朵粉红色的木槿花啊）。

相对来说，"兴"这种艺术修辞就要烦难得多，很难说清它究竟是怎么回事，和"比"又有什么本质区别？很难说清使用它的目的是什么，可以用它达至什么艺术效果？同样，为什么在中国的诗歌中大量出现"兴"？而西方诗歌中却很少遇到或根本没有"兴"？类似这样的问题，都非常值得我们深入探讨和细心体察。

二

朱熹在《诗经集解》中是这样定义"兴"的："兴者，先言他物以引起所咏之词"。这个定义很经典很著名也很通行，可是，对一个尚不知"兴"为何物的人来说，这样的定义是表面化的，也是粗线条的。我们并不能藉之理解"兴"之具体本质，只有吃透了"兴"的真正内涵的人，回过头来再看这样的定义，才会对这个定义有所会心表示领首，反之，对初学者来说，这样的定义并不能解决问题。

还是让我们从一些日常经验和基本常识出发，慢慢来接近"兴"吧。

逢年过节，农村里会请戏班子来演戏，这几乎构成了我们那一代人最重要最有趣的童年记忆之一。我们那么积极地去看戏，当然不是为了提高自己的人文素质，也不是为了增加什么艺术情趣，而是图个热闹，享受那种特别的节日的气氛。所以礼堂里或晒场上总是人山人海非常嘈杂，大人聊天小孩嬉闹，有点像闹哄哄的菜市场。开演之前，总会"咣咣咣"敲一阵开场锣鼓，这锣鼓与即将演出的戏剧有什么关系吗？当然没有！那它是干什么用的呢，有什么目的？我觉得至少有两层意思，一是像我们的上课铃，提醒吵闹的我们戏要开演了；二呢，它其实是在造势，或者说，是在营造一种氛围，把礼堂或晒场的嘈杂混乱的日常时空扭转或过渡到戏剧的艺术的时空和氛围中去。

我们小时候念的儿歌，往往是这样开头的："一二一，一二一，苹果香蕉和鸭梨"，后面才是到姥姥家姥姥给我包饺子之类的实质内容。这样的开头有什么意思吗，它与后面所唱的内容有什么关系吗？都谈不上。只是创造一种节奏，一种态势，一种只属于儿歌的语感和况味。

我们那一代人平生学会的第一首歌无疑是《东方红》："东方红，太阳升，中国出了个毛泽东。"为什么要这样？为什么不直接说中国出了个毛泽东，而要先说东方红太阳升？如果我们说，"一阵烟雾过后，山坡边出现了一个漂亮的女子"，这就是陈述，就是"赋"，读到这样的常见的句子的时候，我们都明白，这个漂亮的女子八成是妖怪，因为妖怪总是在烟雾后出现的。所以，"一阵烟雾过后"与"东方红太阳升"就很不一样，一阵烟雾过后，出现的必然是一个妖怪，这里边，烟雾是实实在在的，那个妖怪也是，而烟雾和妖怪之间也有一种必然的联系，那烟雾甚至可以理解成是妖怪释放出来的。可是，"东方红，太阳升"与"中国出了个毛泽东"，这两者之间却没有这种实在的必然的关系，也就是说，我们绝对不能理解为

"毛泽东是早上太阳升起的时候出生的"（即使在夜晚，我们仍然可以这样唱，虽然那时候天上只有月亮）。所以，"东方红，太阳升"不是真的叙述太阳在东方升起，而只能是一种特别的艺术修辞，它像一种基调，像一种定势：东方红太阳升之后，不一定非得跟毛泽东，但却一定不能跟普通人张三或李四："东方红太阳升，俺村出了个刘老二"，别人一听准得笑掉大牙。

刚才我们所讲的几个例子，无论是开场锣鼓、儿歌首句还是东方红太阳升，其实都是"兴"的感性定义。我认为，"兴"很难作理性定义，最好用举例来接近，或者说只能用比喻来表示：它像一种氛围，像一种基调，像一个虚幻的平台（而不是实际存在的舞台），像戏曲里的过门，像物理学中的"场"（电磁场引力场的"场"），它还像中药里的"药引子"，或炸药爆破时的那根引线（引线和药引子两个比喻里恰巧都有一个"引"字，就是朱熹定义中的"引起所咏之词"的"引"字）。是的，说到底，"兴"就是一种语境，就是没有诱饵的引诱，就是并非规定的约定。

闻一多先生曾在那篇著名的研究文章《说鱼》中指出："《易》中的象与《诗》中的兴，本是一回事，所以后世批评家也称《诗经》中的兴为'兴象'。西洋人所谓意象、象征，都是同类的东西。"闻一多先生在这篇文章里谈隐论喻，透彻完备，健朴古人用鱼隐男女之情，后世偏于享乐主义之后繁殖种族的生物意识退化了，遂用鸳鸯和蝴蝶之类喻男女之事，这样的观点也切情在理、诚为慧见。但把《诗经》之兴与西方之象征、意象相连类，则稍有不妥，因为，象征与意象的自有其目的性与规定性，而其意涵也可被言说和阐释（这与西方人的文化特征与逻辑性思维有内在关涉），所以，象征与意象仍属有用之用，与《诗经》之兴的"无用之用"不可混淆不能类同。

三

那么，为什么我们在西方诗歌里很少看到"兴"这种艺术手法，而在中国的诗歌艺术里却比比皆是呢？感性地理解了"兴"的内涵后，我们必须来思考这个问题。这个问题对我们进一步理解和领会"兴"也大有裨益。

我个人认为，这与中西文化中人与自然的关系有内在联系。

在西方文化中，人与自然是隔离的甚至是对立的，西方人把自然看作对象，所以，西方人热衷于认识自然，探索自然，研究自然，并且利用自然为人服务。而中国文化则全然不同，在中国文化语境里，人与自然是相通相融的，天人合一构成了中国文化的核心标志之一，在中国人眼里，自然也是有生命的，有灵魂的，而且与人的生命完全相通，几乎同一。所以，千年老树被称为"树精"，河流也是有魂的（河魂），而打雷则与雷公有关，所以，中国诗文里到处有这样的词句："感时花溅泪"（花也会流泪），"蜡炬成灰泪始干"（蜡烛也会流泪），"秋意"（季节也有意，西方人可能只会写"秋色"），"庄周梦蝶"（庄子会做梦，蝴蝶也会做梦），"相看两不厌"（我在看山，山也在看我）……

唯其如此，唯其中国人的生命基因里有这样的自然观，所以，当我们在说树在说鸟在说蒹葭的时候，就不仅仅在说树在说鸟在说蒹葭。而当我们从鸟叫说到人的内心情感和思绪的时候，我们觉得再自然不过，再合适不过，再融洽不过，几乎是水到渠成，几乎不需要解释不需要过渡（在这里，我们终于可以对朱熹定义中的两个字作出进一步的规定："先言他物"的"物"，不是指门、窗、桌子、灯、电视这样的人造之物，而是专指自然之物：河流、鸟叫声、各种植物等等；而"以引起所咏之词"的"词"本来应该是与人有关（而非与兽与鱼有关）的"情"或"事"，但因为有时是情有时是事，并不确定，所以朱老夫子无奈之下只好用一个空泛的"词"字）。

于是乎，"兴"在中国诗歌里如花开遍。

四

那么，在诗歌里频频运用"兴"这种艺术表现手法又有什么好处？可以收到怎样的艺术效果呢？当我们弄明白到底什么是"兴"之后，这个问题就变得水落石出了。

就像我们无法说出在"中国出了个毛泽东"之前为什么要有"东方红太阳升"一样，就像我们无法确指"一二一，一二一"到底有什么意思和内涵一样，"兴"也是不能究诘意思指说内蕴的，强说不如不说。也就是说，"兴"是微妙的、暧昧的、玄奥的，它的用意似有还无，说无却有。"兴"的这种本质和特性，刚好与诗歌是一致的，简直如出一辙，因为诗歌也是微妙的朦胧的，所以，诗歌常常会让人读不懂（能明确读懂的往往不是好诗。当然，不是诗人故意要把诗歌写得难懂，或者故意要突出自己的艺术个性，而是诗歌表达的内心情感本就微妙暧昧空灵动态。诗歌表达的往往是一种难言的感觉一种微妙的氛围，一句话，就是诗意：铁板钉钉的东西与诗意无关）。

也就是说，"兴"可以让诗歌变得更微妙更朦胧，更有诗意，更有艺术氛围和情调；"兴"能够让诗歌变得更是诗歌；"兴"与诗孪生，"兴"与诗同根！

五

再来看看"比"和"兴"有什么本质区别。

"比"是用他物指代此物，它有时只说喻体，本体反而隐蔽起来，"兴"是先言他物，目的是要引出此"词"；"比"是一种工具，为了解决艺术表达的难题而使用的工具，而"兴"不是工具，只是一种氛围，一种情调，一种语感，一种语境；"比"的喻体和本体之间有一种几乎是确然的桥梁一样的联系和相似性，而"兴"的"他物"和"此词"之间却不必有明确的联结和相似关系；"比"的效果是形象生动，而"兴"的效果是微妙朦胧。

六

在关于"兴"的诸多界定和解说中，我独独欣赏徐渭的定义："天机自动，触物发声，以启其下段欲写之情，默会也自有妙处，绝不可以意义说者。"

我觉得这个定义最是妥帖到位，既看透了"兴"的本质，又表达得恰到好处。

"天机自动"：因为中国文化有天人合一的自然观，因为在中国人眼里，自然万物与人有内在联系，是相通并且相融的，所以，当我们在"先言他物"之后，再写人事人情的时候，我们都非常习惯，非常受用，而且都觉得妙觉得好，我们不需要解释不需要启示，几乎天生就能理解这样写的原因和效果，因为天人合一的自然观像基因一样存在于我们的内心存在于我们的生命深处，所以说，天机自动；

"触物发声"：指出了"兴"的两种方式（朱熹只有一种"先言他物"），一种是"触物"轻轻一触，灵气乍泄，物性芬芳，是触物，不是逮物或抓物（比喻就是抓住喻体来表现本体）；二是"发声"，也就是说，"兴"不必一定要言物，光发声也可以成"兴"，如儿歌中的"一二一，一二一"；

"以启其下段欲写之情"：徐渭用"情"字而不说"词"字，因为即使说事，总是关情，诗歌总与情有关，所以直接说情，其实比"词"字更到位；

"默会之也自有妙处"：一定要"默会"，不能去思考去分析与解说，默会之后得到的一定是妙处，而不是意思和主题之类，"兴"之本质正体现在这儿;"绝不可以意义说者":很多迂腐的学究往往会竭力解释或推究"关关雎鸠"的含义和所指,当然不妥,肯定可笑,所以,徐渭特特加了个"决"字,以防人们再被误导。

徐渭的这个定义也许并不怎么通行和著名,可实际上,这个定义要比朱熹的那个好得多,看得更透,吃得更准,表达得也更到位恰切。因为朱熹说到底只是个老学究,而徐渭却是个纯粹的艺术家(纯粹到了最后疯掉的程度,我以为纯粹的艺术家最后都容易疯掉,像梵高,像我们的徐渭,这当然是另一个话题,按下不表)。关于文学艺术,我总是更信赖艺术家的眼光和表达(比如余华对小说对作家的独到而又犀利的见解,就实在要比一般的教授博导不知高明精准多少倍)。

七

最后,谈到"兴"这样的艺术修辞,我想举个小例,以便说明艺术永远不能机械地分析迂腐地解读。

一般在解说《诗经》中的艺术修辞时,人们总会争论某句诗到底是"兴"是"比"还是"赋"。这样的争论往往显得不够艺术。因为艺术总是动态的微妙的。

比如《关雎》首句:"关关雎鸠,在河之洲",到底是什么?一般学者认为是"兴",这固然没错,可问题是,这一句真的只是"兴"吗?

我认为,它还是"赋",因为河边的鸟叫声,在这首诗歌里,完全可以理解成是一种具体情景的勾勒描绘,是诗歌展开的背景,那个青年就站在河边,他的耳朵听到了悦耳的鸟叫声,看到鸟儿都是成双成对的,才会想到"窈窕淑女,君子好逑"。所以,为什么它就不能是"赋"呢?

如果更开放地理解和更大胆地想象,我认为,这句诗歌还可以是"比":就像鸟儿都叫声如歌成双成对一样,我也应该有一个美丽如画的理想的女孩子作为对象啊。

所以,这句诗歌,既是"兴",又是"赋",还是"比",是三合一,是综合性、全方位的艺术表现。我想,这样去理解,对诗歌的妙处,对艺术的本质,无疑会更贴近一些。

因为艺术,永远,魔法无法。

【第二辑】

《论语》新义

微言大义

——《论语》新解之一

一

上个世纪的八九十年代，在先锋文学的那些好日子里，苏童写过一部充满想象力的长篇《我的帝王生涯》。如果我没有记错，这部小说本来有一个更新潮的名字：《中国古代的夜晚》，当初在《花城》发表时，编辑可能觉得这个名字过于诗意，建议苏童改成了相对质实的《我的帝王生涯》。

这部虚构之书描写了一个不愿做皇帝的少年帝王的一生，历史的长河中确有一些不喜欢做皇帝的帝王，有的喜欢写词，有的喜欢画画，有的还居然喜欢干木匠活，苏童写的这个皇帝则喜欢杂技，最迷恋的是空中走索。对这个帝王来说，在高高的绳索上纹丝不动或如履平地，是一种奇异的生命状态与境界，一个人凭此就从尘世的地面超越到了自由的天空，走索于是演变为飞翔，沉重的肉身轻盈如鸟。后来就发生了一场宫廷政变，历史正是由这样的政变与阴谋构成的不是么。少上帝王从此蜕变为一个布衣平民，他真的开始练习走索，并最终成为一个走索王。他的后半生，一直隐姓埋名，生活在一坐叫苦竹山的山坳里。天气晴朗能见度好的时候，附近的村民经常看到有人穿着一袭白衣，在山坳里飘来飘去，形如白鹤。小说是这样结尾的：

> 那个人就是我。白天我走索，夜晚我读书。我用了无数个夜晚静读《论语》，有时候我觉得这本圣贤之书包容了世间万物，有时候却觉得一无所获。

我认为，苏童通过小说人物对《论语》的感性认识或直觉判断，超越了无数经生和学者对《论语》的泛泛而谈或繁琐之论，切中并且抓住了《论语》这部经典的本质或接近了它的真相：如果你的阅读足够安静足够精细足够深入，如果你真正地沉潜进去，你会发现《论语》包容了世间万物，不仅博大深奥而且宽广丰富；而如果你只盯着表层的话语，如果你的阅读只停留在文本和字面上，那么，你会觉得这本书好像没有什么了不得的地方，因为它看上去那么散淡浅显，那么平常简单，好像真的没有什么，结果自然就是一无所获。

那么，《论语》到底是本什么样的书呢？

我一直认为，通过浅显和深奥这两个粗线条概念的排列与组合，大致可以把世上的书分成四类：

第一类，一看就浅显俗白，实际上也非常浅显，市场上那些快餐式的通俗读物就属于这个范畴；

第二类，看上去很深奥，实际上却很浅显，那些专业术语满天飞，还间或夹杂些外文单词的高头讲章属于这一类，把那些生搬硬套的吓唬人的术语撤掉，剩下来的只是一些粗浅的庸见俗识，并没有什么创造和发现，也不见什么功力和心血，我们的博导和教授们所炮制的所谓科研论著大多是这样的货色；

第三类呢，一看就高深莫测，实际上也很莫测高深，康德、斯宾诺莎、维特根斯坦、乔伊斯等人的书就属于这一类，我们的《周易》《道德经》当然也是这样的书；

第四类，看上去倒是浅显易懂，实际上却复杂深奥非常了得，我想，《圣经》肯定是这样的书，而我们要讲的《论语》，也正是这样一本书。

我们都知道，《论语》中那些耳熟能详的话语，大多平白简约，像平常语，像大白话，我们在一部《论语》中见不到惊人之语，见不到高深莫测吓唬人的话，有些话，似乎一个日常生活中的老人也能张口说出一样。但本文将阐发和证明的是，作为中国文化中的核心经典，《论语》绝不像表面看上去那么浅显，也不像话语本身所显现的那么简单，它是一部真正的微言大义之书，它大智若拙，静水流深（试想一下，孔子可是儒家宗师，是精深之书《春秋》的作者，所以，我们须得把《论语》看成是孔子毕生思想精髓的日常的口头的表达，看成儒家哲学的深化浅出的简化版或普及版）。

微言指的是：浅显的、具体而微的、貌似简单的、日常性的、没什么大不了的言说；而大义则意指：深奥的、宽广的、高度浓缩的、重要的、关乎根本的、涉及终极问题的、哲学的义涵。

正是从微言大义的角度出发，我想指出《论语》研读中的两个偏颇的倾向。

其一，只盯住微言没指涉大义，代表性人物当然是于丹。客观而言，于丹在百家讲坛上开讲《论语》，对国人重读《论语》并掀起国学热是有一定的引导作用的，当时有许多专家指责于丹的解读不专业、无学术，有些字句则明显讲错错得可笑，说她训诂功底浅陋没有资格讲《论语》。更有联名上阵的十博士，称于丹糟蹋了孔子，要为其"解毒"。时至今日，我依然不认同博士专家们对于丹讲《论语》的诘难和批评，个别字句讲错并不是什么不可原谅的事情，功底的问题也不是原则性的，讲《论语》并非中国古典文学研究者或哲学教授的专利，有时候，深陷专业泥潭的人未必能讲出什么玩意儿来，我甚至觉得，让那些指责于丹的人来讲《论语》未必就更靠谱。于丹最主要的问题不在这儿，而在别的地方，那就是：于丹只盯着《论语》的本文和字句，只抓住了《论语》的微言，压根儿没有触及《论语》的大义与深意，所以，于丹整个就把一部儒家经典讲成了生活指南，讲成了心灵鸡汤[①]。另据我所知，一向倨傲自重的西哲黑格尔曾经嘲笑过孔子的《论语》，偏颇地认为其不过是"处世格言"而非哲学。

其二，哲学化地重构了《论语》的大义却出离并脱开了《论语》的文本和微言，代表人物是新儒学"大师"牟宗三，其巨著《心体与性体》，部繁帙浩，蔚为大观，进行了体系宠大的抽象思辨与分析，建立了一整套严密的道德形而上学，但怎么看都与《论语》的文本与话语无关，与孔子的生命实践与性情修为无关。当然，宋明理学家其实早就有这个问题，他们严正深切，规形矩步，没有了孔子那份平实、宽和与自然；他们陷入心性之辩，堕入抽象思考，阴阳五行的宇宙论和心性之学的本体论，淹博闳深有余，平易简实不足，而且程朱陆王等辈皆强辞硬理，可敬而不可亲，其言凿凿，其象岩岩，早已抛开微言，远离喜悦，"有苦心极力之象，而无宽裕温和之气"[②]。其实，微言之所以是微言，除了简实平易，必有一份微妙可爱与含蓄感人在里边，而大义与深意必然不着痕迹地自然地绵延含藏在其间（在某种角度上说，《论语》的阅读史差不多就是误解与扭曲的历史，孟子与荀子已非原汁原味，到了独尊儒术的西汉，《论语》与儒学已然政教合一成为意识形态和统治者的"维稳"工具。难怪小说家兼文化学者阿城

[①] 讲《论语》出了名之后的于丹，遂以知识分子形象代言人的身份频频亮相于电视媒体，把空话与废话说得那么慷慨激昂字正腔圆，用北京话说就是"满嘴跑火车"，用孔子的话来说，则已近于"巧言令色"。

[②] 《论语新解》钱穆著，三联书店出版社，2002年，第2页。

会说出这样的话来："将孔子与历代儒者摆在一起,被误会的总是孔子。"①

面对《论语》,怎样解读才能回避上述两种倾向?如何才能既盯着微言、从微言出发,又可靠并可信地触及其深意、抵达其大义呢?

在多年来喜爱并研读《论语》的基础上,在一个恍然豁然之夜,如有神助一般,我想到了一种全新的迥然不同于前人和他者的阐释方法。通过这种方法,通过也许是"创造性误读",就可以由表及里从浅到深,把《论语》的微言还原为精髓与大义,我把它命名为"还原法"。

二

在介绍并运用"还原法"之前,我想先分析一下《论语》的成书过程,并探究一个先行性问题:《论语》为什么会成为一部微言大义之书?或者说,到底是什么缘由导致《论语》成了一部静水流深的经典?

与先秦诸子的其他经典如《道德经》《庄子》《孟子》《孙子兵法》等相比较,无论是风格、样式还是成书过程,《论语》无疑都自成一格与众不同。

当然,《论语》之所以是一部微言大义之书,并非故意为之,不是主观努力使然,与刻意的悬疑般的禅宗公案与机锋完全是两回事。

我们知道,《论语》不是个性化写作的产物,不是孔子本人的著述,而是由孔子的弟子与后人在较长一段时间内通过回忆收集整理编撰而成,记录的是孔子生前的一些零散随性的言行与印象(包括个别弟子的)。其情形类似于苏格拉底的话语与观点被柏拉图、色诺芬等弟子的著述所记录,像《斐多》《游叙弗伦》《申辩篇》《回忆苏格拉底》等。殊为不同的是,出现在这些著作中的苏格拉底话语显得完备周全,富有戏剧性和逻辑性,这些对话性的文本自成一体非常系统。相比之下,《论语》就缺乏这样的系统性

---

① 《孔子随喜》薛仁明著,新星出版社,2011年,第10页。

与整体感,至少表面看上去散蔓芜杂呈"碎片性",没有一般著作那种连贯与一致,几乎谈不上严整的结构与体系(理性体系与感性碎片差不多也是中西文化的样貌差异)。正因为如此,苏格拉底的谈话录或对话集就不属于"微言大义"的文本,因为它们有具体的场面与连贯的语感,有严密的逻辑结构,有完整系统的内涵呈现,其言即其义,所见即所得。《论语》的编撰者显然无意于体系建设与逻辑构造,零散随即的言行常常缺少最起码的场景支撑与语境氛围,前后句与上下文之间也没有那种连续、有序与贯通。所以,言意之间就难免有隔,表里之间往往不合,阅读《论语》也就不能太直接,不能太拘泥于文本,不能只盯着字句。我至今还记得多年前第一次接触《论语》的情景,翻开"学而篇第一",读到的第一章就让我觉得讶异莫名:"子曰"两字无端地横空冒出,第一句"学而时习之,不亦说乎?"让我这样一个经过多年寒窗苦读的人顿觉不够真切贴心,可紧接着第二句变成了"有朋自远方来,不亦乐乎?"意思倒是妥帖明白的,但不明白的是怎么就从学习问题突兀地跨越到了友情问题?读到第三句"人不知而不愠,不亦君子乎?"我已经被孔老夫子的思维的跳跃性和发散性彻底搞懵了。而从"子曰"的第一章到"有子曰"的第二章,复也如此这般地间离、隔断与脱开,感觉不到必要的过度与起码的衔接……现在想起来,正是因为最初的惊讶不解,才会对世上那么多言之凿凿的注释与层出不穷的解析保持谨慎和怀疑,才会有后来的一遍接一遍重读、思悟与精契,才会试图去找到属于自个的"创造性误读",才会最终与"还原法"迎面相遇。

说起来,孔子本人也要为《论语》之"另类"负相当的"责任"。我想,如果他不那么"信而好古",不坚执于"述而不作",如果他在"著春秋"与"删诗"之余,能坐下来把自己一生的修为与思考书写下来,为后世留下一本叫《孔子》的人生哲学和儒家经典,那么,我们就不会惊讶于《论语》的跳宕、闲散与碎片化,也用不着迷惑于它的微言与大义了。

然而孔子没写过这样的人生哲学，他只是在人生的历程中，在仕途的迷惘与现实的困厄中，在战争频仍的乱世危局中，尤其是在知悉了天命之后，在哀乐的晚年，现身说法地即情即景地与弟子们交流过一些人生的经验或修道之心得，虽说也诲人不倦，虽说也言传身教，但毕竟是散漫即兴的、不经意的、口头的，差不多只是在随想随说，只是在对谈聊天，甚至常常是自我解嘲与感叹而已（他才不会有什么教材讲义课件PPT之类的东西呢）。

另外需要特别指出的是，我们在阅读《论语》时往往会误以为孔子是在对我们说话，其实孔子讲述的对象是他的弟子，是那些高足，他们皆非等闲之辈。由于这些弟子与孔子亦师亦友的关系，他们在学养修为、年龄和生命成熟度等等方面与老师颇为接近，再说师生之间又那么熟悉与默契，因此，孔子与他们交流人生讲述儒学的时候，用不着面面俱到一五一十地"满堂灌"，他只要随便发一声感叹（"觚不觚！觚哉！觚哉！"），学生们就知道他在谈什么想谈什么，甚至他的一个手势一个脸色，也会让学生心领神会体悟多多。这样一来，就像高手之间的过招，孔子与学生的交流必是点到即止的，简易平实的，举重若轻深入浅出的，旁敲而侧击，意却在言外。那些个只言片语，那有一搭没一搭的样子，旁人看了也许觉得寡然淡然没什么，而他们自己早已趣味盎然深得其中三昧。有点像小火慢熬的白粥，初尝似觉平淡无味，细品方觉浓酽稠厚，再一咂，唇舌间还应留有余香清甜；也有点像传统武学中的太极推手，轻描淡写的动作中却蕴含着极深功夫与造诣——这正是《论语》的文本特征：其言亦微，而大义则绵延涵藏其间焉（微言的似浅实深、举重若轻，事实上也构成了汉语写作的艺术资源之一）。

现在可以梳理和总结《论语》之所以微言大义静水流深的原因了：一是因为孔子"述而不作"，而"述"与"作"难免有距离；二是因为孔子面对的是高足和弟子，他的"述"必是点到即止而非面面俱到，孔子拥有微言大义的条件与语境；三是因为弟子与后人在编辑整理《论语》时是片断与零散的，而不是连贯有序的；四是因为中国文化本就偏于感性与直觉而非理性与逻辑，与西方的符号化语言不同，象形性文字的表达常常是意在言外含蓄微妙的。

我接下来要做的工作，就是将微言还原为大义，把《论语》还原为儒家的人生哲学。或者说，把孔子的所"述"还原为所"作"，把自己还原提升为孔子那些知根知底的弟子。

说白了，所谓"还原"就是独立地不断地深入地思考、想象与感悟，去思量去猜度孔子如果不是讲述而是写作的话会写出什么写成什么？想象自己就是他的弟子与学生，心有灵犀，小叩大鸣，去体会去感悟那些浅显之言背后的深奥之义到底是什么，究竟是什么。

三

作家加缪在其存在主义著作《西西弗斯的神话》之开端有言：

"真正严肃的哲学问题只有一个：自杀。判断人生是否值得经历，这本身就是在回答哲学的根本问题。至于其他问题，诸如世界有三个领域，精神有九种或十二种范畴，都是次要的，不过是些游戏而已。"[1]

既然微言大义的《论语》是中国文化的经典、儒家的人生哲学，那么，它必然要面对那个根本问题，即：人为什么活着？或者人应该怎样活着？

对存在主义者加缪来说，活着就是要反抗荒谬战胜虚无从而不至于自杀（这样的回答本身恰好说明了现代人的荒诞的存在处境），这答案是可以在加缪的书中找到的。可翻遍整部《论语》，我们却找不到这样的现成答案，孔子从来不曾正面地严肃地回答过这个人生的终极问题。就像他没有讨论过死亡的问题一样。

---

[1] 《西西弗斯的神话》加缪著，杜小真译，三联书店，1987年，第2页。

一遍遍地翻阅静读《论语》，我觉得这本微言大义之书最需要抓住的一个字是"乐"（悦），这个字星罗棋布般散播在整部书里，出现的次数虽然没有"仁"、"义"、"礼"、"学"等字频繁，但我认为《论语》的核心恰是这个"乐"字，从这个核心的关键的字出发，我们就可以推衍出那个人生根本问题的答案：人应该快乐地活着！（显然，为仁活着或为了学习活着从常理上是说不通的，仁义也好，学习也罢，都只是通向人生目的之方式或手段而已）。

　　这个答案乍一看太简单太平淡，几乎有些庸常，没有深度和分量，鄙之无甚高论，没有一丝理想主义的色彩，倒是有些享乐主义之嫌，这与积极入世、任重道远的儒家似乎完全不搭。

　　我们看到，后世儒者向来理想迢遥抱负远大，姿态都很高蹈，他们从来不曾、不愿也不屑把浅显的快乐看成人生的深远目的。比如"修身养性齐家"后面跟着就是"治国平天下"，比如"天下兴亡，匹夫有责"，再比如"为天地立心，为生民立命，为往圣继绝学，为万世开太平"。真格是庄严崇高，伟哉大哉。这些信条作为少数人的生命志向未尝不可，但把它们推向日常现实中普通人的生活与实践则完全不靠谱，怎么看都有些好高骛远甚至伟言耸听，有点像笑话里说的：把人送到电线杆顶上等着看他怎么摔下来。再说，如果人人都去平天下，天下安能平哉，如果谁都去为民立命，那也肯定是生民的灾难，不是么？

　　我们看到，后世儒者几乎都深怀忧虑一脸苦相。孟子开始就这样了，"生于忧患死于安乐"，安乐不仅不是人生之鹄的与意义，反而成了需要回避的东西；《岳阳楼记》里的范仲淹堪称忧心忡忡："居庙堂之高则忧其民；处江湖之远则忧其君。是进亦忧，退亦忧。然则何时而乐耶？其必曰'先天下之忧而忧，后天下之乐而乐'乎。噫！微斯人，吾谁与归？"；诗人陆游的人生亦写满了忧字："位卑未敢忘忧国"；而宋明理学家们大多肌肉紧绷表情严肃一点也不快乐……倒好像不是快乐而是苦难，才算正经而正当的人生主题和目的一样，就好像生命只能去承受不能承受之忧患之沉重一样。而乐也好，悦也罢，都不入后世儒者的法眼。

就像汽车驾驶中的专业术语"跑偏"一样，后世儒者显然偏离了孔子的人生观，偏离了《论语》的核心。

其实，快乐对人生而言有其根本价值和完足意义，绝不浅俗皮相，对生命个体而言，快乐地活着，看似不够崇高伟大却足够美好和理想。试想一下，如果天底下每个人都能快乐地活着，万家灯火里都洋溢着幸福，那将是一个何等样的世界？！何等样的乾坤？！那可是迄今为止人类一直向往而依然远未实现的愿景和蓝图呵。而两千多年前，孔子在《论语》中早已透露了这样的愿景和蓝图。

你看，一部《论语》的开端《学而篇第一》的首章，就开敞显豁地说出了"说"（悦）字和"乐"字："学而时习之，不亦说乎？有朋自远方来，不亦乐乎？"上来就为我们拉开了欣喜快乐的人生帷幕，真是闻风相悦令人神往的亮相。

《八佾篇第三》里孔子谈到了《诗经》："关雎乐而不淫，哀而不伤。"《诗经》是华夏民族的艺术起源，是原初的生活与情感表达，孔子点出其根本在于一个"乐"字，人生虽然难免有哀，但要以不伤损为限度，要想得开才是。

《雍也篇第六》里孔子谈到了他最喜欢的学生颜回："贤哉回也！一箪食，一瓢饮，在陋巷。人不堪其忧，回也不改其乐。贤哉回也！"颜回过着那种简单清贫的生活，在别人眼里这样的生活是忧苦的不堪的，可湛然安然的颜回却过得充足宁和快乐无忧。于是绝无仅有地，孔子在同一章里首尾两次发出复沓式感叹"贤哉回也！"（应该注意欣赏这样的微言与话语艺术）。前人学者对这一章的解读和赏析，历来偏于孔子对颜回的人格性情之赞赏，其实，这一章别有深意在焉。它告诉了我们，快乐到底指什么，它的内涵与意义究竟如何。在孔子眼里，快乐不是简单的感官的享乐，而是与生命有关与心灵有关的充实与幸福，它虽然是人间的现世的，但它不被外在的物质所左右，并非由世俗的功名得失利益多寡之类所导致或决定，孔子强调了快乐的情感和精神内涵，强调了快乐的主观性与超越性，从而也彰显了快乐对生命的独特自足的价值与决定性意义。

同一篇里，孔子在谈到知识学问时候依然把落脚点放在"乐"字："知之者，不如好之者。好之者，不如乐之者。"在孔子看来，人固然应该好学求知，但更应该有喜悦之心与快乐之情存于其间；知识与学问不仅是格物致知也不仅要学以致用，更应该对生命有所裨益有所涵养有所充实与提升。后世儒者好像都忘了这句话，他们的苦读严修鹄首穷经往往与快乐背道而驰。而在漫长历史长河中，在学而优则仕的传统下，有多少书生十年寒窗最终却身心俱疲成了科举制度的牺牲品（我们的应试教育体制在对学生身心的负面影响与危殆方面一点也不惶多让）。看看当今知识分子都在干些什么，泛滥成灾的功利性学术和科研别说"乐之"，就连"好之"都谈不上，完全被功名与利益所左右，竭力炮制的那些论文垃圾，如山如海如癌细胞之扩散，既无益于社会，也无益于自己的身心，催生的只是人格沦丧与忧郁症，差不多只是在糟蹋年华摧残生命，恰好走向了"乐之"的反面。

《雍也篇第六》第三次谈到"乐"字的句子是《论语》的名句："知者乐水，仁者乐山。知者动，仁者静。知者乐，仁者寿。"常见的赏析阐述总是把乐山乐水作为知与仁的类比与象征，只是譬喻了知与仁在性质上的差异，一个如水之灵动变化周流不滞，一个如山之稳固长久坚定不移。也就是说，知者乐水的重点在知者不在乐水，仁者乐山的重点在仁者而不在乐山。我个人的理解与此相反，知者与仁者在上述句型上只是名词性主语，而一句话的义涵当然体现在后面的动宾结构即乐水与乐山上面（《述而篇》就有"仁者不忧"）。我把这句话看成是孔子所描述的快乐人生之具象图样：人生天地间，不管是知者还是仁者，都应逍遥优游于山水之间，鸢飞戾天，鱼跃于渊，与自然融为一体，见山乐山，见水乐水，俯仰之间、动静之中皆有快乐，这不就是天人合一？一个人如果总能活得快乐，身心愉悦，岂会不长寿？正因为是乐者，所以才会是寿者！（偶尔看到南怀瑾谈"知者乐水，仁者乐山"，他硬是给句读成"知者乐，水，仁者乐，山"，意思是知者的快乐像水，仁者的快乐像山，我实在搞不清这都是些什么样的快乐。他说鱼虾泥鳅也乐水，难道鱼虾也是知者吗？原话说知者乐水，但并没有说乐水的一定是知者，即反之不一定成立。说实话，"大师"南怀瑾居然会犯这样的逻辑小错误，的确有些超出我的意料之外）。

到了《述而篇第七》，孔子本人终于现身说法亲自为我们讲述和图解了快乐是怎么回事："饭疏食，饮水，曲肱而枕之，乐亦在其中矣。不义而富且贵，于我如浮云。"前半句几乎是对孔子赞赏颜回的那段话的复述，粗茶淡饭，乐在其中。后半句同样强调了富贵与快乐并非因果关系，简单质朴，照样可以活得快乐，而拥有富贵，未必一定就是拥有快乐，真正的生命快乐总是超越于物质生活与富贵贫贱之上的。这对现实中竭力追求外在的富贵却与生命的内在快乐失之交臂的芸芸众生无疑是警策与劝解。与颜回那章稍有不同的是多了"曲肱而枕之"（枕着自己的手臂休憩睡眠）五个字，这五个字非同小可，在我看来，它构成了一个意味丰盈的象，中国文化历来重视这样的象，从《周易》开始就是如此。这五个字给出的是一个素朴的自在的甚至是逍遥的生命之象与存在之境，此象此境很大程度上提高并升华了快乐人生的诗性内涵与品质，与道家尤其是庄子的生命之象可以比类观照（我们都知道，孔子生前请教过老子，有得于道家之旨），也可与西方诗哲荷尔德林的"诗意的栖居"参会契合。可见在根子上，在人生的终极问题上，儒道并非分途，中西也无隔阂。"曲肱而枕之"这个简约而不简单的生命之象，到了《先进篇第十一》（下编第一），则被扩展演绎得更细节化更生动形象也更为完整，那一章差不多是整部《论语》字数最多的，场景和人物都栩栩如生，甚至有足够的叙事性（当然还有文学性与艺术性）。那一次孔子与侍坐在身边的几个亲炙弟子谈人生志向，子路等人的回答胸怀远大抱负不凡，曾皙独自在边上鼓瑟，孔子便问他，他才道出了那个中国文化史上最著名最重要当然也是最让人称道的生存之象：

"暮春者，春服既成，冠者五六人，童子六七人，浴乎沂，风乎舞雩，咏而归。"夫子喟然叹曰："吾与点也。"

在《论语》里，孔子一般只是"子曰"，很少"叹曰"，更绝少"喟然叹曰"（正是从这样的细部我们可以欣赏到《论语》的语言艺术与写作之道），由此可见，曾点那优游于山水、自在于天地之间的自由诗性的生命之象深契孔子本人的内心，与他的"曲肱而枕之"可谓异曲同工，所以他才会发出这么无条件的首肯与由衷的赞叹，使人不禁联想起孔子对颜回的那次赞赏。我们在中国传统的山水画卷中，常常可以在深山里林木下看见曲肱而眠的人物形象，那几乎可以说是一个固定造型，这个不约而同的造型并不是因为画家的想象力有限，而是说明了"曲肱而枕之"的生命之象乃中国文化的基因，那份自在天然，那份随性放松，那份完足与诗意，是文化血脉中最为宝贵的元素，亦是最有价值的精神遗产。

而在同篇稍后的地方孔子再次"自曝"其快乐人生观：叶公问孔子于子路，子路不对。子曰："女奚不曰：'其为人也，发愤忘食，乐以忘忧，不知老之将至云尔。'"一方面是发奋忘食，另一方面是乐以忘忧，孔子抵达的是一种平衡的不偏不倚的中庸的归总是快乐的人生境地。而"不知老之将至"则实乃快乐人生的必然结果，就像长寿是快乐的结果一样。而郁闷忧虑则让人度日如年。

此外，在《季氏篇第十六》，孔子还对人生之"乐"作了具体可行的解释与区分："益者三乐，损者三乐"……

当然，看出《论语》的核心是"乐"的学者历代不乏其人。比如，宋儒周敦颐的弟子程颢在回忆老师生前的教诲时说："昔受学于周茂叔，每令寻颜子仲尼乐处，所乐何事"[1]；比如现代学者钱穆也多次谈到了孔子哲学中快乐的人生主题[2]；当代学者李泽厚在解读《论语》时就提出过一个"乐感文化"的概念[3]；再比如台湾学人薛仁明不久前刚写了一本让作家朱天心都为之叫好的书，书名就叫《孔子随喜》，书中强调"乐"字是《论语》的核心关键和"正眼法藏"[4]……

以上，我通过对《论语》的冗长的文本分析，并援引前人学者的观点，梳理和总结的是儒家的人生哲学之核心：人应该快乐地活着。

这样的分析和总结并没有什么难度系数，也没有多少新意，在方法论与结果上似乎都没有超出于丹的《论语心得》。我对《论语》的阐释工作当然不会仅限于此，不会停在这儿，实际上，以上的分析、梳理与结论，不是我的阐述工作的终点而只是起点。换句话说，我的阐述开始于于丹等人的结束处。

一部哲学只有一个核心是远远不够的，也是不可能的，就像一部法律不可能只有总则一样。否则，除了上述谈论快乐人生的核心话语，《论语》剩下来的就是诸多关于仁义孝悌、修行学习、为政治国等等散蔓简实的道理，它们与快乐之核心没有明显的相关性，形不成一个有机的整体，那样的话，《论语》就真的只是一部处世格言了。因此，《论语》作为儒家经典，作为中国文化中最重要、影响最为深远的人生哲学，除了一个关键性的核心，一定还有操作性和结构性的展开部分，除了告诉我们应该快乐地活着，肯定还告诉了我们怎样才能快乐地活着。也就是说，它必有一个指导性的方法与整体性的框架，必有一个哲学性原理与统领全书的完整纲领，藉此，快乐人生的实现才有明确的方向与可行的路径和进程，全书的其他话语与内容才会与快乐核心内在相关，并统领全书形成一个有机的整体与系统

---

[1] 《程氏遗书》卷二上，《二程集》，北京中华书局1981年版，第16页。
[2] 参看《孔子与论语》，九洲出版社，2011年。
[3] 《论语今读》李泽厚著，安徽文艺出版社，1998年，第28页。
[4] 《孔子随喜》薛仁明著，新星出版社，2011年，第84页。

（李泽厚在《论语今读》的前言里也表达过类似的意思，他说："《论语》篇章的各种对话并无一贯系统，甚至七零八碎，但读毕全书，却仍有一相当完整的生动印象。"① 当然他只是这么一说，并没有进一步的说明或证明）。毫无疑问，寻找这个操作原理与结构性框架，才是我的"还原法"研究的真正动机与目的，也是我的阐释工作的原创性所在。

在那个恍然豁然之夜，我发现这个结构性的原理与奥秘就存在于《论语》全书开头的第一章里，只要用"还原法"阐述这章文字，我们就可以得出《论语》的儒家人生哲学的三层面纲领和统率全书的那个启示性结构。

现在，就让我们回到《学而篇第一》的首章吧。

四

> 学而时习之，不亦说乎？
> 有朋自远方来，不亦乐乎？
> 人不知而不愠，不亦君子乎？

首先，我认为弟子们经过长时期的思考与斟酌之后，把这一章放在一部大书的开端，绝非随意或无意。李泽厚虽然从这一章的"悦""乐"二字想到了"乐感文化"，但他对这一章的含义的看法，"作为《论语》首章，并不必具深意"②，我却不能苟同，到底是不具深意，还是李先生没有看出它的深意呢？我的回答偏于后者。经典文本通常是开宗明义而且先声夺人的，开头开头，开出来的就是头。如《道德经》第一章是全书的总纲，道出了不可道之道或道之不可道，后面只是展开与演绎道之无穷内涵与奥妙；再如《圣经》首章创世篇道出了上帝创世的过程以及上帝的神圣与无上位

---

① 《论语今读》李泽厚著，安徽文艺出版社，1998年，第14页
② 《论语今读》李泽厚著，安徽文艺出版社，1998年，第27页。

格，是全书的出发点。细察《论语》的文本，我们发现编撰者的安排布局还是颇费思量与功夫的，钱穆就指出过这种安排的有意味之处。如鉴于有子与曾子在儒学后继者中的影响力与地位，《学而篇第一》第二章安排的是有子的话"其为人也孝弟，而好犯上者，鲜矣"云云，钱穆有按："则有子固曾为孔门弟子所推服。《论语》首篇次章，即述有子之言，似非无故而然"① 谈到第四章安排曾子之语"吾日三省吾身"云云，钱穆又按："《论语》以有子之言一章次学而章之后，不即次以曾子之言者，嫌为以曾子处有子后。另入巧言章，而以曾子言次之，是有、曾二子之言，皆次孔子言之后，于二子见平等义。"②（一三章是孔子言，二四章为有子和曾子言）虽然编者的意思未必一定如此，但钱穆的猜度还是有其道理。有一点可以肯定，《论语》看似无意散蔓的结构，其实是有安排有伦次有意味在里边的。因此，我坚信，全书开头的第一章话，不是偶然地无缘无故地出现在开头处的，而是自有其深义在焉。

其次，组成首章的三句话，跳宕、间离、唐突、互不相关，到底是怎么回事？钱穆在《论语新解》里明显有强为这三句话弥缝凑合的意思与倾向，把这一章解释为"孔子毕生为学之自述"③，于是"学而时习之，不亦说乎"是孔子本人好学无倦，"有朋自远方来，不亦乐乎"则成了别人慕名前来求学成了孟子曾说过的"乐得天下英才而教之"，而最讲不通最勉强的是把"人不知而不愠，不亦君子乎"解释成"学求深造日进，至于人不能知，乃属无可奈何"④，也就是说孔子自认为学问太深太高别人已经没法知解和企及了。一部大书，上来就让孔子如此正经八百地自高自大自诩，简直好笑了。孔子是说过"知我者其天乎"，但那是后来的事和晚年的事，而且这样的话与其说是在自诩还不如说是在发牢骚自嘲呢。关键是，我觉得

---

① 《论语新解》钱穆著，三联书店出版社，2002 年，第 7 页。
② 《论语新解》钱穆著，三联书店出版社，2002 年，第 9 页
③ 《论语新解》钱穆著，三联书店出版社，2002 年，第 4 页。
④ 《论语新解》钱穆著，三联书店出版社，2002 年，第 4 页

钱穆的解读的最大问题是没有将这三句话与快乐的核心相挂钩相联系。那么，三句互不相关的话放在一起置于首章，到底应该如何看待和理解呢？有人可能会说，《论语》这部书中如此这般语意跳脱互不搭界的章节并非绝无仅有，这当然是事实，但另一个事实是，同一章如果出现互不搭界意思跳脱的现象，皆被认为是错简与勘误，一般情况下，《论语》的同一章还是意思统一前后相关的，这和同一篇之中章与章之间的经常性跳脱与独立是两回事。难道弟子们把一段有可能是错简的话放在了开端？我认为绝无可能，错简存疑之言《论语》里的确有几处，但都出现在不显要不突出的地方，作为全书的首篇首章，除了重要性的考虑，肯定还有可信度方面的考量，我相信，弟子们一定会选择一段确定无疑有根有据的话放在开头处。再说，此章三句是出现在同一个"子曰"下面的，这就排除了这三句话分三次单独说出而被编者合在一起的可能性，也即孔子当初一定是在同一场合一次性地连续地说出它们的（比如在一次谈人生应该如何度过的时候）。那么，难道是孔子当时的思维太跳跃太发散？答案当然是否定的，因为这个世界上没有一个正常的人会这样子一口气说出三句如此互不搭界跳脱断开的话来。现在，只剩下了唯一的可能，那就是，这三句话其实并非互不相关，也并未跳脱断开，它们其实是一个整体，意义也内在地一致，只是前人学者一直没有看出来而已（钱穆显然往这方面使了力气，可惜其力气使错了方向）。我想，编撰《论语》的弟子肯定是知悉这种一致性与整体性的，当然还知晓它们的重要性，他们也许还记得老师孔子当初讲这三句话时的少见的庄重表情与强调性语气也未可知，他们把这三句话放在全书开端就是因为他们知道其重要，而且知晓其纲领性意义与结构性价值。

那么它们的旨归究竟是什么呢？到底应该怎样去解读呢？

我一直认为，人们之所以会觉得这三句话不具深意，或者跳脱间离，原因其实只有一个，那就是都没有摆脱话语的字面意义，只盯着文本表面，没有真正透过简单平实之微言，抓住背后的大义与深意。我的"还原法"

要解决的正是这个问题。

在还原这三句话之前,我们先来看看这三句话在话语表层(微言)都在说些什么?

第一句话,"学而时习之,不亦说乎?":勤奋地学习并把学到的知识在实践中加以应用取得成效,难道不快乐吗?许多书的注解中,把这句话解为:勤奋地学习并且时常温习它,难道不快乐吗?这样讲于情于理都不怎么讲得通,学习就不算多么快乐的事,嵇康不是早就说过了吗,如果人生下来就有衣穿有饭吃,他是不愿意劳心费神去学什么习的。而复习或温习呢,自然就更谈不上有什么快乐了。我们这些参加过高考复习的人对这一点最有体会了。所以,不应该把"习"字理解成"温习"。朱子曾从繁体字"习"的象形角度解其为小鸟学飞,钱穆就把此句解成:"习者,如鸟学飞,数数反复。人之为学,当日复日,时复时,年复年,反复不已,老而无倦。""时习"就是经常学习的意思了。人们是要时常学习,活到老学到老,但关键是学习本身未必有那么快乐,读书人常挂在嘴边的是"十年寒窗"和"苦读"这样的字眼。所以,还是把"习"字理解为"实习"和"实践"更为妥当合理。再说了,孔子本人在《论语》中多处强调要"学以致用",光有知识,或把自己弄成一个书呆子和两脚书橱,有害而无益。

第二句话,"有朋自远方来,不亦乐乎?":有一个久未谋面的朋友大老远的来看我,难道不快乐吗?这种感受自然不是圣人才有,我想每一个人差不多都有类似的生命体验。李泽厚在《论语今读》里也是这么理解这句话的。但有些学者,却把这个"朋"解成特殊的朋友,说在文言里"朋"与"友"字是有区别的,说这个朋友不是一般的朋友,更不是酒肉朋友,而是特地从远方赶来切磋学问讨论真道的。钱穆的解读与此相仿:"朋,同类也。志同道合者,知慕于我,自远来也。"[①] 这显然都是过度解释,是画蛇添足,完全没有这个必要。司马迁在《孔子世家》结尾处有言:"我读孔

---

① 《论语新解》钱穆著,三联书店出版社,2002年,第4页。

子书，想见其为人"，孔子为人最大的特点是笃实宽和，他一般不说太高蹈的话，不说只适合少数精英而不适合大多数人的话。

第三句话，"人不知而不愠，不亦君子乎？"：别人不理解我不欣赏我，我也不生气，这样的人才是君子啊。这也好像只是人皆知之的大道理，如果别人在背后说了你一句坏话，你就成天生气，的确不是个事。如前所述，我们不取钱穆对此句的那种解释。

简单的三句话，说了三件寻常之事或三个浅显之理，相互之间没有什么逻辑联系，好像分散地随机地放在了一起，各说各的，相互不搭界。没有中心可言，也找不到主题线索。

下面就是我对这三句话的还原结果：它们围绕着快乐这个核心，为世人构架了一个人生哲学的纲要和体系，这个体系非常完整非常有概括力，由三个层面组成，那三句话，分别对应着这三个层面，缺一不可，自成系统：

第一层面，即第一句话："学而时习之，不亦说乎？"。这是自我的层面，或者个体的层面，也就是说，一个人活在世上要想快乐，自己应该做什么，必需做什么，能够做什么。当然是学习知识运用知识，在实践中锻炼能力，提升自己的生命内涵与质量，然后在生活和工作中取得成效，这样才能活得充实有益，有成就感，才能达到我们常说的自我实现的境界。这也就是传统所说的修身养性或自律层面，是人生哲学的基础和根本，有了这样的基础和根本，快乐人生才有起点和可能；

第二层面，即第二句话："有朋自远方来，不亦悦乎？"。人当然不是单独活在世上的，他也不仅仅为自己活着，他还有家族血缘，还有亲戚朋友，他必须处理好这层关系，有孝有义有情，拥有亲情和友谊，内心必需充溢着情义，这样才会温暖，才会快乐，否则，即使你素质能力再好，事业再成功也没用，你也是孤独的，不快乐的。因此，这一句话，从自我的层面向外推了一圈，延伸到了家庭亲友的层面。中国文化传统里，一直重视宗族与家庭，重视血缘关系，父子甚至可以譬喻对等于君臣，这与西方文化相对个人主义的倾向殊为不同；

第三层面，即第三句话，推到了无边无际的社会层面："人不知而不愠，不亦君子乎？"。除了自我和家族亲友的层面，人还活在更广阔更外在的社会层面。你活着，不可能不与外面的人打交道（当今的所谓宅男宅女虽足不出户，但他们仍用网络与社会发生关系），你会与更多的陌生人发生这样那样的关系（人是社会关系的总和）。他们可能是同事同学，也可能是商业上的合作伙伴或竞争对手，当然也可能是纯粹的陌生人。这些人，不能要求他们像亲人朋友那样理解你，欣赏你，无条件地喜爱你，他们可能常常误解你，甚至还会因为利益冲突而诽谤你陷害你，所以，你一定要有思想准备，你要修炼并培养一颗宽容之心仁义之心，你要想得开些，不能因为别人在背后说了你一句不好听的话就生气愤怒，只有这样，才像个君子，才谈得上快乐。

如下图所示：

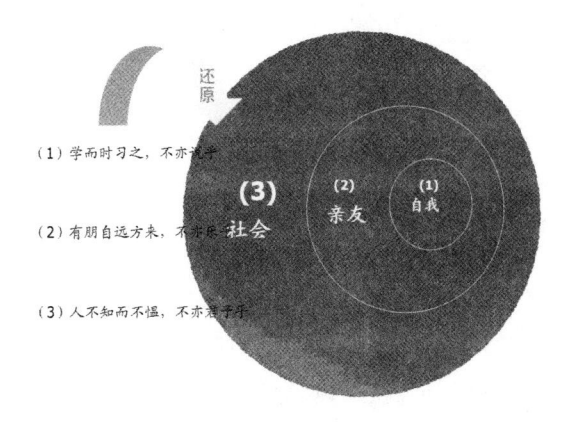

对还原之后的这个人生哲学的三层面纲要与框架，我想补充和解释以下几点：

其一，是它的概括性与包容性，这个框架与结构可以囊括人生的所有问题，它周全完整，巨细靡遗。人生过程的所有事情与行为都可以纳于其间；

其二，《论语》的其他章节与话语都可以看作是对这三个层面的具体展开与细化，是对这三个人生层面的进一步思考与感悟。正因为如此，《论语》并非随意散蔓的格言集，这些话语行为被有意味有目的地记录与编辑在一起，无不服膺并服务于这个哲学框架与结构，隐而不显散而不乱地总括形成一个有机之整体：儒家之人生哲学。有趣的是常常被作为儒家人生座右铭的格言"修身养性齐家治国平天下"，一语而含三层面：修身养性是第一层面，齐家是第二层面，治国平天下是第三层面（处理好社会层面的极限之境当然是治国平天下了）。有人可能会说，《论语》中也有许多为政之道的话语与论说，难道这些话也包括在人生哲学的这三个层面里吗？回答当然是肯定的。因为《论语》中谈及从政出仕，并不侧重于具体谋略与操作技巧，更多地归结于心地修炼与人格完成，归结于人与人关系的处理，并用父子血缘直接喻譬君臣之道。这一点显然与《道德经》的所谓权谋之术不同。你看"为政篇第二"，上来就是"为政以德，譬如北辰，居其所而众星拱之。"此篇后面也没谈什么权谋之道，而是大谈特谈孝道，此外就是学习、信义、和德行方面的问题。

其三，三个层面各有侧重，但并不独立无关。这一点不待多言，比如，自我层面的修身养性，无疑直接影响甚至决定社会层面的人际处理与事业作为，影响到治国平天下；

其四，《论语》讨论得最多的是第三层面即社会层面，这是儒家哲学的重心所在，也是快乐人生的难点所在。也就是说，处理好三个层面问题的难度是不同的：修炼生命质量提升自我个体，虽说也非易事，但毕竟取决于自己，只要努力一个人就可以自律并自强；亲情与友情是宝贵的甚至是无价的，但一般情况下，拥有它维系它却往往并不困难，因为血浓于水，因为爱是无条件的和先天的；人来到社会就涉及到他者，什么事都不是自己单独可以决定并左右的了，由于竞争，由于利益冲突，由于人性的种种缺陷，由于自私，他者常常就是对手和敌人，难怪存在主义者萨特会说

"他人就是我的地狱"。两千多年前的孔子对此当然心知肚明,他在人世间经历了那么多困厄艰难,与形形式式的各种人等打过交道,知其不可而为之,他太知道处世之不易了。所以你看,他说这三句话的语气语调是完全不同的,前两句都是反问句,这样的反问句式比直接的陈述句来得更为肯定,语气是自信并且积极的,"不亦说乎?""不亦乐乎?",直接就说出了悦与乐,但到了第三句,到了社会层面与人际关系,孔子就不说"到社会上去做事并努力让人理解我欣赏我,不亦乐乎"这种肯定积极的话了,他的态度明显变得没那么乐观,所以,第三句话中,孔子一连用了三个"不"字(由此可见《论语》的微言不是微不足道之言,而是微妙之言,我们可以联想与比较一下陶渊明简短的《五柳先生传》中那九个"不"字。《论语》的语言艺术和话语方式虽非刻意为之,亦不像陶渊明那样走向缄默与极致,但其所蕴藏的叙述之道和写作资源却不能小觑。我记得伟大的法国作家尤瑟纳尔在小说名篇《王佛保命之道》中差不多原封不动地借鉴和引用了《论语·先进》第二十二中孔子与颜回的精彩对话:子曰:"吾以女为死矣。"曰:"子在,回何敢死?"),他把目标降下来了,差不多是降格以求了,他不再说"悦"或"乐",而是把目标调整为"不愠"(不生气、没有不快乐),这当然不是消极和退避,也不是妥协和保守,而是一种现实主义的理性的选择与考量,是一种客观的可行的负责的选择和决策。这样的态度与语气,这样的目标和选择,与孔子的个性与为人恰相一致完全吻合:深切著明,质朴信实。我们不妨在此做一个数学游戏:如果在第三层面能实现"不愠",我们就可以得到这样一个快乐公式:"悦"(第一层面)加上"乐"(第二层面)加上"不愠"(第三层面)等于快乐,那就实现了快乐人生之目标;反之,如果第三层面是"愠",那结果就不好说难以定夺:"悦"加上"乐"加上"愠",结果就不一定等于快乐。所以,不愠才是关键,而且很难,只有君子才能做到,"不亦君子乎?"说的正是这个意思。

另外,一部《论语》表面上看谈得最多的是"仁",这个字全书共出现了一百多次，弟子们问得最多的也是仁，以至于许多论者误把"仁"作为儒家哲学《论语》之核心。为什么会这样？怎么理解这么多仁字呢？其实，只要放在第三层面来思考这个问题，就迎刃而解了。

"仁"字显然从古代"德"字演化而来，被孔子创设并看重，乃中国文化的核心范畴。从孝悌与血缘之亲（《学而篇》有"孝悌也者，其为仁之本与"）外推到"泛爱众""仁者爱人"，被认为是"德性之源"："义"、"礼"、"信"、"诚"、"恭"、"宽"、"敏"、"惠"等品性与行为均可由仁生发出来或被仁所决定。朱熹说"仁"是"爱之理，心之德"，李泽厚将之看成"人性结构的理想"。我更认同钱穆的观点，简易平实，涵义宽广，他认为"仁"就是"人与人之间之一种温情与善意"，说白了就是同情与怜悯。

当仁作用于第二层面即血缘亲友层面时，它的含义主要是"孝"与"爱"，基本上是一种天性使然，更多地属于本能范畴（仁之本），这个意义上的"仁"无需作过多的讨论。

第一层面即自我层面当然更谈不上"仁"（仁字的象形就是两个人）。

"仁"的真正的用武之地其实在第三层面。或者说，到了第三层面，我们才真正需要"仁"。如果人的内心能够修炼并拥有仁（孔子把希望寄托在这样的人身上，这样的人就是孔子心目中的君子），如果人与人之间拥有同情与怜悯，那么，一个人置身社会就可以做到不愠：人在社会上做事求业并生活，成功者拔尖者其实寥寥无几，更多的人过得平淡普通，人们更多地遭遇到的是挫折与失败，这个时候，如果别人对你冷嘲热讽幸灾乐祸甚至落井下石，那么你的挫折就会被放大，你的不幸和痛苦就会加倍，内心的打击就会是灾难性的，你怎么能做到不愠和淡定呢？（我们正处在市场经济时代，因为竞争，因为欲望，因为利益冲突，因为物质至上，因为贫富差距，人与人之间越来越冷漠，没有了温情与怜悯，虽然经济发展了衣食无忧了，但人们却普遍地觉得不开心不快乐）反之，如果你失败了，功亏一篑，但旁边的人都对你寄予同情，能理解你宽慰你，这个时候，你的内心会特别的温暖，你会淡忘自己的失败与挫折，重新鼓起生活的勇气，不愠就有了可能。总之，"仁"在广义与普遍的角度上说其实就是同情心，它是个体不愠之保证，当然也是社会和谐之关键，因为同情是相互的，每个人都能不愠，社会也就和谐了。

这样，我们就明白为什么一部《论语》有那么多涉及"仁"的章节与话语，我们就理解为什么孔子始终对"仁义"恳恳于怀念念在兹了。

最后，必须补充说明的一点是，虽然千百年来，老百姓并不知晓《论语》的三层面纲要与框架，但他们却普遍有效地实践着《论语》的微言，并裨益于自己的人生，潜移默化地影响着我们的世代与社会，滋养并推进了中华文明。因为实践本身就是最有力最有效也是最深入的阐释，在实践的过程中，在趋向快乐人生的过程中，人们自然而然就接近和体悟到了《论语》的深义（就像每下愈况无所不至的道：深义自在微言里；另可参考《天龙八部》中少林寺扫地僧：无名无分，不知不觉，然而已得武学之道），这正是微言大义之经典的微妙之处。

然而，将《论语》的微言还原为大义，并建构其三层面哲学纲要，不仅仅具有理论的或学术的意义，当然也有实践方面的价值，至少，它可以使我们的愿景更清晰，方向更明朗，内心更笃定。

五

前面我们谈到"曲肱而枕之"（包括颜回与曾点那两章）的时候，曾指出，面对人生的终极问题，儒道并不分途，核心都是快乐。我们也分析了孔子的儒家人生哲学之象"曲肱而枕之"中的那一份逍遥与诗意，与道家人生哲学尤其是庄子的思想不谋而合。

当我们还原出了儒家人生哲学的三层面纲要之后，我们就可以来阐述儒道之间的差异与区别了。

孔子的人生哲学之核心是快乐，但实现的途径与方法却不是单一的和纯个体的，孔子强调快乐人生的三个层面：自我层面、亲友层面和社会层面，而且从《论语》对仁义礼智信等的不厌其烦地频频论及与重视可见，社会层面是实现快乐人生的关键。由此我们可以认定，孔子的儒家的人生哲学的研究对象是"社会人"。虽然"曲肱而枕之"是个体性的意象，而且似乎是自我的逍遥与诗意的追求，但必须明了的是，之所以能够曲肱枕之乐在其中，其前提恰恰是因为这个人已经完满地解决了第二第三两个层面的问题，如果亲友层面与社会层面的问题没有得到理想的解决与安妥的实现，那么，"曲肱而枕之"就没有了根基，就只是一个悬空之象（同样，颜回如果没有处理好亲朋与邻里关系，在"陋巷"里呆着也就很难快乐得起来）。正因为如此，一部《论语》里，"曲肱而枕之"与曾点的"风乎舞雩，咏而归"这样的话只是偶尔论及，孔子谈得更多的是仁义礼智信，是如何为人处世建功立业。

而道家尤其是庄子强调的则是自我层面与个体修行，不怎么涉及亲友层面，至于社会层面（人间世），他们的态度基本上是回避与退让，其养生立命的方法是"缘督以为经"，是不与社会现实发生实质性接触（游刃有余），对功名对是非对善恶都无可无不可，完全看开决不执着，他们看重的不是经世济民而是无用之用，是亲和自然逍遥山水。所以道家人生哲学的研究对象是侧重于个体性的"自然人"。道家的生命哲学绕开世俗的纠缠，回避物质性与社会性，直接上出并抵达心灵与精神之境，追求个体的逍遥、自由、安宁与诗意（佛教则是斩断尘根消灭欲望）。所以，儒与道，一个入世，一个间世（详见《庄子》的解读），在三层面框架下就很明了清楚了。

总体而言，尽管人生的终极目标是一致的，但实现的方式与途径却殊为不同，儒家的人生是从自我到亲友再到社会，是一个向外的推进的入世的过程，而道家的人生则是从社会到亲友再到自我，是一个向内的后退的间世的过程。在普遍的一般的情况下，儒道的区别与差异是迥然而犁然的，只有在特殊的异常的情况下，比如儒家的个体从社会层面往后撤退到自我层面的时候，就像《论语·公冶长第五》里孔子说的："道不行，乘桴浮于海"的情况下，儒道才趋于合一。

当然，孔子说的道与庄子说的道并不是一回事，前者是入世之道，而后者是间世之道。

疑难章句

——《论语》新解之二

一

美国电影《死亡诗社》中的基廷老师（罗宾·威廉姆斯饰演），是一个真正做到教书育人的老师，除了让学生珍惜生命抓紧时光，他还特别强调培养学生的自我意识以及独立思考的习惯。在一次课堂上，他一下子跳上了讲台，告诉学生：在讲台上看到的世界，完全不同于站在讲台下所看到的。并鼓励全班学生都站上讲台亲自体验一下那种感觉。

学生们从此接受了一个真理：观看的角度不同，你看到的世界就不同（想想电影电视中的航拍镜头）。

本文将从还原后的三层面人生哲学框架的角度，从我的角度，对《论语》中的一些疑难章句进行重新解读与阐释（专家们肯定反对这样的解读，他们认为解读《论语》不能采用今天的或主观自我的角度，而应该尽可能尊重原初并复原本义，他们的观点当然正确，但却没有操作性与可能性，由于《论语》成书过程与文本特性,由于背景的模糊与语境的缺失,复原本义就只是臆想或妄想。我知道,解读《论语》的最好角度是孔子的角度,次之是孔子弟子的角度,但我们所能做的只能是去想象和猜度孔子,或把自己还原为孔子的弟子,说到底,还是得从自我的思考与想象出发。这差不多是个悖论。另外,既然是从我的三层面的角度去解读《论语》,我就不想多过地引经据典,不想把过多的篇幅浪费在训诂方面,那方面的研究与资料比比皆是众所周知,无需我多言和繁引)。

我所解读的疑难章句主要包括下述两类情况:

其一,由于语境与背景方面的缺失,《论语》中的一些句子历来被认为难解或不可解,专家们只好悬置不解或姑妄言之,而从三层面人生哲学的新角度,我就可以尝试重新去"破解";

其二,前人学者对一些著名的句子有不同的理解与阐释,而且至今仍有争议,我将从三层面人生哲学的角度做出我的判断和评点,并提出我的见解。

由于历来注家解家众多,不可能一一对照,我在评点与阐释的时候,主要参考与比较钱穆与李泽厚两家的读解与翻译,必要时也涉略和兼顾其他。

此外,我对《论语》疑难章句的有选择的重新解读,不追求数量多少与周全程度,也不是为了标新立异,而是为了验证或说明三层面框架对全书的统摄与涵盖,以显示其概括力与解释力:一方面,《论语》中的每一句话几乎都隶属于这个框架与结构,它们表面上散蔓无序,实则形成了一个统一的有机的整体性的儒家人生哲学;另一方面,从三层面框架出发,的确可以让那些疑难章句或争议性句子得到焕然一新的创造性解读与阐释。

二

曾子曰:"吾日三省吾身——为人谋而不忠乎?与朋友交而不

信乎?传不习乎?"(《学而篇第一》1.4)

钱穆试译:

曾子说:"我每天常三次反省我自己。我替人谋事,没有尽我的心吗?我和朋友相交,有不信实的吗?我所传授于人的,有不是我自己所日常讲习的吗?"①

李泽厚译为:

曾子说,"我每天多次反省自己。为别人谋划考虑,尽了心没有?交朋友,有没有不信实的地方?所传授给别人的东西,自己实践、研究过吗?"②

钱穆把"三省吾身"译成"三次反省我自己",李泽厚译成"多次反省我自己",文言中"三"的确更经常地指"多"而不是"三",每天三次反省自己似乎也太机械呆板,所以,看上去李泽厚的译解更准确些。但在我看来,三次与多次只有量上的差别,在质上,两人的译解是一个意思,而我并不认同这个意思。从我还原的"三层面人生哲学纲要与框架"(下简称"三层面")角度,我以为"三省吾身"是指"在三个方面反省我自己":

第一方面:"为人谋而不忠乎?",这是属于"自我层面"的问题,钱穆与李泽厚都把"忠"译成"尽心",这显然是自我修养与人格品质的范畴;

第二方面:"与朋友交而不信乎?",这显然涉及第二层面即"亲友层面",不待多言。

第三方面:"传不习乎?",钱穆的译解"我所传授于人的,有不是我自己所日常讲习的吗?"与他译解"学而时习之"是一个思路,不从。我的看法更接近李泽厚:"所传授给别人的东西,自己实践过、研究过吗?",

---

① 《论语新解》钱穆著,三联书店出版社,2002年,第9页。
② 《论语今读》李泽厚著,安徽文艺出版社,1998年,第33页。

这涉及的是第三层面（社会层面），对待他者，要推己及人，将心比心，己所不欲，勿施于人，这就是仁。也就是说，要把自己研究透并实践过的东西，即有价值有效能的东西传授给别人，对他人要负责任。

我的解读与钱李两家有质的不同。

子曰："弟子入则孝，出则弟，谨而信，泛爱众，而亲仁。行有余力，则以学文。"（《学而篇第一》1.6）

钱穆试译：

先生说："弟子在家则讲孝道，出门则尽弟职，言行当谨慎信实，对人当泛爱，而亲其有仁德者。如此修行有余力，再向书本文字上用心。"①

李泽厚译为：

孔子说，"年轻人在家里孝顺父母，在外面敬爱兄长，谨慎、信实，博爱群众，亲近有仁德的人。做了这些还有剩余力量，就学习文献知识。"②

本章也涉及三个层面，"入"讲的是亲友家庭层面，理想状态是"孝"；"出"讲的是社会层面，理想状态是"仁"。有了孝和仁，这两个层面就完善安妥了。但还必须注意第一层面（自我层面）的修行与提升，即"行有余力，则以学文"。第二第三层面是道德实践（实践的过程当然也是个人修行的继续，是主观的客观化），第一层面是道德修养（主要靠学习、从书本文献中汲取）。从李泽厚的译解来看，明显有偏重于第二第三层面的意思（"出则弟"李译为"在外面敬爱兄长"，则仍是第二层面，不从，钱译"出门则尽弟职"更准确些，但"弟职"两字其义不明，译成"尊敬师长"更

---

① 《论语新解》钱穆著，三联书店出版社，2002年，第10页。
② 《论语今读》李泽厚著，安徽文艺出版社，1998年，第35页。

妥），其实，孔子原话未必有这样的倾向，"余力""学文"并不一定意味着有剩余力量才学习文献知识，孔子说的是"则以"，而不是"再"或"然后"，"则义"显然有郑重其事、认真强调的语气与语感在里边，因此，自我修行（学文）其实同样重要不可偏废。

钱穆的试译看不出这样的并重，但他在"综述"部分却点出了这层意思，我以为然也：

> 本章言弟子为学，当重德行。若一意于书籍文字，则有文灭其质之弊。但专重德行，不学于文求多闻博识，则心胸不开，志趣不高，仅一乡里自好之士，无以达深大之境。①

> 子曰："君子不重，则不威；学则不固。主忠信。无友不如己者。过，则勿惮改。"（《学而篇第一》1.8）

这一章争议最多的是"无友不如己者"这一句，历来的解释主要有以下三种：

1. 不要跟不如自己的人交朋友。
2. 不要与不同道的人交朋友。
3. 没有不如自己的朋友。

朱熹钱穆等人是第一种，苏东坡则反对这样的解读；第二种主要是结合前面的"主忠信"一句，以及"同门为朋同志为友"这样的典故得出的，如陈天祥在《四书辨疑》中就持这种观点；前两种观点都把"无"理解为"不要"，把"友"当成动词"交友"，第三种则直接把"无"解为"没有"，把"友"就当作名词，李泽厚就是这样解读的。从《论语》中一共出现的一百多次的"无"字的含义来看，解成"不要"与"没有"都是可以的。

---

① 《论语新解》钱穆著，三联书店出版社，2002年，第10页。

在我看来，这三种解读虽有意义上的差异，但本质上却是一样的，即，都把"无友不如己者"看作交友的原则，而这样的原则与孔子的谦恭与宽和是有冲突的，与"三人行必有我师"这样的话相矛盾。持上述三种解读的人都会提到《季氏篇第十六》中的"益者三友"与"损者三友"说法，认为孔子是有类似的交友原则的，但只要稍加斟酌就不难发现，季氏篇说的交友原则与"无友不如己者"的上述三种解读压根儿不是一回事。

此句之所以有争议并且至今依然没有统一的公认的解读，我认为主要是因为历来的解读者都没有从全章的连贯的整体的角度来解读。

如果从我的三层面角度来看，这一章主要是在谈论第一层面即自我修行的内容，重而威，是内在修行的外显，"学而不固"（不固执不固陋）是个人读书修为的原则，"主忠信"是孔子看重的个体品行与素质，"过，则勿惮改"也是有修行有素养的人的特点，有过不改岂是君子乎？从整个一章来看，都在谈个体修为与人格培育，都属于第一层面，所以，夹在中间的"无友不如己者"就不应该是交友的原则（那是第二层面"亲友层面"的内容），而根据训诂我们知道，"无"除了"不要"与"没有"的意思之外，还有"亡"的意思，"亡"可解成"避免"、"回避"。因而，我们就可以把"无友不如己者"看成一种个人的品性与修养，解读成："避免谈论（回避）朋友不如自己的地方"，也就是说，一个人要谦和宽宏，不要拿别人的缺陷来抬高和肯定自己，也不要以自己的标准去要求朋友，而要看到别人的长处和优点，这恰恰与"三人行必有我师"这样的话对契合榫。

三

子曰："温故而知新，可以为师矣。"（《为政篇第二》2.11）

钱穆试译：

先生说："能从温习旧知中开悟出新知，乃可作为人师了。"①

李泽厚译为：

孔子说，"温习过去，以知道未来，这样便可以作老师了。"

钱穆的译解显然从朱熹来，自朱熹开始，"温故而知新"一直被当作一种学习方法。孔子后半句话"可以为师"的"师"不是"三人行必有我师"中的"师"，前者是老师师长人师，后者只是某方面某一点上可以被学习的对象，比如"一字师"。

掌握一种学习方法就可以为人师吗？回答是否定的。首先，学习的方法有许多，"温故而知新"只是再平常不过的一种，一般的学生都会，凭什么说掌握此学习方法就可以为人师了呢？如果真是这样，那么"闻一而知十"可以为师乎？举一而反三可以为师乎？博闻强记可以为师乎？我看事情不会这么简单。韩愈认为为人师者要"传道、授业、解惑"，这个标准就要全面完整得多。再者，孔子最强调先做人后做事，最重视人格修炼与心灵品德，这才是孔子心目中为君为师为政的前提条件或首要条件。所以，把温故而知新解读成学习方法，非常值得商榷。

李泽厚的译文明显有犹豫不决之处，他的翻译在字句选择上故意模棱两可，把"故"解成过去，把"新"解成"未来"，他不想把这一句话完全译解为学习方法。但"温习过去"的说法其实别扭不妥，由于他把"温"理解为"温习"，他就并没有真正走出"学习方法"的窠臼。

从训诂可知，"温"字通"蕴"，有"蕴含"、"蕴积"等意思，所以"蕴故"就不应该是温习过去，而应该是掌握、了解、熟悉过去的一切，同样，"知新"也不是"知道未来"，而应该是理解和知晓新近的一切（谁能知晓未来呢，除非他是巫山神汉）。

① 《论语新解》钱穆著，三联书店出版社，2002年，第38页。

所以可以把这一句译解为：

博古通今的人，就可以为人师了。

此章主要涉及第一层面，即强调自我修为与品格，看重个体的生命质量与涵养深度，孔子认为这是基础与前提，由此决定一个人到社会上能胜任什么角色，追求并建立什么事功。也就是说第一层面影响并决定了第三层面：只有"温古而知新"，方可"为人师者"。

子曰："君子不器"（《为政篇第二》2.12）

历代解读此句，都把"器"解成"器具"，朱熹引申为："器者，各适其用而不能相通。成德之士，体无不具，故用无不周，非特为一才一艺而已。"（《四书集注·论语集注》），钱穆、杨伯峻、李泽厚等无不效尤朱熹。用现在的话来说，就是不要只做一个专家与匠人，而应做一个通才与全才。

钱穆译为：

先生说："一个君子不像一件器具（只供某一种特定的使用）。"①

李泽厚译为：

孔子说，"君子不是器具。"②

这样的解读虽能自圆其说，但与孔学的平易信实明显不符，孔子说话从来不这样高蹈难及，做一个专家已属不易，成为通才全才更是凤毛麟角，如果君子必须是全才，那这个世界上恐怕就没有几个君子了。

---

① 《论语新解》钱穆著，三联书店出版社，2002年，第38页。
② 《论语今读》李泽厚著，安徽文艺出版社，1998年，第61页。

再说，这样的译解与《公治长篇第五》5.3 章明显有矛盾之处：

子贡问曰："赐也何如？"子曰："女，器也。"曰："何器也？"曰："瑚琏也。"

钱穆当然也明了这样的矛盾，没办法，只好在此章后面综述补说一些抹稀泥的话或车轱辘话：

读书有当会通说之者，有当仅就本文，不必牵引他说者。如此章，孔子告子贡"汝器也"，便不当牵引君子不器章为说。①

为了理解正确"君子不器"这句话，我们可以联想与比较《八佾篇第三》中的那句话："管仲之器小哉！"，意思是管仲的器识胸怀真小啊！也就是说，在《论语》中，"器"解释为"器识与胸怀"也是没有问题的。

"君子不是器具"，这样的话听起来就别扭，孔子不会用如此直愣愣的生硬的语气来谈君子之道，而把"器"引申为全才只是朱熹的一己所见（钱、李等只是跟风），差不多是在难为天下君子。

"君子"没有疑义，"器"为胸怀，剩下的关键就是如何理解"不"字？如果理解成最常见的"不是"或"没有"，则此句不通。然而，文言里的"不"其实还有另外一解，就是"丕"，意为大。《诗·周颂·清庙》："不显不承。无射于人斯。"段玉裁在《说文解字》中说："丕与不音同，故古多用不为丕。如不显即丕显之类。"高亨注："不，通丕，大也。"《逸周书·小开》："呜呼，敬之哉！汝恭闻不命。"朱右曾校释："不讀爲丕，大也。"这样一来，"不器"就是"大器"，就是胸怀宽广的意思。全句就应译成：

――――――
① 《论语新解》钱穆著，三联书店出版社，2002 年，第 111 页。

君子就是胸怀宽广的人啊！

这与孔子在其他地方所谈的君子的意思才契合无间，如"人不知而不愠，不亦君子乎？"，说的也正是这个意思。所不同的只是，"君子不器"是属于自我层面的个体修为与人格境界，"人不知而不愠"则是社会层面的道德实践。两者其实内在相关休戚与共。

四

子曰："唯仁者能好人，能恶人。"（《里仁篇第四》4.3）

子曰："苟志于仁矣，无恶也。"（《里仁篇第四》4.4）

这两句钱穆试译为：

先生说："只有仁者，能真心地喜好人，也能真心地厌恶人。"①

先生说："只要存心在仁了，他对人，便没有真所厌恶了。"②

而李泽厚则译为：

孔子说，"只有仁爱的人才能喜欢人，憎恶人。"③

孔子说，"真心努力于仁，也就不会做坏事了。"④

之所以把这两章放在一起解读，是因为这一前一后紧挨着的两章常让历来的注家与解家们觉得扞格难通，前后矛盾：刚刚还是"能恶人"，紧接着就是"无恶也"。所以注解起来就不好办，要想理顺就很费劲。

钱穆的解读非常有代表性（他一般跟从朱熹，其《论语新解》并没有

---

① 《论语新解》钱穆著，三联书店出版社，2002年，第86页。
② 《论语新解》钱穆著，三联书店出版社，2002年，第87页。
③ 《论语今读》李泽厚著，安徽文艺出版社，1998年，第102页。
④ 《论语今读》李泽厚著，安徽文艺出版社，1998年，第103页。

太多的原创性，新瓶装的其实是旧酒）。他在"白话试译"中把这两句译得语义矛盾前后颠倒，一会说"能真心地厌恶人"，一会又说"他对人，便没有真所厌恶了"。为了理顺通融，他只好在"综述"的时候强为之弥缝抹平自圆其说：

上章谓仁者能好人能恶人。然仁者必有爱心，故仁者之恶人，其心仍出于爱。恶其人，仍欲其人之能自新以反于善，是仍仁道。故仁者恶不仁，其心仍本于爱人之仁，非真有所恶于其人。若真有恶人之心，又何能好人乎？故上章能好人能恶人，乃指示人类性情之正。此章无恶也，乃指示人心大公之爱。必兼看此两章，乃能明白上章涵义深处。

这段综述说得耗心费力，但却越说越暧昧不清，怎么理也理它不顺。"故仁者之恶人，其心仍出于爱。恶其人，仍欲其人之能自新以反于善，是仍仁道。"这哪里是儒家孔学，分明是基督教或菩萨言，钱穆可真有些自说自话了啊（这一点与朱熹何其相似，只是朱熹更自负更截断，更把自己搞成孔子转世的模样）。

钱穆之所以会译解得如此尴尬勉强，是因为他混淆了前后两章的"恶"字，把它们都理解成了厌恶。李泽厚这一次没有跟从钱穆，这就是李泽厚的聪明之处或狡黠之处，站在前人肩膀上的他，明明看到这是个地雷，当然就不会去踩。于是他把前一个"恶"译成"憎恶"，把后一个"恶"译成"行恶"即"做坏事"，这样一来，前后至少不会矛盾，意思起码可以贯通了。

这一回，李泽厚是正确的，虽然正确得并不怎么让人佩服。

如果用我的三层面角度来解读此两章，问题就很简单，疑难顿时冰释：前一章谈的是第一层面自我修为，能好人也能恶人是一种刚正勇健的理想的人格品质；而后一章谈的是第三层面即处世与作为，一个志于仁的人，当然不会到社会上去做坏事。

于是，这两章就犁然有别各有所指，叶对花当，其义明矣。

五

子曰："觚不觚，觚哉！觚哉！"（《雍也篇第六》）
此章大概要算一部《论语》最难解的了。
注释就有较大分歧。李泽厚引的是杨伯峻的注释：

> 觚，音孤……古代盛酒的器皿，腹部作四条棱角，足部也作四条棱角。①

钱穆的综述并没有标明出处：

> 觚，行礼酒器。上圆下方，容二升。或曰：取名觚者，寡少义，戒人贪饮。时俗沉湎于酒，虽持觚而饮，亦不寡少。故孔子叹之。或曰：觚有棱，时人破觚为圆，而仍称觚，故孔子叹之。饩羊之论，所以存名。觚哉之叹，所以惜实。其为忧世则一。或说：觚乃木简，此属后起，今不从。②

钱穆把此句译为：

> 先生说："觚早不是觚了，还称什么觚呀！还称什么觚呀！"③

---

① 《论语今读》李泽厚著，安徽文艺出版社，1998年，第163页。
② 《论语新解》钱穆著，三联书店出版社，2002年，第160页。
③ 《论语新解》钱穆著，三联书店出版社，2002年，第160页。

李泽厚译得也差不多少：

孔子说，"酒杯不像个酒杯。酒杯啊，酒杯啊！"①

两人的翻译都与不翻译没有什么区别，或者说，两种译文都没把此句的意思明确下来，而是存而不论。

钱穆在综述部分作了些猜度，只是有些摇摆不定；李泽厚在"记"里也作了些申说："感时伤世之辞，后代文学中常见。这既是某种文学表达方式，也是中国传统的思维方式，以此喻彼，类比思维。"② 两人虽没有把话说破，但总体上是把此句理解成"今不如昔"、"人心不古"、或"一切都变了"，也即李泽厚所说的"伤世之辞"。

也就是说，这一句涉及的是第三层面社会礼制或风俗的内容。

我的看法与他们截然不同。我认为这一章涉及的是第一层面即自我修为的层面。读解思路如下：

首先可以肯定下来的是，觚的字义或本义是酒器或酒杯。至于有没有棱角，是否上圆下方倒并不重要，再说，酒杯的形状在当时也未必就只有一个模样。

其次，觚音孤，所以有寡少义，这一点也应该没有疑义，那么，钱穆所说："时俗沉湎于酒，虽持觚而饮，亦不寡少，故孔子叹之"还是有根有据的。也就是说，觚是小酒杯。

由此可以得出这样的结论：孔子此句不是在感叹酒杯本身，而是在感叹喝酒这件事情。

酒其实是人类文化中非常重要的元素。尼采在《悲剧的诞生》中就曾指出古希腊文明中的两种精神原则，即阿波罗精神与酒神（狄奥尼索斯）

---

① 《论语今读》李泽厚著，安徽文艺出版社，1998年，第163页。
② 《论语今读》李泽厚著，安徽文艺出版社，1998年，第163页。

精神，前者讲求实事求是、理性和秩序，后者与狂热、过度和不稳定联系在一起；前者主要指涉外在的物质的世界，后者关涉内心的精神的世界。在中国文化中，酒的意义当然也远超物质层面，有丰富深厚的精神内涵与文化意义。酒历来与诗歌与文化与内心情感状态有关，常常是任诞、自由、阳刚与豪放等的象征符号。

喝酒可以忘忧（"何以解忧，唯有杜康"），喝酒可以壮胆（"临行喝妈三碗酒"），喝酒可以现真性情（"酒后吐真言"），喝酒可以让一个人忘了这个世界也忘了自己的存在（魏晋风度中的竹林七贤），喝酒可以提神可以让人兴奋，喝酒可以提升生命状态，喝酒可以抵御寒冷，喝酒也会乱性（有多少故事从这儿生发开去），喝酒还会上瘾（像吸毒），喝酒也是古代礼仪或祭祀的一部分，是现代公关的主要手段等等。当然酒对人而言最为重要的一点，也是它的本质性特点就是：它可以让人处在一种醉的状态！酒精会麻痹人的中枢神经。

对艺术家而言，醉的状态常常是一种准创作状态，或创作的前奏曲，李白斗酒诗百篇、醉拳和行草是这方面的代表。但对儒家的入世的人生哲学来说，一个人动不动就喝醉，肯定会影响他的修为，扰乱他的心境。孔子在《论语》的别处也谈到过喝酒，他设立的限度就是不醉，如《乡党篇》中："惟酒无量，不及乱。"这里边就有一个很有意思的地方，一方面是"无量"，一方面是"不及乱"（不醉），这就需要自我掌控与克制能力，需要把握其火候与尺度，喝到什么时候，喝多少，因人而异，因时而变。

孔子本人肯定也是爱喝几杯的人，所以他才会常与学生交流喝酒的事情。他当然明白人性中有脆弱的成分，知道喝酒不限量而能"不及乱"，不喝醉，并不容易，也许只有那些有修为有德行的君子才能勉力做到。

即便如此，在人生的过程里，喝酒喝醉也还是不可避免的事。因为这个度真是不好掌握，你明明有十"觚"的酒量，可那天你喝到六"觚"就醉得云里雾里了。我相信孔子本人一定也喝醉过。

因此,"觚不觚,觚哉!觚哉!"这样的一句感叹,与其说在感叹喝酒,还不如说在感叹个体修为与自我把控的不易,在感叹人性的复杂与人心之微妙(后人常说"战胜自己是最难的",西哲苏格拉底也把"认识你自己"当作头等大事)。这句话更像是微醺的孔子对着手中的酒杯在喃喃自语:

"小酒杯其实并不小,酒杯啊,酒杯啊!"

有诗为证

——《论语》新解之三

一

中国古代的小说，比如四大名著中，一直有诗歌对叙事的嵌入（侵入）问题，用诗词来描写风景，勾勒场面，尤其常见，几成俗套。有论者认为这是对叙事手段的丰富，可以增加小说的诗情画意，是一种优点或特点。我却怀疑这是诗歌国度的一种文学后遗症，诗歌在上，小说在下，叙事似乎只有沾上诗歌的光才有样子有品位，你看金圣叹这样懂小说有傲骨的人，也不得不让小说向诗歌俯首称臣，把"一部大书诗起诗结"看作《水浒》的"极大章法"。窃以为，诗歌对小说的频频侵入，多少会降低叙事的纯粹性，会打断叙事的连贯性，甚至会干扰并破坏小说的写实感与现场感。诗歌与叙事是性能不同的语言系统，把两者掺合在一起，有点鸡同鸭讲的味道，很难真正抵达水乳交融之境。昆德拉在《小说的艺术》中说，"小说唯一的存在理由就是说出只有小说能说出的话"，也就是说，小说应该有完全不同于诗歌的内容与形式。相比之下，西方的叙事中就没有这样的习惯，西方小说从文艺复兴以来，叙事就十分纯粹，与诗歌的界限非常分明。后来出现的诗意小说当然也并非小说中夹杂诗词所致。

说真的，在阅读中国古典小说的时候，那些诗词那些灯谜或多或少对我形成了一定的扰动。当然《红楼梦》可能是个例外，因为诗词灯谜等是大观园里的人们诗书簪缨生涯的有机组成部分，所以，本身也构成了叙事的内容。木心先生对此有一个绝好比喻，他认为《红楼梦》里的那些诗词"如水草。取出水，即不好，放在水中，好看。"（那么小说里的人物差不多就是水中的鱼了）。也就是说，这些诗词与叙事是一体的，它们只能在小说叙事之河里飘逸流宕，出了水则干枯不美。

我想，古代作家之所以喜欢在叙事中嵌入诗词，喜欢让小说与诗歌结缘融合，除了因为他们都偏好诗歌看重诗歌，一定也会有艺术方面的理由与功效方面的考量。比如吴承恩在《西游记》中，大凡写到高山大川风景名胜，就会有一首诗歌出现，考虑到《西游记》是一部神话类小说，那些山水景致因为是用诗词抒写，就有一种既虚幻又真实的奇妙效果，与神话的意境与文本的特征恰相吻合。

最有趣的还是经常出现在中国古典小说中的"有诗为证"四个字。年轻的时候真是颇为不解，诗歌怎么可以为证呢？诗歌拿什么去证明呢？拿虚幻与诗意？可它要证明的是事物的真实性啊！这里边的间离与玄奥感真的非常有意思了。

也许有诗为证并非真的要去证明什么，作家也不是要用诗歌给叙事与场面提供什么实在的证据。在一个诗歌传统占据艺术中心的国度，诗歌天然有一种高雅正统的铭文一样的规范性，有一种庄重的略带权威性的语言效果，叙事之后来一首诗歌，是不是有点像一份公函写成后盖上一个公章？它既是叙事的休止与停顿，同时也是对叙事的强调、延展、补充与阶段性总结？

况且，感性的中国人，向来不重视逻辑性与实证性。有诗为证甚或只是一种打趣调侃也未可知。

我是在偶然地发现儒家经典《论语》与当代诗人海子的诗歌《面朝大海，春暖花开》之间惊人的相似性之后，再一次想起"有诗为证"的说法，并开始暗暗相信，这四个字并非戏言，亦非虚语。因为我发现，诗文确实能够互参证，古今真的可以相通契。

二

情况差不多就是这样，面对人生的根本问题和终极问题，儒道之间中西之间相通无隔，同样，古今之间诗文之间复也契合如一。一方面，相对于宇宙这样的大尺度时空，两千多年其实只是一瞬；另一方面，人同此心，心同此理，江山易改本性难移，生命的本质与人性的内涵其实中外攸同、古今无别，而它们是经典的诗文的共同核心。

我发现，海子的《面朝大海，春暖花开》这首诗由三章构成，这三章刚好对应着《论语》人生哲学的三个层面。关于人生，关于快乐或幸福，海子和孔子几乎是不谋而合不约而同，他们俩隔着几千年，一个用平白的话语，一个用简单的诗句，说出了完全一样的东西（无独有偶，我发现欧洲有一部叫《驶向幸福的航程》的电影，由三个导演分别拍摄了三段在同一列火车上的独立的故事，第一个故事是关于自我层面的，第二个故事是关于亲友层面的，第三个故事是发生在社会层面陌生的乘客之间的理解与同情的故事）。

从明天起，做一个幸福的人
喂马，劈柴，周游世界
从明天起，关心粮食和蔬菜

我有一所房子，面朝大海，春暖花开
从明天起，和每一个亲人通信
告诉他们我的幸福
那幸福的闪电告诉我的
我将告诉每一个人

给每一条河每一座山取一个温暖的名字
陌生人，我也为你祝福
愿你有一个灿烂的前程
愿你有情人终成眷属
愿你在尘世获得幸福
我只愿面朝大海，春暖花开

第一章，自我的层面：为什么是"从明天起，做一个幸福的人"？因为昨天完全是个噩梦，今天刚刚醒来，只能寄希望于明天。对一个刚刚从动乱荒诞的文革年代过来的人来说，为了找到快乐和幸福，自己必须作出心灵调适与精神改变，那就是否定并远离政治动乱、抛弃阶级斗争之类荒诞愚昧的生存状态，去过一种朴素真实而又有诗意的生活，去"喂马，劈柴，周游世界"，去"关心粮食和蔬菜"（海子肯定想到了古人所言"民以食为天"），如果有可能，就置身于那样一所房子，可以让自己"面朝大海，春暖花开"（一看就是上世纪八十年代写的诗歌，诗人再有想象力，也想不到十多年之后的中国房地产热，想不到房价的飞升，现如今，海景房哪是一个诗人可以指望的呵）。这是自我的觉醒和反省，是个体必须要做的调整和努力，从昨天的梦魇中走出来，走向明天的幸福。

第二章，亲人的层面，即家族血缘亲朋好友的层面：要过上幸福的生活，光作自我调整和努力还不够，因为你还有亲人还有朋友，你还必须拥有亲情，儒家文化最重视的就是人伦与亲情。可在动乱的年代，一切都扭曲变形，连亲情和友谊也不复存在，到处都有儿子揭发父亲，妻子揭发丈夫这样的荒谬事情发生，而一个人如果要拥有幸福，就必须重新找回这样的亲情，所以，他的努力必须从自我的层面推向家族亲人的层面。"给每一个亲人通信"，这也是典型的上个世纪八十年代的生活方式与情感方式，那时候，没有手机没有网络，打个电话都几乎是不可能的事，人与人之间，尤其是亲人之间，互通信息交流情感的最普遍方式当然就是写信。从那个年代过来的人都记忆犹新，那时候，我们差不多每周都要写好几封信，给父母亲人，给亲戚朋友。海子没有说"写信"而是说"通信"，是的，通信也就是通心，那是情感与精神的深层次的接通。之所以"告诉他们我的幸福"，是因为对亲人朋友来说，只要我过得幸福他们就幸福，亲人就是幸福着我的幸福的人。我想起自己的父母，哪怕他们自己过得再辛苦再艰难，一想起儿子在外面读大学并拥有幸福，他们就踏实和快乐，笑靥就会在汗水与皱纹中绽开。所以，亲人之间往往报喜不报忧。而幸福对那一代人来说是如此陌生，它的到来就像"闪电"一样罕见而强烈。

第三章，社会的层面：因为人还生活在社会，他还要接触更多的陌生人，所以，必需处理好这一层面的关系，幸福才真正可能。必须彻底否定"昨天"的阶级斗争，人和人之间不应再荒诞地勾心斗角你死我活。应该回归到仁义温和的传统，应该有一颗宽容的祝愿的心，人与人之间必须相互关心和信任，相互理解与同情，只有这样，幸福才会如期而至。所以，海子在最后一章把视野推向外面的世界，推向"陌生人"，他的"祝愿"之心其实就是孔子所说的"仁"（"给每一条河流每一座山取一个温暖的名字"：在荒谬的年代，连名字都是生硬的灼人的，什么向阳寨啊建国路啊红旗河啊，都是政治意识形态的符号。这里其实讲的是人与自然的关系，在那个刚刚逝去的年代里，人与天斗与地斗，一切都失去了和谐。人与自然的关系在孔子的三句话里没有提到，它其实构成了人生哲学的第四层面，孔子之所以没有强调这个层面，也许是因为，在他那个时代，在春秋战国，人与自然还是和谐的融洽的，还不成其为问题。而我们这个时代，人与自然的关系完全被破坏了，因此，海子的诗中也涉及了这个层面）。

也许，面对生存，面对活着及其幸福这样的终极命题，任何花哨的语言和玄虚的表达都是多余的甚至是可笑的。我发现，除了内涵上与《论语》那三句话如出一辙，海子这首诗，语言也非常浅显易懂，这在他的诗作中实属罕见。海子这首诗的语言和语感那么朴素那么质实，几乎与孔子的那三句话相仿佛相一致。

三

海子这首诗非常有名，中学生都能背，其实，如果没有悉心体会，如果只是泛泛阅读，这首诗就有落入小资情调的危险。尤其是"面朝大海，春暖花开"这样的诗句，几乎成了俗语，尚不加以详察和考量，就会显得小资。我认为海子通过对语序的控制和安排，有效地避免了这样的危险，从而让自己的这首诗不仅触及生命大义与生活真谛（曾听一个文学博士把这首诗的旨归讲成是追求诗意生活否定世俗幸福，他只知道把"面朝大海，春暖花开"简单地与"诗意的栖居"扯在一起），而且真正拥有了诗意。

海子没有说"春暖花开，面朝大海"，从情理上，这样应该更符合实际，因为从空间与视觉角度来说，"面朝大海"之后，是看不到背后家园或田野里的"春暖花开"的。关键是，如果先说"春暖花开"，这四个字的小资情调和庸俗性就暴露无遗，因为"春暖花开"这样的词，在日常生活中在中小学生的作文里已经完全被滥用乱用（就像一件衣服已被穿得污渍斑斑），它的天然本义，它的清鲜和温暖，它的美丽花开，却反而被遗漏或疏离了。只有先说"面朝大海"（大海的无限、神秘与永恒让面朝它的人轻而易举地进入形而上的精神层面或诗意领域。在这个世界上，总有一些词汇无法被世俗损耗与架空，大海正是这样的词汇），把视点和语境架构在脱离世俗超越现实的精神高度和诗意向度之后，再出水芙蓉一样说出"春暖花开"，这个被麻痹了的惯用语才会被重新激活，才会重新显得温暖美丽清鲜如初，才会重新焕发出那种隽永的诗意（优秀的诗人的确是词语的洗濯者，他们通过自己的诗歌创作，通过呕心沥血，把那么多用旧弄脏的词句与语言除污去垢打磨抛光，变得新颖如初）。

同样的道理，我认为，由于《论语》是一本微言大义水静流深的书，是儒家思想的核心经典，我们在研读它的时候，就不能只停留在字面和话语表层，不能把质实简朴的《论语》理解成世俗伦理的交往理论（处世格言）或实用宝典，弄成心灵鸡汤。

毫无疑问，面对《论语》，面对这样一部经典中的经典，如果只见水静，不察流深，如果仅知微言，不谙大义，那么，你可能不是在读解它接近它，而是在远离它或错过它。

【第三辑】

《庄子》新义

道出常道

——庄子新解之一

一

在诸子百家中,庄子与老子自然是最靠近的。我们知道,庄子称赏老子为"博大真人"(《庄子·天下》)。同为道家宗师,老庄在哲学思想上无疑是一脉相承的,庄子只不过更为彻底与极致,也更文学化一些而已,或者说《庄子》是更纯粹的生命哲学,而《道德经》里或多或少有一些为君之学与谋术的东西。

在我看来,老庄的最大区别,是述道方式的不同。

悟道是一回事,把道说出来又是另一回事。

老子说:"道可道,非常道",所以,一部《道德经》其实是放弃了对"道"的直接言说的;而庄子却创造了空前绝后的只属于他的语言表达方式与策略,道出了常道。

人类创造了语言符号,使自己的文明发生了质的飞跃,语言不仅是交流工具，它也是生命的显现和存在的家园（二十世纪西方哲学的语言学转向并非偶然）。但就像任何人类的创造物都必然是不完满的一样（我记得契诃夫评说托尔斯泰的一部中篇小说时就是这么说的），语言也不是理想的东西，也必有其缺陷。语言从具体直接的事物生发出来（指事造形近取诸身），能指对应的所指总是相对确定与有限的。当我们用语言去表达一些丰富复杂微妙玄奥的事物与义涵时（传情、说理、状物、述事等），就显得勉强粗疏浮泛暧昧，显得不得要领不够方便，于是我们常常感叹"恒患意不称物，文不逮意"（陆机《文赋》）；"事物之真质殊性非笔舌能传"（歌德）。而"道"无疑是这个世界上最复杂最深奥最灵动的，它大含细入，理一分殊，变动不居，微妙而多义，无限而极致，所以用一般的陈述语句与理论术语根本无法直接去界定和言说（"心行处灭，言语道断"① 是也）。实际上，连"道"的名字都是姑且与将就的产物，是权宜之计（名可名非常名）。

《道德经》二十五章："有物混成，先天地生。寂兮寥兮，独立不改，周行而不殆，可以为天下母。吾不知其名，强字之曰'道'"。

在老子的《道德经》里，"道"只是一个概念性的东西，是一个无法证实不可限定的理论预设。平实周正的陈鼓应先生归纳了老子的"道"的四种不同含义："一、构成世界的实体；二、创造宇宙的动力；三、万物运动的规律；四、人类行为的准则。"② 用现代哲学与科学角度看，这里就有概念混淆与意义矛盾的地方。要道出这样的"道"自然几无可能。

老子在《道德经》里，将"道""强字之"之后，对其概念的描述与阐释主要采用两种方式，其一是否定性修辞："恍兮惚兮"、"窈兮冥兮"（二十一章）、"寂兮寥兮"（二十五章）、"视之不见"、"听之不闻"、"搏之不得"、"无状之状"、"无物之象"、"迎之不见其首，随之不见其后"（十四

---

① 《管锥编》钱钟书著，中华书局，1986年，第408页。
② 《老子今译今注》陈鼓应著，商务印书馆，2008年，第78页。

章）等；其二就是比喻或形容："'道'冲而有之，或不盈。渊兮似万物之宗"（四章）、"水善利万物而不争，故几于'道'"（八章）、"豫兮若冬涉川；犹兮若畏四邻；俨兮其若客；涣兮其若释；敦兮其若朴；旷兮其若谷；混兮其若浊"（十五章）、"譬'道'之在天下，犹川谷之于江海"（三十二章）、"明道若昧；进道若退；夷道若颣"（四十一章）、"天之'道'，其犹张弓欤"（七十七章）。读了这些比喻，我们对"道"仍不免一知半解云里雾里。"虽竭尽描摹刻画之功，却仅收影响模糊之效"。①

一部《道德经》展开去谈论的主要是"道"的表现与功能，是"德"与用，具体而言是一些治国为君、社会人生的准则与规律。比如"对立转化"、比如"循环运动"，比如"无为而为"，比如"虚静"，是从宇宙论到人生论再到政治论的一个渐次推衍与应用。老子很少正面言说"道本体"（而是将之"悬置"着），打个比方，他言说阳光，而不怎么言说太阳本身。

在现实生活中，我们也只能享受阳光，而不能盯视太阳本身，否则就会导致生命的眩晕。"道"与太阳何其相似。

但庄子却要言说"道本体"，言说那些终极与无限的东西，他要告诉我们太阳是怎么回事。而这，正是庄子与老子的最大的不同之处。

在庄子眼中，"道"当然不是物，不是实体，而是一些关乎宇宙关乎生命关乎心灵的终极性真谛，它超越社会现实，也超越政治权谋。

当然也超越一般的语言符号与逻辑辩论。

那么，到底应该怎样去言说这些终极性真谛？庄子的述道策略究竟如何呢？

关于《庄子》的语言表达及风格，历代学者无不大加赞赏并推崇备至。郭象说："其言宏绰，其旨玄妙"②；成玄英说："其言大而博，其旨深

---

① 《管锥编》钱钟书著，中华书局，1986年，第410页。
② 《庄子注疏》郭象注，成玄英疏，中华书局，2011，郭象序第1页。

而远"①；司马迁则说："其言洸洋自恣以适己"②；鲁迅先生誉为"汪洋辟阖，仪态万方，晚周诸子之作，莫能先也"（《汉文学史纲要》）；当代张远山认为："支离其言，晦藏其旨"③；张默生称《庄子》为"文学的哲学，哲学的文学"④；一个中国古典文学专业的研究生大约会这样总结："想象诡异丰富，语言奇峭富丽，文章汪洋恣肆，行文跌宕开阖，变化多端，自由浪漫"……

这些概括与评价虽然精要切近，虽然确实妥当，但在我看来，却并没有真正触及庄子述道的奥秘所在。

相比之下，我觉得庄子的夫子自道倒是更接近这个奥秘。《杂篇·寓言》开篇即言："寓言十九，重言十七，卮言日出，和以天倪。"⑤《杂篇·天下》则透露说："谬悠之说，荒诞之言，无端崖之辞"⑥。

作为多年来喜爱与研读《庄子》的主要收获，我自以为已经探摸到了庄子的述道奥秘，领会了庄子的述道策略。不揣冒昧，归纳如下：

庄子述道的战略——用寓言述道。

庄子述道的战术——用"极限表达"手法书写寓言。

二

先说其寓言战略。

《杂篇·寓言》里是这么说的："寓言十九，藉外论之。亲父不为其子媒。亲父誉之，不若非其父者也；非吾罪也，人之罪也。与己同则应，不

---

① 《庄子注疏》郭象注，成玄英疏，中华书局，2011年，成玄英疏序第1页。
② 《史记·老庄申韩列传》司马迁著，黑龙江人民出版社，2006年，第1220页。
③ 《庄子奥义》张远山著，江苏文艺出版社，2008年，第20页。
④ 《庄子新释》张默生著，新世界出版社，2007年，第4页。
⑤ 《庄子新释》张默生著，新世界出版社，2007年，第409页。
⑥ 《庄子新释》张默生著，新世界出版社，2007年，第491页。

与己同则反；同于己为是之，异于己为非之。"① 这里讲了《庄子》为什么要用寓言的原因，其本身就有寓言色彩，说父亲不能给自己儿子做媒，因为父亲自己夸自己的儿子，是没有说服力和可信度的，如果是外人夸你儿子，才有效才可信。所以要"籍外论之"。《庄子》里确实有许多篇段是借助和依托孔子（儒相对于道不就是别人和外人吗）等人来说事的。

但既然是寓言（父亲给儿子做媒的故事），它的意思就不应停留在故事表面与字句本身，不仅仅是对人情世故的经验总结。睿智的王博就曾指出："也许这只是庄子之徒的花枪，我们不应该完全局限在这个思路上面"（即"籍外论之"）②，王博认为先秦诸子均有依托，如儒家依托尧舜，墨家借重大禹，但庄子并不是真的要借重于孔子颜回，王博认为庄子的做法与前人完全不同，庄子让孔子说出的话压根儿不是孔子该说会说的话，孔子等人只是在反串别的角色甚至是与本人相反的角色，而庄子的寓言则像是一出荒诞剧。我完全认同王博对"籍外论之"的这种看法，在我心目中，王博是当今中青年解庄者中的佼佼者，他的《庄子哲学》是一本极有见地且自成体系的书③。不过，遗憾的是，王博并没有就庄子的寓言战略本身作出更多功能与效用方面的考量与论述。

我想，有一点可以肯定，庄子是个参透了语言的人，深知语言的有限与缺陷，对终极之道，直接言说（通常的单义的语言陈述方式）是无效的，所以庄子就想到了"因荃得鱼，因蹄得兔"，想到了寓言。这有点像是迂回战略，有点像隔山打牛，牛的抗击打能力强是可想而知的，直接打它几乎不痛不痒，隔着山去震撼它，才能把它掀翻。因此，"籍外论之"，未尝不能理解为"迂回论之"或"间接论之"。寓言的这种表现能力与特性，有点

---

① 《庄子新释》张默生著，新世界出版社，2007年，第409页。
② 《庄子哲学》王博著，北京大学出版社，2004年，第18页。
③ 作为前辈与师长的陈鼓应就非常欣赏和首肯王博，我看到在《庄子今注今译》里，陈鼓应的注解里经常会出现"王博说"这样的话。可见王博的见识与份量。我以为，王博解庄有远超学院派的创见，他决不人云亦云，同时，也不像张远山那样激进那样剑走偏锋。

像曲径通幽，则景致奇异，而径直走去，是不可能通向幽微玄奥之处的。说白了，寓言其实就是特别有意思的小故事。除了生动有趣，一定还有丰富的内涵。张默生先生认为寓言是："言在彼而意在此"[1]，有一定的道理，但理解得简单机械了一些。在我看来，寓言就是寓有深意的故事，寓言故事因为有结构有细节有情节有艺术想象有心理感受有生命意识，一句话，寓言故事是有血有肉的，所以，它的功能与指涉就远远超出普通的陈述与直白的界定，作为事实的寓言当然比枯燥的理论更有生命力（作家辛格的哥哥曾经告诫他"事实是永恒的，而理论与想法则会过时"；歌德名言"理论是灰色的，而生命之树常青"），也更有阐释空间，它必然拥有更加迂回含蓄的内涵、更加丰富的感受以及更加微妙复杂的意义（即庄子所说的"以寓言为广"），就像尼采所说的，寓言可以"让思想生发浓郁的气息，犹如夏日傍晚的庄稼地。"[2] 寓言的这些功能与特点恰恰是表达"道"所需要的。

关于寓言的"迂回"艺术与故事性魅力，庄子本人其实有所示意，《大宗师》里就有这样一段话：

南伯子葵问乎女偊曰："子之年长矣，而色若孺子，何也？"曰："吾闻道矣"……南伯子葵曰："子独恶乎闻之？"曰："闻诸副墨之子，副墨之子闻诸洛诵之孙，洛诵之孙闻之瞻明，瞻明闻之聂许，聂许闻之需役，需役闻之于讴，于讴闻之玄冥，玄冥闻之参寥，参寥闻之疑始。"[3]

从文字到言说，从言说到观看洞察，从洞察到谛听，再到寂静和参寥，然后进入寥廓的所在，最后又回到疑始，回到《齐物论》中说的"未始有

---

[1] 《庄子新释》张默生著，新世界出版社，2007年，第9页。
[2] 《尼采全集》第十一卷，第20页。
[3] 《庄子新释》张默生著，新世界出版社，2007年，第135页。

夫未始有始者也"的原初的无何有有所有的状态，抵达一，抵达道。庄子把闻道的过程解说得如此迂回如此复沓，如此有叙事性和细节性，无意之间，恰恰透露了他的述道战略与天机：用迂回的故事性的寓言述道！

当然，重言（道有万端，需从不同角度不同方式不断说之言之）和卮言（晦藏言之支离言之），对道的表达也有不可或缺的作用，但寓言却是最为基本和根本的。

再来说极限表达。

这是我为了阐释《庄子》而杜撰的概念（近于"无端崖之辞"）。普通的寓言固然比理论陈述更有趣而含蓄，但往往只意味着一些日常道理或人生经验。先秦文献除了喜欢引经据典，另一个特色就是有许多的寓言，诸子都喜欢用寓言讽刺、喻世或辩驳，如孟子喜欢采用民间传说形成的寓言故事来加强自己的论辩，韩非则多利用历史典故形成寓言以佐证自己的观点。这样的寓言很多，如《孟子》的"揠苗助长"，《韩非子》的"郑人买履"（《外储说左上》）、"守株待兔"（《五蠹》），《战国策》的"南辕北辙"（《魏策》）、"画蛇添足"（《齐策》）、"狐假虎威"（《楚策》），《吕氏春秋》的"刻舟求剑"等等。这些寓言大多采撷自民间传说或历史典故，基本上都是"傻瓜叙事"（有人愚而我智的倾向），故事平实简单，有生活的质感与气息，但语言上没有越出语法的规定与范畴，想象与细节也都没有越出生活与常识的边界，其形式并不是唯一的，更不是极致的，没有什么不可替代的性质（如"揠苗助长"可以被"杀鸡取卵"替代，"南辕北辙"完全可以说成"东辕西辙"）；故事的内涵则囿于经验性、劝诫性的观点或道理，如"揠苗助长"是操之过急，"郑人买履"是认死理儿，"刻舟求剑"是太刻板等。这样的寓言自然还不足以触及"道"，不足以表达"道"。

庄子的寓言则迥然不同嘎嘎独造。

我们看到，庄子在他的文章中，很少像其他诸子那样正经八百地引经据典，他总是喜欢编撰虚构一些故事和寓言（寓言十九），他更像是个小说家，因为虚构恰恰是小说的本质。庄子的寓言在调侃戏谑之间，就把想说的意思说得通透之极，而且给人无穷的回味和想象的余地，什么列子御风而行啊，庖丁解牛啊，罔两与景啊，儵、忽与浑沌啊，简直数不胜数。与其他诸子喜欢用寓言说理辩论不同，庄子的寓言却超越了简单的明理说事，不仅奥义丰澹，而且那么隽永谐趣，那么奇幻精辟，那么异想天开。他的寓言除了通向哲理，更通向文学和艺术，他的寓言在某种程度上还直接通向后世的传奇和小说。我们熟知的《桃花源记》啊，唐宋传奇啊，《西游记》啊，《聊斋志异》啊，近世的武侠啊，无不印染着庄子的身影和气息。

最为关键的是，庄子的寓言大多用极限表达手法写成和铸就。

我发现，为了触及终极真谛与道本体，庄子的寓言在形式与内涵两个维度上同时达至巅峰趋向极致：其一是形式上的极致，庄子寓言在想象力、语言运用、细节、人物话语、物象选择等方面无不超越生活经验与语法常规（超然物外），越过现实性边界，越过理性的限制，抵达终极的境域；其二是内涵上的极致，庄子寓言绝不仅仅通向简单的道理或讽喻，而是洞识生命的奥秘，烛照精神的浩茫，迂回地无限深入地接近道本体，最终道出了那个常道。

由于庄子把自己一生的时间和全部的心血都投入了思想投入了文字，再加上庄子的确拥有无可比拟的文学才华和语言天赋，庄子每每写一个寓言，总能把它写到尽头，做到绝处，从而形成极限表达。经他这一写，此路就再也不通了，后人再也无法企及无法模仿，而只能仰视只能敬佩，只能望其项背，只能望洋兴叹了。

道可道非常道，是的，一般的道白和旧有的言说的确无法表达道极，但庄子创造了一种崭新的非常的语言方式，创造了极限表达，它就像可以击穿任何黑暗的极光，照亮并洞明了幽微玄妙的道。正是运用极限表达，庄子才把道家思想推向了无人可及的极境，这既是哲学的精神的极境，同时也是艺术的文学的极境。

毫无疑问，庄子的极限表达，是形式与内涵同时登峰造极的表达，是独创的、空前绝后的、一剑封喉的表达，是融诗学与哲学于一炉的表达，是不可替代无与伦比的表达。

三

庄子送葬，过惠子之墓，顾谓从者曰："郢人垩慢其鼻端，若蝇翼，使匠石斲之。匠石运斤成风，听而斲之，尽垩而鼻不伤，郢人立不失容。宋元君闻之，召匠石曰：'尝试为寡人为之。'匠石曰：'臣则尝能斲之。虽然，臣之质死久矣。'自夫子之死也，吾无以为质矣！吾无与言之矣。"①《杂篇·徐无鬼》)

我要分析的第一则寓言与惠子之死有关。它虽然不是选自内七篇，但因为这则寓言直接与庄子本人有关，是庄子说过的话，所以，我仍然把它当作是庄子的表达案例。

我们知道，惠子是庄子一生最大的论敌，差不多也是唯一的真正默契的朋友。

庄子的一生，不仅穷困、自由和旷达，应该还很寂寞（高处总是不胜寒呵，我们可以想象他独孤求败世外高手的模样），除了同国的惠子，不见得还有其他多少朋友，他的门徒和学生好像也不多，他活着时并无显赫的名声（除了荀子在自己的书中说起过庄子，其他诸子名士都没有提到他）。死后还埋没了很长时间，直至魏晋之间，庄子才声势浩大起来，那时的名人雅士几乎言必称庄子，一部《庄子》则成了玄学家们清淡的灵感源泉，庄子那逍遥闲旷放浪形骸的生存方式，也成了魏晋一代遵循的榜样或风行的时尚。

尽管庄子喜欢和惠子辩论和抬杠，尽管庄子在自己的文章中处处嘲弄

---

① 《庄子新释》张默生著，新世界出版社，2007年，第364页。

惠子讽刺惠子，常常直接或间接、认真或戏谑地"糟蹋"惠子（有人甚至认为，"内七篇"专为驳斥惠子名学而撰）。可实际上，惠子却是庄子的晚年挚友，也是庄子生前能够直接对话的唯一的同时代大家。

惠子死了，庄子当然极难过。有一次路过惠子墓，估计是有人询问了他的心情和感受，就像现在的媒体记者，动不动拿着话筒用愚蠢的问题骚扰人，美其名曰采访："庄子先生，请谈一谈你此时此刻的内心感受好吗？"

庄子没有说很怀念很悲痛很心碎之类的话，如果这样说，就俗了，就不是大师庄子了。

当一个人悲伤到一定程度的时候，其实是无法用语言直接言说的，哭泣和眼泪同样也不足以表达。世人常常在葬礼中哭得眼泪一把鼻涕一把的，那多半是哭给别人看的，内心却未必真那么悲痛。君不见丧礼上还常有雇人哭泣的事情吗？眼泪并不一定意味着悲伤，所以我们常说"莫斯科不相信眼泪"，我们甚或还说"鳄鱼的眼泪"。

魏晋时期倒是有个名人，曾用一种特别的方式表达过内心的深切的悲伤与哀痛。那就是阮籍。阮籍是个有名的孝子，很爱自己的母亲。母亲过世那天，他正在朋友家下棋，听到母亲去世的消息，他还是把棋下完，回家后，先蒸了一头小猪，喝了很多酒，然后他只大哭了一声，接着就吐出了大口的鲜血！这才是真悲真痛，才真是伤到心伤到肺了。当然，这样的方式不适合世上的一般人，鲜血可不是谁想吐就吐得出来的。

既然语言和眼泪都无法表达悲伤，而庄子那时已经年老体衰，我们总不能指望他用吐血来表达悲痛，况且母亲与朋友毕竟也不一样。这时候我们看到，大师庄子使用的还是他的杀手锏：讲一个寓言。

把庄子当时向身边人讲的寓言译成现代文大意如下：

说有一位泥水匠，滴了一滴白粉在鼻尖，像苍蝇翼般一薄层，叫一个名石的木匠，用斧头削去薄粉，木匠使劲运转斧头，像风一样快，尽它掠过那鼻尖，泥匠像无事似的一动不动，那层薄粉已没有，而鼻尖安然无恙。宋国的王听说了，找去那木匠，说，你功夫那么好，也替我试试？他说，不行，我的对手泥匠已不在，无法再试了。最后庄子叹息道："自夫子之死也，吾无以为质矣，吾无与言之矣！"

让我们来看看这个寓言，看看庄子的语言表达吧。不是用树叶或衣袖擦拭，也不用铲子铲或小刀刮，而是用斧头劈白粉！这不是日常的一般的方式而是极致的方式，这不是有想象力，而是想象的极限（后人不可能超越这样的想象了）；这种想象的表达的极限，导致的当然是令人震惊的极致效果（这是怎样的鬼斧神工啊），带来的是极度的内涵和寓意：泥匠和石匠无比默契，这两个人相互信任到了世所罕见的地步。

读这个寓言的时候，一般人往往总是惊讶于木匠那斧头功夫的快如闪电妙到毫颠，其实这只是这个寓言的直观表象（庄子的寓言从来不直接说事论理，其寓意不仅丰富多彩而且深奥隐晦，不殚精竭虑费尽心血，难窥其真意和深意）。在我看来，这个寓言的另一个人物泥匠即郢人也许更值得我们惊叹和关注：他对木匠的信任，他的纹丝不动的配合，才是劈白粉这一行为或事件的关键所在。也许我们可以在世上找到别的斧头功夫极好的木匠，可你很难再找一个当斧头呼呼生风闪电一样劈向自己时岿然不动的泥匠。只有寓言中的木匠本人深知这一点，所以，当泥匠不在于人世之后，他就再也不能向别人表演斧头绝活了，即使国王也不行。对木匠而言，泥匠是唯一的不可更替的。就这样，这个极限表达导致了表达的极限：两个人信任到了极点默契到了极点。两个人谁也离不开谁，就像光线离不开光源，就像硬币的正面离不开反面。

运用这个极限表达的寓言，庄子不仅表达了自己内心深处的悲伤，还道出了终极性的信任与默契，道出了生命之道。

四

庄子妻死，惠子吊之，庄子则方箕踞鼓盆而歌。惠子曰："与人居，长子老身，死不哭亦足矣，又鼓盆而歌，不亦甚乎！"庄子曰："不然。是其始死也，我独何能无概然！察其始而本无生，非徒无生也而本无形，非徒无形也而本无气。杂乎芒芴之间，变而有气，气变而有形，形变而有生，今又变而之死，是相与为春秋冬夏四时行也。人且偃然寝于巨室，而我嗷嗷然随而哭之，自以为不通乎命，故止也。"①（《外篇·至乐》）

庄子之楚，见空髑髅，髐然有形。撽以马捶，因而问之，曰："夫子贪生失理而为此乎？将子有亡国之事、斧钺之诛而为此乎？将子有不善之行，愧遗父母妻子之丑而为此乎？将子有冻馁之患而为此乎？将子之春秋故及此乎？"于是语卒，援髑髅，枕而卧。夜半，髑髅见梦曰："子之谈者似辩士，诸子所言，皆生人之累也，死则无此矣。子欲闻死之说乎？"庄子曰："然。"髑髅曰："死，无君于上，无臣于下，亦无四时之事，从然以天地为春秋，虽南面王乐，不能过也。"庄子不信，曰："吾使司命复生子形，为子骨肉肌肤，反子父母、妻子、闾里、知识，子欲之乎？"髑髅深矉蹙额曰："吾安能弃南面王乐而复为人间之劳乎！"②（《外篇·至乐》）

庄子将死，弟子欲厚葬之。庄子曰"吾以天地为棺椁，以日月为连璧，星辰为珠玑，万物为赍（JI）送。吾葬具岂不备

---

① 《庄子新释》张默生著，新世界出版社，2007年，第267页。
② 《庄子新释》张默生著，新世界出版社，2007年，第269页。

邪？何以为此！"弟子曰："吾恐乌鸢之食夫子也。"庄子曰："在上为乌鸢食，在下为蝼蚁食，夺彼与此，何其偏也！"①（《杂篇·列御寇》）

这三则寓言也都与庄子本人有关，是庄子的现身说法（道）。它们都是有关于死亡这个话题的。

死亡是生命哲学中的终极话题，任谁也绕不过去。先秦诸子中，老子基本上把死看作是生的对立面或相反者（《道德经》七十六章："人之生也柔弱，其死也坚强。万物草木之生也柔脆，其死也枯槁。故坚强者死之徒，柔弱者生之徒。"），孔子之所以要避开这个话题（"未知生焉知死"），我想并不是因为他对死亡没有自己的哲学思考，而是因为冰冷的死亡与儒家的热心人生是有所抵触和扞格的。相比之下，庄子无疑是把这个话题谈得最透彻最极致的那一位（这也许是因为，对庄子而言生本身就是冷酷的，死也就并不更没有温度）。

先来看第一则寓言，即庄子妻死，鼓盆而歌的寓言。从内涵上，这一则寓言把死亡嵌入生命运动的过程：从无到气到形到生再到死然后又到无，这个从无到有的生命循环过程，堪称自然大化，恰如春夏秋冬，有和无因循相生，生和死不再对立，而是相继相续的两个环节，死亡也就不再是悲伤之事，所以无需嗷嗷而哭。世人都以为生就是生而死就是死，庄子却在纵浪大化的生命过程的基础上，推演出"生就是死而死就是生"（原话出自古希腊戏剧家阿里斯托芬）的真谛，从而洞察了死亡的本质。"适来，夫子时也；适去，夫子顺也。安时而处顺，哀乐不能入也"（《养生主》），这样的终极性的生死观（帝之县解），可谓一剑封喉，无可超越。而从形式和细节上看，面对死亡，悲伤哭泣，节哀顺变，世上人的举止行为大体相似，庄子却破天荒地"鼓盆而歌"，这是一个让人匪夷所思的举动（除了庄子没

---

① 《庄子新释》张默生著，新世界出版社，2007年，第478页。

有人想象得出），连惠子这样的好朋友都惊讶之极难以理解。实际上，"鼓盆而歌"的细节可谓微妙之至恰切之极：庄子没有"鼓瑟而歌"，那样就真的没心没肺了（概然亦无），庄子也没有"鼓碗而歌"，敲着碗边唱歌的动作显然太轻佻太没正形。鼓盆而歌，恰到好处，声音厚实响远，敲盆并非奏乐，倒像是一种日常化了的仪式，内敛着一种沉痛，而其暗哑低回的歌声又超越了这样的沉痛上升到精神慰藉与心灵安抚之境（这样的境界，我们可以联想一下获得奥斯卡最佳外语片的日本影片《入殓师》）。鼓盆而歌，不悲也非喜，有的只是一种"通乎命"的概然与超然。这个看似平常的寓言，其实在形式与内涵上都趋向极致，从而构成了一个极限表达。

第二则寓言是关于庄子与骷髅的故事。它的寓意比前一则寓言更进一步，表达了"死胜于生"（"虽南面王乐，不能过也"）的超常观点。这样的观点当然超越了世俗与常识，抵达了生命哲学的极深之域。在语言形式与想象力方面，这则寓言突破了"谁也无法道说死后的事"的障碍与禁锢，庄子空前绝后地想象出了人与骷髅的对话，庄子谈生，而骷髅道死，人类终于可以让思维与语言伸向死后的黑暗之极幽冥之极的领域。后世文艺借鬼神或阎王之类的进入地狱进入死之领地，都没有庄子与骷髅的生死对话来得生动有趣令人信服，那真是一场无可超越的终极性对话。

第三则寓言涉及到庄子本人的死，写的是庄子在弥留之际的事。对死亡的抽象认识或看待别人的死亡，与一个人面对迫在眉睫的自己的死亡的态度，完全是两回事。前者毕竟只是让一己的思维贴近死亡，后者则是让自个的生命走向死亡。毫无疑问，对马上就将降临到自己头上的死亡的态度，最能考验一个人。比如苏格拉底，他的从容就死比他的所有哲学话语都有力量（我们还可以联想嵇康面死时的抚琴与金圣叹临刑前的幽默），而有些人呢，英雄了一辈子，到末了，却怕死，成了狗熊。大师庄子在这则寓言里向世人显现了他对自己将死的那份无比的超然与达观，仿佛死亡真的只是归去来兮（《庄子·田子方》："生有所乎萌，死有所乎归"），真的只是"荫凉的睡眠"（海涅诗句，可类比于《庄子·刻意》："其生若浮，其死若休"），那么从容那么轻松那么诙谐，显示了他已经臻至道家的至高的生命境界，千年之后依然让我们震惊不已钦佩不已。

把这则气宇不凡胸襟无限的寓言译成现代文是：庄子快死了，弟子们想厚葬他，庄子说"我把天地当棺椁，日月如连璧，星辰如珠玑，世界万物通是我陪赉送品，葬具已经足够齐备，你们就不要操心了！"学生说："没有棺材，我们怕老鹰乌鸦吃了你"。庄子说："弃在露天，送给乌鸦和老鹰吃，埋在地下，送给蝼蛄和蚂蚁吃，还不是一样吗？为什么非要夺了这一边的食粮送给那一边呢，你们这是偏心眼啊！"

庄子在弥留之际所说的话，想象力超拔奇绝无与伦比，把天地想象成棺椁，把日月星辰想象成陪葬的连璧与珠玑，把世间万物想象为赉送，这样的极致的想象力，无可企及，难以超越（如果你来个"宇宙为棺材"，别人只会笑话你的笨拙）。

魏晋名士兼狂人刘伶，那个历史上最有名的酗酒者，喝醉了酒，常"脱衣裸形在屋中"（估计也吃了药？），别人看到了就嘲笑他，他说："天地是我的房屋，房子是我的衣裤，你们怎么钻进我的裤脚里来了。"刘义庆也许觉得这话怪异有趣，特意将它收入《世说新语》。殊不知，刘伶只是在邯郸学步似地模仿和挪用庄子的话而已。

五

　　昔者庄周梦为胡蝶，栩栩然胡蝶也，自喻适志与！不知周也。俄然觉，则蘧蘧然周也。不知周之梦为胡蝶与，胡蝶之梦为周与？周与胡蝶，则必有分矣。此之谓物化。①（《庄子·齐物论》）

---

① 《庄子新释》张默生著，新世界出版社，2007年，第87页。

"庄周梦蝶"是庄子寓言中之最著名者，也是极限表达的最佳典范。

这个寓言到底奇妙在什么地方，卓越到何种程度呢？

我们先来看看这个千古一梦的旨意和内涵，也就是这个梦的内容层面，然后再接着谈它的语言表现即形式层面。

从意义和内涵上看，这个梦不仅表达了忘我无己物化平等的"齐物"观念（人与蝶："天地与我并生，而万物与我为一"），而且也揭示了梦与现实的关系，它是对人类精神维度和思想限度的一个超越与挑战：世人从来都以为现实就是现实而梦境就是梦境，两者泾渭分明不可逾越（就像世人都以为生就是生而死就是死），可庄子通过这个梦却告诉我们，现实有时候就像梦境，而梦境其实就是现实，梦境和现实是关联的，相通的，契合的，恰如花园里的交叉小径。在恍惚之间，人就可以从梦境渡向现实，或从现实坠入梦境。

我们都有这样的体会，当我们遇到一些特别的情景和时刻，比如你有一天突然听说自己的足球彩票中了五百万大奖，在那一刻，你不相信这是真的，还以为自己是在做梦，你也许会下意识地掐一掐自己的大腿，真实的疼痛告诉了你，哎呀，这原来是真的，不是在做梦。两千多年前，庄子就悟到了这一点，他悟到了现实有时候并不像人们想象的那么真实可靠，而梦境也不像人们以为的那么虚幻无凭（"且有大觉而后知此其大梦也"，也就是说，真正清醒的人才明白，人生不过是一场大梦）。通过"庄周梦蝶"这个不朽的寓言，庄子让自己成功地在现实与梦幻之间自由穿梭，往来如风。

在西方文明史上，我们也可以找到类似的梦，但却要晚许多，最有名的当数"柯勒律治之花"。这个故事讲了一个人梦见自己来到了天堂，为了证明自己确曾到过天堂，梦里的他在天堂花园里摘了一朵玫瑰，而当这个人从梦中醒来之后，发现自己的手里真就捏着那样一朵玫瑰花！我们完全可以这样说，正是凭借"庄周梦蝶"和"柯勒律治之花"这样的天才想象，人类才真正解开了现实与梦境的关系,从而极大地开拓了生命的深度和精神的维度,开放了思想驰骋的疆域,并且解放了真实和虚幻的观念。在时光流转了几千年之后,人类终于凭借卡夫卡的小说叙事,把现实直接演绎成了荒诞之梦;又借助弗洛伊德的精神分析,彻底拆除了梦境与现实之间的隔墙(像我们熟悉的美国导演大卫·林奇,他那晦涩难解的影像叙事,如《穆赫兰道》、《妖夜荒踪》等,说白了就是对梦与现实的击穿:你很难搞清哪些场景是现实,哪些桥段是梦境)。我们都知道幻想文学大师博尔赫斯特别喜爱和推崇我们的庄子,曾多次谈到过"庄周梦蝶"的故事,我有时候想,他的幻想文学,他的"梦中之梦"(用庄子的话来说就是"梦之中又占其梦焉"),他的奇特风格和灵感,也许就来源于我们的庄子,来源于"庄周梦蝶"呢!

单从内涵上看,"柯勒律治之花"和"庄周梦蝶"基本上说的是一回事,可是,在表现形式上,"庄周梦蝶"显然要高妙得多,艺术得多。因为,"庄周梦蝶"是一个了不起的极限表达。

在天下万物中,想象并选择什么样的事物,才能让它轻而易举又真实可信地从现实切入梦境而又从梦境闪回现实呢?庄子的选择可谓精准无比一剑封喉,因为他选择了蝴蝶!事实上,蝴蝶是唯一的同时也是最佳的选择,庄子必须梦蝶,梦别的东西就不行,比如梦鱼啊梦鸟啊,都行不通,或者梦了也白梦,不会被千古传颂。为什么呢?因为鱼啊鸟啊都有不可忽视的质量和体积,都太结实太具体,都不具备足够的虚幻性,都不可能飞越现实和梦境,在这个世界上,我们压根儿就找不出第二种比蝴蝶更虚幻更飘忽更灵闪的东西。唯有蝴蝶,只有蝴蝶,才能够不费吹灰之力地飘忽来往于现实和梦境之间。在思考和写作这个寓言的时候,庄子的灵感在刹那间击穿了蝴蝶的形象和性质,他的天才和直觉一下子捕获了蝴蝶这个词所蕴含的全部虚幻和诗意。情况大约就是这样子(在中外文学史上,也许只有布莱克的老虎、里尔克的那只豹和博尔赫斯的阿莱夫这样的物象可以差堪与庄子的蝴蝶相媲美）。

让我们试着来想象一下蝴蝶吧。蝴蝶是轻盈的同义词，她要多轻就有多轻，她的物理重量几乎可以忽略不计，她有的几乎只是那么一些儿精神质量，何况她还忽闪着翅膀，所以她简直比轻烟还轻，既轻于一首诗，也轻过任何梦幻；蝴蝶的色彩既迷离又炫目，她静止时像魔幻的花瓣，翩飞时则无迹可寻，飘忽如闪灵。迷离飘忽之间，轻盈的蝴蝶早已从现实闪入梦幻，无需变形，无需过渡，蝴蝶已然虚幻如梦。

也就是说，蝴蝶的不可思议的轻盈，她的迷离恍惚的色彩，她那飘忽灵动的翩飞，造就了她在梦幻和现实之间自由来去的性质和能力。

更何况蝴蝶还有化蛹为蝶的绚烂刹那，这奇幻的一刹那，无疑是从现实跃向梦幻的最佳喻象：现实像毛茸茸的丑陋的蛹，而梦境像灿烂无比的蝴蝶。

正是通过庄子的千古奇梦，蝴蝶才成了奇幻而又不可思议的代名词，并广泛进入艺术的殿堂和思想的境域。除了我们熟知的"梁祝化蝶"，超弦理论中则有这样的话："世界上的事物有两个极端，一个是超弦，另一个，则是蝴蝶。"而蝴蝶效应则说："拉丁美洲一只蝴蝶轻轻闪动一下翅膀，就可以在美国加州掀起一场风暴。"我想，这一切关于蝴蝶的美妙叙述，无疑都始自于"庄周梦蝶"！

"庄周梦蝶"就是如此精妙而极致，这是一个千古奇梦，也是一个最棒的极限表达：当庄子在两千多年之前"做"了这样一个天才之梦之后，后人就再也无法做类似的梦了，无论是梦鱼也好，梦鸟也好，都只能是笑柄了。

这才叫一剑封喉，这才叫空前绝后。

六

　　由于庄子的道家思想已然探入了极境，所以必得以这种极限的方式才能表达？或者说，正由于庄子掌握并运用了如此极限的表达，他的思想才被推向如此深远的极境？！

　　我想，这就是庄子的极限表达与述道策略的内在关系。

　　极限表达无疑是艺术的险峰，文学的绝地。千百年来，只有那些旷世奇才能够攀登和抵达，在中外古今的文学天空中，这样的人凤毛麟角寥若晨星。

　　比如，普鲁斯特在《追忆似水年华》中把那种情感的细腻和心理的微妙推向了极致；比如，乔伊斯在《尤利西斯》中把情节的拓扑和文风的杂糅推向了极致；比如，在《佛兰德公路》中，克劳德·西蒙把文字的密度和描写的繁复推向了极致；比如，在《香水》中，聚斯金德把人类的嗅觉之维和气味写到了尽头；比如，在《逃离》这部小说中，弗里斯把叙述的复沓性推向了极端；再比如，博尔赫斯把人类的幻想推向了文学的极地；卡夫卡则把生存的荒诞推向了艺术的至境……

　　为了让读者更进一步地理解和领略极限表达的概念与魅力，我想再补充列举两个小说叙述方面的例子。

　　其一是普鲁斯特的长篇小说《追忆似水年华》中的片断"小玛德莱娜点心"：

　　　　这已经是很多很多年前的事了，除了同我上床睡觉有关的一些情节和环境外，贡布雷的其他往事对我来说早已化为乌有。可是有一年冬天，我回到家里，母亲见我冷成那样，便劝我喝点茶暖暖身子。而我平时是不喝茶的，所以我先说不喝，后来不知怎么又改变了主意。母亲着人拿来一块点心，是那种又矮又胖名叫"小玛德莱娜"的点心，看来像是用扇贝壳那样的点心模子做的。那天天色阴沉，而且第二天也不见得会晴朗，我的心情很压抑，无意中舀了一勺茶送到嘴边。起先我已掰了一块"小玛德莱娜"放进茶水准备泡软后食用。带着点心渣的那一勺茶碰到我的上腭，顿时使我浑身一震，我注意到我身上发生了非同小可的变化。一种舒坦的快感传遍全身，我感到超尘脱俗，却不知出自何因。我只觉得人生一世，荣辱得失都清淡如水，背时遭劫亦无甚大碍，所谓人生短促，不过是一时幻觉；那情形好比恋爱发生的作用，它以一种可贵的精神充实了我。也许，这感觉并非来自外界，它本来就是我自己。我不再感到平庸、猥琐、凡俗。这股强烈的快感是从哪里涌出来的？我感到它同茶水和点心的滋味有关，但它又远远超出滋味，肯定同味觉的性质不一样。那么，它从何而来？又意味着什么？哪里才能领受到它？我喝第二口时感觉比第一口要淡薄，第三口比第二口更微乎其微。该到此为止了，饮茶的功效看来每况愈下。显然我所追求的真实并不在于茶水之中，而在于我的内心。茶味唤醒了我心中的真实，但并不认识它，所以只能泛泛地重复几次，而且其力道一次比一次减弱。我无法说清这种感觉究竟证明什么，但是我只求能够让它再次出现，原封不动地供我受用，使我最终彻悟。我放下茶杯，转向我的内心。只有我的心才能发现事实真相。可是如何寻找？我毫无把握，总觉得心力不逮；这颗心既是探索者，又是它应该探索的场地，而它使尽全身解数都将无济于事。探索吗？又不仅仅是探索：还得创造。这颗心灵面临着某些还不存在的东西，只有它才能使这些东西成为现实，并把它们引进光明中来。我又回过头来苦思冥想：

那种陌生的情境究竟是什么？它那样令人心醉，又那样实实在在，然而却没有任何合乎逻辑的证据，只有明白无误的感受，其他感受同它相比都失去了明显的迹象。我要设法让它再现风姿，我通过思索又追忆喝第一口茶时的感觉。我又体会到同样的感觉，但没有进一步领悟它的真相。我要思想再作努力，召回逝去的感受。为了不让要捕捉的感受在折返时受到破坏，我排除了一切障碍，一切与此无关的杂念。我闭目塞听，不让自己的感官受附近声音的影响而分散注意。可是我的思想却枉费力气，毫无收获。我于是强迫它暂作我本来不许它作的松弛，逼它想点别的事情，让它在做最后一次拼搏前休养生息。尔后，我先给它腾出场地，再把第一口茶的滋味送到它的跟前。这时我感到内心深处有什么东西在颤抖，而且有所活动，像是要浮上来，好似有人从深深的海底打捞起什么东西，我不知道那是什么，只觉得它在慢慢升起；我感到它遇到阻力，我听到它浮升时一路发出汩汩的声响。不用说，在我的内心深处搏动着的，一定是形象，一定是视觉的回忆，它同味觉联系在一起，试图随味觉而来到我的面前。只是它太遥远、太模糊，我勉强才看到一点不阴不阳的反光，其中混杂着一股杂色斑驳、捉摸不定的漩涡；但是我无法分辨它的形状，我无法像询问唯一能作出解释的知情人那样，求它阐明它的同龄伙伴、亲密朋友——味觉——所表示的含义，我无法请它告诉我这一感觉同哪种特殊场合有关，与从前的哪一个时期相连。这渺茫的回忆，这由同样的瞬间的吸引力从遥遥远方来到我的内心深处，触动、震撼和撩拨起来的往昔的瞬间，最终能不能浮升到我清醒的意识的表面？我不知道。现在我什么感觉都没有了，它不再往上升，也许又沉下去了；谁知道它还会不会再从混沌的黑暗中飘浮起来？我得十次、八次地再作努力，我得俯身询问。懦怯总是让我们知难而退，避开丰功伟业的建树，如今它又劝我半途而废，劝我喝茶时干脆只想想今天的烦恼，只想想不难消受的明天的期望。然而，回忆却突然出现了：那点心的滋味就是我在贡布雷时某一个星期天早晨吃到过的"小玛德莱娜"的滋味（因为那天我在做弥撒前没有出门），我到莱奥妮姨妈的房内去请安，她把一块"小玛德莱娜"放到不知是茶叶泡的还是椴花泡的茶水中去浸过之后送给我吃。见到那种点心，我还想不起这件往事，等我尝到味道，往事才浮上心头；也许因为那种点心我常在点心盘中见过，并没有拿来尝尝，它们的形象早已与贡布雷的日日夜夜脱离，倒是与眼下的日子更关系密切；也许因为贡布雷的往事被抛却在记忆之外太久，已经陈迹依稀，影消形散；凡形状，一旦消褪或者一旦黯然，便失去足以与意识会合的扩张能力，连扇贝形的小点心也不例外，虽然它的模样丰满肥腴、令人垂涎，虽然点心的四周还有那么规整、那么一丝不苟的皱褶。但是气味和滋味却会在形销之后长期存在，即使人亡物毁，久远的往事了无陈迹，唯独气味和滋味虽说更脆弱却更有生命力；虽说更虚幻却更经久不散，更忠贞不矢，它们仍然对依稀往事寄托着回忆、期待和希望，它们以几乎无从辨认的蛛丝马迹，坚强不屈地支撑起整座回忆的巨厦。虽然我当时并不知道——得等到以后才发现——为什么那件往事竟使我那么高兴，但是我一旦品出那点心的滋味同我的姨妈给我吃过的点心的滋味一样，她住过的那幢面临大街的灰楼便像舞台布景一样呈现在我的眼前，而且同另一幢面对花园的小楼贴在一起，那小楼是专为我的父母盖的，位于灰楼的后面（在这以前，我历历在目的只有父母的小楼）；随着灰楼而来的是城里的景象，从早到晚每时每刻的情状，午饭前他们让我去玩的那个广场，我奔走过的街巷以及晴天我们散步经过的地方。就像日本人爱玩的那种游戏一样：他们抓一把起先没有明显区别的碎纸片，扔进一只盛满清水的大碗里，碎纸片着水之后便伸展开来，出现不同的轮廓，泛起不同的颜色，千姿百态，变成花，变成楼阁，变成人物，而且人物都五官可辨，须眉毕现；同样，那时我们家花园里的各色鲜花，还有斯万先生家花园里的姹紫嫣红，还有维福纳河塘里飘浮的睡莲，还有善良的村民和他们的小屋，还有教堂，还有贡布雷的一切和市镇周围的景物，全都显出形迹，并且逼真而实在，大街小巷和花园都从我的茶杯中脱颖而出。①

普鲁斯特用无限细腻、迂回、繁复、极致的叙述与分析，为人类树立了一座"非意愿记忆"的丰碑，并揭开了生命与记忆的全部奥秘，进而完成了一个几乎不可能完成的终极任务：找回失去的时间！

其二是博尔赫斯在短篇小说《阿莱夫》中的"异位移植"修辞：

所谓"异位移植"，就是把看上去毫不相关属性相异的词句连缀在一起，它切断了语法规定的传统的语言逻辑和习惯的能指链，从而造成一种特别的间离效果和强烈的语言张力。

"异位移植"极为自由，极富想象力，有惊人的可塑性、扩展性和包容性，有广阔的完全开放的表达效能。这种独特的修辞就像把原有的（语法规定的）分子结构拆解并重新排列，得到的是一种全新的物质，就像原子链条的重新组合，像某种化学反应，甚至像物理学中的核裂变，产生的是威力无比的核能量。我认为，"异位移植"这种修辞方式的最大的叙述功能，就是用有限的创造性的异类词语的连缀和排列，去捕获无限的事物或事物的无限（在文学史中，表达事物的无限性一直是作家们的梦想，也是叙述的悖论和似乎是不可逾越的难关）。

这种修辞手法的原创者一般认为是诗人惠特曼，但在小说领域发扬光

---

① 《追忆似水年华》普鲁斯特著，李恒基等译，译林出版社，1994年，第28页。

大的人无疑是博尔赫斯。

在著名的短篇小说《阿莱夫》中，博尔赫斯用一页半篇幅的异类词、句的匪夷所思的连缀和诗性排列，表达出了无限的宇宙：

> 阿莱夫的直径大约为两三公分，但宇宙空间都包罗其中，体积没有按比例缩小。每一件事物（比如说镜子玻璃）都是无穷的事物，因为我从宇宙的任何角度都清楚地看到。我看到浩瀚的海洋、黎明和黄昏，看到美洲的人群、一座黑金字塔中心一张银光闪闪的蜘蛛网，看到一个残破的迷宫（那是伦敦），看到无数眼睛像照镜子似的近看着我，看到世界上所有的镜子，但没有一面能反映出我，我在索莱尔街一幢房子的后院看到三十年前在弗赖本顿街一幢房子的前厅看到的一模一样的细砖地，我看到一串串的葡萄、白雪、烟叶、金属矿脉、蒸汽，看到隆起的赤道沙漠和每一颗沙粒，我在因弗内斯看到一个永远忘不了的女人，看到一头秀发、颀长的身体、乳癌，看到行人道上以前有株树的地方现在是一圈干土，我看到阿德罗格的一个庄园，看到菲莱蒙荷兰公司印行的普林尼《自然史》初版的英译本，同时看到每一页的每一个字母（我小时候常常纳闷，一本书合上后字母怎么不会混淆，过一宿后为什么不消失），我看到克雷塔罗的夕阳仿佛反映出孟加拉一朵玫瑰花的颜色，我看到我的空无一人的卧室，我看到阿尔克马尔一个房间里两面镜子之间的一个地球仪，互相反映，直至无穷，我看到鬃毛飞扬的马匹黎明时在里海海滩上奔驰，我看到一只手的纤巧的骨骼，看到一场战役的幸存者在寄明信片，我在米尔扎普尔的商店橱窗里看到一副西班牙纸牌，我看到温室的地上羊齿类植物的斜影，看到老虎、活塞、美洲野牛、浪潮和军队，看到世界上所有的蚂蚁，看到一个古波斯的星盘，看到书桌抽屉

里的贝亚特丽丝写给卡洛斯·阿亨蒂诺的猥亵的、难以置信但又千真万确的信（信上的字迹使我颤抖），我看到查卡里塔一座受到膜拜的纪念碑，我看到曾是美好的贝亚特丽丝的怵目的遗骸，看到我自己暗红的血的循环，我看到爱的关联和死的变化，我看到阿莱夫，从各个角度在阿莱夫之中看到世界，在世界中再一次看到阿莱夫，在阿莱夫中看到世界，我看到我的脸和脏腑，看到你的脸，我觉得眩晕，我哭了，因为我亲眼看到了那个名字屡屡被人们盗用、但无人正视的秘密的、假设的东西：难以理解的宇宙。

我感到无限崇敬、无限悲哀。①

呵，这是"异位移植"的极致，这是人类用有限捕获无限的典范。何其开放和扩展，何其自由和复沓，何其绵延不绝，何其跳宕何其逸出常规，何其包罗万象，何其浩瀚，何其没有限度！

我不禁设想，如果大师庄子看到这样的极致叙述（一个关于时间，一个关于空间），他的脸上会露出怎样的谜一般的微笑来呢？

---

① 《博尔赫斯短篇小说集》王央乐译，上海译文出版社，1983年，第136～137页。

世外高手

——《庄子》新解之二

一

我想来谈谈庄子与武侠的关系。

电影《英雄》的那个刺客叫"无名",影片片头,无名就曾有这样的独白:"人若无名,就可以专心练剑。"(这话其实非常无厘头)作为一个普通观众,你把这个刺客理解成无名氏,是没有什么问题的,可如果你对国学经典稍有涉略,你就会明白,"无名"其实是道家的专有名词。《英雄》的年青编剧李冯对古代经典是十分熟稔的,他此前专门写过一个先锋性的长篇小说《孔子》,是我读过的最有文学品质的孔子传记。所以,把刺客叫做无名,并非偶然。

我猜当初张艺谋和李冯们肯定为刺客的名字伤过脑筋,直接叫荆轲吧,有文化的人肯定不答应,因为电影的故事情节与史实相距遥远;可如果叫个张三李四呢,也不妥,因为那个刺客明明就是荆轲来着。没办法,只好叫他"无名"（既是荆轲又不是荆轲），好歹，这是道家思想的专有名词，至少显得有文化底蕴不是么？

无名的绝招是"十步一杀"，当然不是套用金庸古龙等人武侠小说中的武功招数（什么"降龙十八掌""九阴白骨爪"之类），那可是先秦的刺客，不可能有现代武侠小说中的功夫。有人以为出自李白的《侠客行》："十步杀一人，千里不留行"，但其实，李白的诗句又源自《庄子》《杂篇·说剑》："臣之剑十步一人，千里不留行"。可以想见，让电影《英雄》与道家尤其是与庄子扯上一些关系，是张艺谋们故意为之的事情。

实际上，庄子本人的形象，就极易让人想起武侠小说中的人物：造诣至深，功夫盖世，出离尘埃，独孤求败，无用乃至用，无招胜有招，逍遥于山林，相忘于江湖，庄子就是最早最酷的那个世外高手。

而《杂篇·说剑》这样的文章差不多可以看成是中国的第一篇武侠小说。

在我看来，在《庄子》与武侠之间，既有形似又有神似。

形似方面，我想侧重谈论的是出现在《庄子》中的诸多残疾人物。比如，《养生主》中一只脚的右师，《人间世》中的支离疏（"颐隐于脐，肩高于顶，会撮指天，五管在上，两髀为胁"），《德充符》中的兀者王骀、申徒嘉、叔山无趾以及容貌奇丑的哀骀它还有更加怪丑之极的闉跂支离无脤、瓮盎大瘿，等等。有论者认为这是庄子的"审丑"艺术，而美国汉学家爱莲心则把这些人物看成是"作为隐喻的怪物"[①]。

庄子的本文显然是想用"形缺"彰显"德全"，想突出无用之用才是至用。我却觉得这些人物与武侠小说中的世外高手非常相似，江湖中谁的武功最好呢，往往不是那种英俊雄武之辈，而恰恰是一个看上去连走路都走不稳的、身体像是有残疾的老头。为什么会这样，我觉得这里边肯定有心理学上的补偿原理在起作用，身体的某些方面有残缺，会导致他在别的方

[①] 《向往心灵转化的庄子：内篇分析》爱莲心著，江苏人民出版社。

面的优势性突破，从而让他超越普通的生理限制（"真人之息以踵，众人之息以喉"，武学气功中就有"息踵法"），进入一种特异的生命状态或武功境界。很小的时候，胡同口那户人家有一个双脚先天性瘫痪的女孩，整天拄着双拐，有一次因为看小人书之类的事与她起了争执，她就用双手死死捏住我的手，那一刻，我突然体验到了一种匪夷所思的劲道与力量，这种力量甚至超越了我的想象，手好像被铁钳钳住一样动弹不得。我弟弟那时是个糊里糊涂的跟屁虫，他看见一向强势的哥哥被搞得如此狼狈，扑上来就用牙咬了一口，不幸的是，他咬到的是我的手指头。那是我第一次体认到残疾者的"异常功力"，长大后明白，那是因为她双脚残疾，走路吃饭干活全都用手，她的手自然就有了令我惊骇的力气。除了"补偿原理"，我想残疾者往往"任岁月驰骋，唯心无旁骛"，比常人更加专心安静，更加刻苦用功，更加不会被形象衣饰之类的外在的事情所困扰（生活中那些丑到家的人往往都很自信，因为他已经想开了，没有顾忌了）。另外，笨鸟先飞，大智若愚，所谓"下下人有上上智"，今藏传佛教犹有此风（可参看《天龙八部》中少林寺扫地僧，无名无分，然而已得武学之道）。以上几点，无论是练习武功，还是修行悟道，均至关重要。我想，这就是为什么《庄子》中的悟道高人常常是残疾者的原因，而这些残疾的悟道者与武功高手之间的相似性其实也不足为奇，几乎是自然而必然的事情。

神似方面，不待多言，庄学与武学可谓殊途同归，两者都追求修身养性全生保身，养生之道恰如武学之境，都切入生命的超越性领域，终极性目标都是超越时空结构、生理形态、生物属性去洞察生命的奥妙，最后进入随心所欲自由逍遥之境。而无用之用不就是无招胜有招吗？

从形似到神似，一部《庄子》其实是中国武侠小说与电影的丰沛源头，庄子的道家思想、生命境界、艺术想象与一剑封喉般的超拔文风，对后世武侠的启发与影响可谓普遍而深远。就说金庸吧，他的武学体系就明显受益于庄子。在金庸小说中，豪客侠士均有庄学气质，他们对武功的追求便是对境界的追求，非精神境界高者不能达到武功的臻美至境，凡达到武学至高境界者又必有精神上的大境界，最具有代表性的便是剑魔独孤求败练剑的四重境界（何尝不是人生的四重境界）和张无忌练太极剑全然忘怀反而能出神入化两例，而这种大境界总是无形无象无物无己的，恰如庄学的生命境界。金庸的代表作《天龙八部》中就有一个"逍遥派"，其独门武功是"北冥神功"。最有意思的是，处女作《书剑恩仇录》中的陈家洛在玉山参详前人所遗的"武学奇典"，居然是一部《庄子》，其武功绝招直接受"庖丁解牛"的启迪而练成。

接下来，我想通过逐字逐句地解读《养生主》选段（主要是"庖丁解牛"的寓言），在语言、想象力、细节刻画等方面，比较并阐发庄学与武学之间的那种高度契合与一致性。

二

吾生也有涯，而知也无涯。以有涯随无涯，殆已；已而为知者，殆而已矣！为善无近名，为恶无近刑。缘督以为经，可以保身，可以全生，可以养亲，可以尽年。

庖丁为文惠君解牛，手之所触，肩之所倚，足之所履，膝之所踦，砉然向然，奏刀騞然，莫不中音，合于桑林之舞，乃中经首之会。

文惠君曰："嘻！善哉！技盖至此乎？"庖丁释刀对曰："臣之所好者道也，进乎技矣。始臣之解牛之时，所见无非牛者。三年之后，未尝见全牛也。方今之时，臣以神遇而不以目视，官知止而神欲行。依乎天理，批大郤，导大窾，因其固然。技经肯綮之未尝，而况大軱乎？良庖岁更刀，割也；族庖月更刀，折也。今臣之刀十九年矣，所解数千牛矣，而刀刃若新发于硎。彼节者有间，而刀刃者无厚。以无厚入有间，恢恢乎其于游刃必有余地矣，是以十九年而刀刃若新发于硎。虽然，每至于族，吾见其难为，怵然为戒，视为止，行为迟，动刀甚微，謋然已解，如土委地，提刀而立，为之四顾，为之踌躇满志，善刀而藏之。"文惠君曰："善哉！吾闻庖丁之言，得养生焉。"①

开头第一段，说了生命高于知识，养生就是要超越善恶是非。其中有一个句子特别似曾相识，即"缘督以为经"，它分明就是后来武学气功中"打通任督二脉"的想象源头。

第二段开始写庖丁解牛的寓言（庄子不用杀和宰，而用解），先从总体上描画了庖丁解牛的熟练、利索与舞蹈般的节奏感，庄子用音乐来比拟庖丁解牛的神妙状态（"莫不中音"）。后世武侠用音乐来比拟或表现武功，成为常用的手法。电影《英雄》棋院打斗那场戏，无名与长空甫一接招，那个弹古琴的老先生（杭州南山路上的一个古琴老人扮演）要起身离开，无名便在打斗间隙，让那个老先生"再抚一曲"，并在那个碗里扔了几个先秦刀币。接下来，琴声响起，两个高手树一样屹立在那儿，我们听到无名的旁白："武功琴韵虽不相同，但原理相通，都讲究大音稀声之境界。"我们看金庸古龙等人的武侠小说中，侠客常常喜好音乐，有的高手直接用乐器作为武器（如《书剑恩仇录》中金笛秀才余鱼同）。

第三段展开描写庖丁解牛的整个过程，庄子用高妙的语言文字把牛解给世人看（谈的明明是养生，庄子却用杀牛来晓喻，这既是"反者道之动"，又是庄子吊诡风格的必然）。庖丁解牛这个寓言，让我们见识了庄子"善属书离辞，指事类情"（司马迁语）的非凡本事，他的叙述既具象又抽象，既质实又轻盈，把解牛的过程写得真是神乎其神匪夷所思。他的叙述就像魔术一样，一招一式，精准犀利，写着写着，就进入奇妙的生命感觉

---

① 《庄子新释》张默生著，新世界出版社，2007年，第89页。

与超越性的造化状态,他从技术与细节入手,不知不觉之间,倏忽之间,就让自己的叙述上升到了艺术与自由之境。这其中,就有许多细节与想象跟武侠毫无二致如出一辙。

听到文惠君夸他技术好,"庖丁释刀对曰",庄子让庖丁先把手中的刀放下,再回答文惠君。庄子真不愧为文学大师、小说鼻祖,这样微小的细节也绝不放过,事实上,如果庖丁没把刀放下,那他就只能一边比划着刀一边与文惠君对话,显然不靠谱。另外,正因为庖丁放下了刀,庄子的语言叙述才能派上用场,他才可以用文字而不是用刀解牛给文惠君看,也解给世代的读者看。必须得搞清楚的一点是,"庖丁解牛"之所以高超神妙,与其说是因为庖丁的刀功好,还不如说是因为庄子的文字好。

庖丁向文惠君说的第一句话是:"臣之所好者道也,进乎技矣。"文惠君夸他技术好显然没夸到点子上,庖丁上来就把解牛定位在"进乎技"的"道"上。这实际上是给自己出了个难题,因为他必须把"解牛之道"而不是"解牛之技"说出来给文惠君听。而道可道非常道,如何道呢?

庄子没有像老子一样恍兮惚兮地道(我记得顾随老先生把这种语言表达风格叫做"夷犹"[①],因为那样道差不多等于没有道。庄子的策略是从具体的技术与细节入手,充分发挥自己的想象力与指事类情的功夫。

"始臣之解牛之时,所见无非牛者。三年之后,未尝见全牛也。"刚开始的时候,对陌生的新事物,你只有表象性认识(感性认识),牛当然只是牛。三年之后,你已经阅牛无数,你对牛已经熟悉得不能再熟悉,对牛的皮肤、骨骼、关节了如指掌,解起牛来已然得心应手(理性认识)。这时候,一头牛不再是一头牛,而只是一种结构,一个系统,一个可解的方程。《倚天屠龙记》二十章张无忌学会九阳神功和乾坤大挪移心法后,看其他一流高手原来极精妙的招数皆有破绽,这就是从"所见无非牛者"走向了"未尝见全牛也"。

[①] 《中国古典诗词感发》顾随著,北京大学出版社,2012年,第124页。

"方今之时，臣以神遇而不以目视，官知止而神欲行"。三年后已不见全牛，"方今之时"（十九年后）则功力更精更纯了（比理性认识更上出更高超）。"臣以神遇而不以目视"：看牛已经用不着"目视"，而只需"神遇"。武侠小说与电影里，经常有练箭练标的人，师父让他先练眼神，盯着一炷香一看就是半个时辰，这样练几个月，香火已然大如斗笠，再不用肉眼看，只需凭第六感觉，拉弓搭箭岂有不中之理？"官知止而神欲行"：五官四肢虽已静止，但意念却依然在运行。可比较参照电影《英雄》棋院那场戏的细节，前面已说无名长空像树一样分头立着，听那老先生玄妙起伏的琴声，电影接着让无名旁白道："臣和长空面对面站着，足有半个时辰，虽然谁也没动，但决斗已经在彼此的意念中继续展开。"在意念中决斗是否太玄乎呢？我的理解是，无名与长空此前已经较量过几个回合，对彼此的功力招数心中有数，所以，静立听琴，在精神意念中猜度对方出招与自己的接招和拆招（就像高手下盲棋），并非玄虚，其实可信。

"依乎天理，批大郤，导大窾，因其固然。技经肯綮之未尝，而况大軱乎？"自然万物，皆有天机与原理，解牛也一样，循此天理，"因其固然"（"因"是道家要旨，而"固然"即本来如此，即天然本来之理），"批大郤，导大窾"就绰绰有余，这样子解牛自然不会割到筋络和肯綮，更不会碰到大骨头了。武学中的诸多招数往往也"依乎天理""因其固然"，根据习武者自身的生理特点与心理个性修炼完成。

"良庖岁更刀，割也；族庖月更刀，折也。今臣之刀十九年矣，所解数千牛矣，而刀刃若新发于硎。"初步介绍了解牛过程与境况，该说说解牛的刀了，高手侠客不仅有独门功夫，而且往往有绝配的兵器，就像鲁智深的禅杖和林冲的长枪。好一点的屠夫一年换一把刀，因为他的刀要割，差一些的屠夫则每个月要换刀，因为他要砍剁，刀就易折。庖丁的解牛刀已经用了十九年了，已经解了数千头牛了，可刀刃依然锋利得就像是刚从磨刀石上磨出来的一样。张文江认为"庄书屡见十九，当用河图洛书数"，在我看来，不作这样的联想，而只是把十九当成十九也挺好，说明庄子写东西具体而微，不空洞浮泛，不说很多年了，而说十九年了，显出了叙述上的精准与具体。"新发于硎"这个写法近于极致（没有比这更快的刀了），一般人可能顺手就写成"依然锋利""仍然很快"，可庄子写东西就是这样，一写就写到尽头和绝处，让人无法超越和模仿。通过写刀，间接地把庖丁的解牛功夫叙写得真是如火纯青神乎其神，接近至境。武侠小说与电影时常会化些笔墨镜头表现侠客高手的兵器（比如谁谁的刀有几多重量之类），自有其效用与目的，等于变着法儿展现了侠客的功力与境界。

"新发于硎"这种说法毕竟有些极端，听上去似乎过于夸张。所以，庄子就作了补充与交代："彼节者有间，而刀刃者无厚。以无厚入有间，恢恢乎其于游刃必有余地矣，是以十九年而刀刃若新发于硎。"这段文字除了解释那把刀为什么十九年依然如"新发于硎"，还形象地展现了庖丁的解牛神技。"恢恢乎其于游刃必有余地矣"，庄子不说挥刃而说游刃，那把刀简直就像是在河中游动的鱼，在天上飞翔的鸟，这哪里是什么技术，这分明是高妙的艺术，是纯然之化境。看到这样的极致的语言叙述与境地，我有时候甚至会产生错觉，我觉得被庖丁所解的牛是这个世界上最幸福的牛，因为庖丁的刀不会碰到它的任何筋肉骨骼，那头牛几乎感觉不到疼，感觉不到痛，最多只有那么一点麻那么一点痒，就被倏然解掉了。另外，写出"恢恢乎其于游刃必有余地矣"之后，文章主旨"缘督以为经"已经被生动具象地表达无遗了。有人因此把这把刀理解成人，把牛看成社会俗世，而解牛的过程，则认为是庄子养生间世的象征。自有其理，未尝不可。当然，恢恢乎其于游刃必有余地矣，也极像武功高手运剑如风的样子不是么。

也许有人读到这里，会觉得庄子把解牛过程写得太玄乎太不着边际，觉得这是君子动口不动手，只是嘴上功夫，说说容易，未必真做得到。庄子好像知道读者的心里会有这样的猜疑和顾虑似的，他紧接着就补写了下面几句："虽然，每至于族，吾见其难为，怵然为戒，视为止，行为迟，动刀甚微"。也就是说，虽然可以神遇，可以神欲行，可以游刃如鱼，但实际上，该小心处小心，该放慢时放慢，该敬畏时敬畏，不能大意，不可松懈。"怵然为戒"可以联想《诗经》所云："战战兢兢，如临深渊，如履薄冰。"而"视为止，行为迟"，则可以比较武学的"迟胜于急""嫩胜于老"等说法。"动刀甚微"，可以想见这把刀运行在关键处时的那种小心与细微的样子。

有了上面这一段补笔与叙写，"謋然已解"就成了可想而知势所必然的结果。读到这四个字，我总会想起电影《新龙门客栈》最后在沙漠上的较量决斗场面。梁家辉、林青霞和张曼玉三人斗不过甄子丹，这时，那个宰羊的伙计（庖丁再世？）从沙里冒出，眨眼间把甄子丹手上脚上的皮肤筋肉剔得一干二净，只剩森森白骨，那可真是"謋然已解"！

"如土委地"：来自于尘土回到了尘土，这头牛有福了。

"提刀而立，为之四顾，为之踌躇满志"，这多像武侠电影里的英雄仗义行侠为民除害之后，最终定格在镜头里的酷毙了的姿势：舍我其谁，踌躇满志！

"善刀而藏之"。武林高手都有一个收功动作。我们还可以联想电影《英雄》棋院打斗较量的结果，无名刺中长空，顺手斩断长空的银枪，然后"唰"一下收剑入鞘的那个漂亮的结束动作。当然，收刀的动作，还隐喻着韬光养晦，此乃养生之关键。

三

读庄子文，一般人往往会被其雄奇瑰丽汪洋恣肆天马行空神骛八极的那一面所吸引。

如《逍遥游》开篇："北冥有鱼，其名为鲲。鲲之大，不知其几千里也。化而为鸟，其名为鹏。鹏之背，不知其几千里也。怒而飞，其翼若垂天之云。"①

又如："藐姑射之山，有神人居焉。肌肤若冰雪，淖约若处子；不食五谷，吸风饮露；乘云气，御飞龙，而游乎四海之外；其神凝，使物不疵疠而年谷熟。"②

再如《齐物论》里关于风的语言狂欢："夫大块噫气，其名为风，是唯无作，作则万窍怒呺，而独不闻之翏翏乎？山林之畏佳，大木百围之窍穴，似鼻，似口，似耳，似枅，似圈，似臼，似洼者，似污者。激者，謞者，叱者，吸者，叫者，譹者，宎者，咬者，前者唱于而随者唱喁。泠风则小和，飘风则大和，厉风济则众窍为虚。而独不见之调调之刁刁乎？"③

只有司马迁这样的叙述大师，才会关注并抓住庄子文章的另一面，即"善属书离辞，指事类情"的非凡功夫。我觉得司马迁在《史记·老庄韩非列传》中，关于庄子他主要指出了三点，其一是"终身不仕以快吾志"，其二是"其学无所不窥"，其三是善于"指事类情"。而后两者又有关联：正因为无所不窥，才可能指事类情，看穿才能写透。

"庖丁解牛"的寓言，显然是"指事类情"的典范。

我一直以为，"庖丁解牛"是中国文学史上最妙不过最好不过的文字，是最顶尖的文字。除了庄子，天底下再也找不出第二个能写出这等文字的人了。解牛的过程被庄子写透写绝了，后世就再没人敢写宰牛了。

庄子的天才之处在于，他的叙述总能从现实的日常的行为和情景出发，通过精准的细节刻画，借助超拔极致的想象，利用匪夷所思的创造性的诗

---

① 《庄子新释》张默生著，新世界出版社，2007年，第46页。
② 《庄子新释》张默生著，新世界出版社，2007年，第55页。
③ 《庄子新释》张默生著，新世界出版社，2007年，第62页。

学语言与修辞（如通感），从形而下升华至形而上，从物质跃向精神，从具象上出到抽象，从现实转向魔幻，从技术演化到艺术，然后把艺术推向极境，推向自由之境，最后推向道极（这恰好是"道也，进乎技矣"）。

这样的神笔妙文，才足以道出常道。

庄子之踵

——《庄子》新解之三

一

庄子写过藐姑射之山上的神人："肌肤若冰雪，淖约若处子。不食五谷，吸风饮露。"可他自己其实是肉身凡胎，要吃饭要喝水，只是人而不是神。

只要是人，就难免有他的短板与缺点，有他的软肋。这就是所谓的"阿卡琉斯之踵"：指致命的弱点，要害。荷马史诗中的英雄阿卡琉斯，传说她的母亲曾把他浸在冥河里使其能刀枪不入。但因冥河水流湍急，母亲捏着他的脚后跟不敢松手，所以脚踵是最脆弱的地方，因此埋下祸跟。长大后，阿卡琉斯作战英勇无比，但终于给人发现了弱点，一箭射在脚后跟而身亡。

本文想斗胆谈一谈庄子之踵。

庄子的天才在于极致，思想极致，文字复也极致。但他的问题可能也在于极致,因为走向极致同时也意味着有走向极端的风险。

比如,走向生命的极致(自由逍遥),就会忽视知识的存在(《养生主》上来就否定了知识);比如走向诗意的极致,就会忽视逻辑的作用(否定所有的辩论、瞧不起惠子与"坚白论");比如走向天道的极致("天籁"),就会忽视人道的意义("人籁");比如走向因应的极致("缘督以为经"),就会否定所有的作为(生命果如顽石乎)。

荀子就曾经指出:"庄子蔽于天而不知人。"在荀子看来,天有天道,人有人道,庄子失于人重于天,此非人之常理。庄子可自为,而不可天下为(当然荀子只是一家之言,也未必切中道家深要。比如司马谈的观点就几乎相反:"其实易行,其辞难知")。

这也就是为什么,在中国文化传统里,庄子那登峰造极的文章,虽然极大地影响了后世的文学艺术(尤其是所谓的浪漫主义文学),如魏晋风度、如陶渊明、如李白苏轼,但他的极致的道家思想对世代社会的影响却相对有限的原因所在。

在《齐物论》里,庄子认为"大道不称,大言不辩",所以他要"以辩止辩"。在他看来,大知小知,皆不足言,是非彼此,均无意义。有人认为这是一篇辩者的文字,伍非白甚至把它归入古代名家言论之中[①]。

庄子辩论的目的,是要揭示辩论乃对真实生命的扼杀和遗忘。而他辩论的方式,更像是一种独断的声音(就像上帝说"要有光就有了光"),是一种纯然的否定论(通过消弭是与非、彼与此,走向忘我无心,走向万物齐一)。却没有知识论意义上的讨论,也没有多少逻辑的成分。在某种角度上说,庄子的辩论恰恰是超逻辑或反逻辑的。他提出的"莫若以明"与"寓诸无境"等境界,其实都是非实证性的概念。

在我看来,严整规范的逻辑辩论恰恰是庄子的短板与软肋。

而在庄子与惠子的几次辩论中,庄子之踵暴露无遗。

[①] 《庄子哲学》王博著,北京大学出版社,2004年,第6页。

二

　　庄子与惠子游于濠梁之上。庄子曰:"鯈鱼出游出容,是鱼之乐也。"

　　惠子曰:"子非鱼,安知鱼之乐?"

　　庄子曰:"子非我,安知我不知鱼之乐?"

　　惠子曰:"我非子,固不知子矣;子固非鱼也,子之不知鱼之乐全矣。"

　　庄子曰:"请循其本。子曰'汝安知鱼乐'云者,既已知吾知之而问我,我知之濠上也。"[①] (《庄子·秋水》)

这可能是庄子与惠子一生辩论中最有名的一次了。

庄子与惠子游于濠梁之上,庄子先挑起话题,说鱼是快乐的。

作为名学家的惠子认为庄子是在提出一个命题,马上要让庄子证明这个命题:"子非鱼,安知鱼之乐?",也就是请庄子通过鱼的姿势和动作等论据证明鱼的确是快乐的。

前面这两句,庄子说的是道家的话,涉略的是自然与诗意的话题,而惠子也从名家角度作出了反应。本来都正常,不会有什么。

可庄子接下来的话却有了问题。他并没有解释说那只是自己的内心感受和诗意的想象,而是以其人之道还治其人之身,当然也可能是一种本能的因激反应,他马上就戏仿惠子的逻辑句型反驳道:"子非鱼,安知我不知鱼之乐?"

学富五车的惠子敏锐地抓住了庄子辩论中的漏洞:"我非子,固不知

[①] 《庄子新释》张默生著,新世界出版社,2007年,第264页。

子矣；子固非鱼也，子不知鱼之乐，全矣。"是啊，我不是你，所以不知道你，而你也不是鱼，当然也就不可能知道鱼是否快乐，搞定！这就从逻辑上把庄子堵在了死胡同，逼到了辩无可辩退无可退的绝境。

庄子没办法，知道逻辑上已然输给惠子。但他依然没有回到道家的话题与范畴里去，转而开始了狡辩，"请循其本。子曰'汝安知鱼乐'云者，既已知吾知之而问我"，并耍赖地用"我在哪儿知道"，代替了"我怎么知道"的问题："我知之濠上也。"

本来，这次辩论挺有趣挺好玩，庄子的狡辩和抬杠也没有什么。关键是，后人所看到的"濠梁之辩"，却让人觉得最后的胜利者是庄子，因为文章（也许是庄子的学生所为，明显有偏袒老师的嫌疑）的最后一句话是庄子说的，给人的感觉反而是惠子败了，并且是哑口无言了（两个人论辩时，旁观者总会觉得"后言者胜"，所以农村里的妇女吵架时，明明已经没话说了，也非得乱说乱骂下去，非得让自己成为骂出最后一句话从而取胜的那一方）。

这就带来一个很不好的结果：庄子利用话语权，用诗意的想象嘲笑并压制了逻辑的思辨。用张远山的话来说："一场本该极有意义的哲学和逻辑讨论，变成了艺术想象对科学思维的嘲弄，变成了偷换概念对逻辑萌芽的捉弄。按庄子的荒谬逻辑，'怎么知道的'这一科学追问，是不能问的——而中国人此后确实再也没有问过科学和哲学问题。正处于萌芽状态的中国逻辑思想就这样被庄子以艺术天才扼杀了。诗的文化战胜了真的文化，中国成了诗和艺术的国度，而非哲学和科学的国度。"[①]

的确，别的不说，屈原的那么多"天问"，后世的中国人就没有认真地科学地思考过回答过。

比如中国人虽然发明了火药，但并没有作科学的研究与探索，它的成

[①] 摘自互联网"小众菜园"该话题的讨论帖。我记得当时吴亮就认为惠子多事，庄子只是诗意感叹，惠子却要用逻辑论之，牛头不对马嘴。

分，它的配制公式，它的威力与杀伤力的计算，都付诸阙如，所以我们满足于用火药做成节日燃放的烟花与鞭炮，而欧洲人很快就把火药变成了子弹与炸药，从而很快崛起于世界之林。在冷兵器时代一直是帝国的中国，由于没有科学，到了近现代，终于软肋毕现，尝尽了被侵略了屈辱。

纵观庄子一生的思想，的确有反科学轻理性的倾向和姿态，视知识如草芥，视逻辑如废物，这样的姿态，其实并不可取。

三

惠子谓庄子曰："魏王贻我以大瓠之种，我树之成而实五石。以盛水浆，其坚不能自举也。剖之以为瓢，则瓠落无所容。非不呺然大也？吾为其无用而掊之。"庄子曰："夫子固拙於用大矣，宋人有善为不龟手之药者，世世以洴澼絖为事。客闻之，请买其方百金。聚族而谋曰：'我世世为洴澼絖，不过数金；今一朝而鬻技百金，请与之。'客得之，以说吴王。越有难，吴王使之将，冬与越人水战，大败越人，裂地而封之。能不龟手，一也；或以封，或不免于洴澼絖，则所用之异也。今子有五石之瓠，何不虑以为大樽而浮乎江湖，而忧其瓠落无所容？则夫子犹有蓬之心也夫！"① (《庄子·逍遥游》)

也许是不重视（对逻辑），也许是不耐烦（对辩论），庄子与惠子辩论交锋的时候，往往不占优势，看似他赢了，实际上输的却是他。庄子甚至常常不能自圆其说，反而自相矛盾，露出自己的马脚。《逍遥游》里的这次大小之辩就是这样。

从表面上看，庄子好像更有理，其实却不然。为了说明惠子不善于

---

① 《庄子新释》张默生著，新世界出版社，2007年，第57页。

"用大的东西"，庄子编了一个冻伤膏的寓言（远非极限表达，在庄子所写的寓言中显然是比较水比较菜的一个了），说有人用它只能绞纱度日，有人买了这个药方，却可以用来打胜战，裂地封侯，前者是小用，后者是大用。可根据庄子的人生观与价值观，升官封地，历来被他瞧不起（"终身不仕以快吾志"），到这儿怎么就变成了大用的标志了呢？这不是自相矛盾吗？这不是自己否定自己吗？这个寓言的最后，他嘲笑惠子不会用那个大葫芦，劝惠子把这个大葫芦掏空做成个腰舟，以浮于江湖。并指责惠子"而忧其瓠落无所容，则夫子犹有蓬之心也夫"。其实庄子出的是个馊主意，并不高明，也没有为朋友的生命安全考虑，因为大葫芦既薄又脆，毕竟不是猪皮筏，碰到河流中的树桩等硬物特别易裂易碎，浮于江湖够诗意够逍遥，但却很危险。

客观而言，道学和名学本就圆枘方枘南辕北辙，庄子和惠子在一起注定只能抬杠，注定只能各执一词，他们谁也不肯迁就谁，谁也没法说服谁。看庄子与惠子辩来论去，未尝不是从一个侧面体现了庄子其人的真实、有趣和可爱。辩论归辩论，抬杠归抬杠，但惠子依然是惠子，依然是那个名学大家；庄子依然是庄子，依然是那个千古宗师。在某种角度上说，唯其有软肋有缺点，才更显真实更见性情，庄子才更是庄子，更是那个最大写的人（不至于像老子那样被神魔化）。我有时候甚至想，哪怕庄子一生没写别的，只贡献了庄周梦蝶和庖丁解牛这样的极限表达，他就足以不朽于人世了。解牛的庖丁，在某种程度上正是庄子最好的自画像，庄子不是仁者（天地不仁）不是君子（君子远庖厨），他只愿意做一个庖丁，"臣之所好者道也，进乎技矣"。当然，他解的不是牛，而是生命之谜，是整个世界，是终极之道。

如果诗意一些浪漫一些，或者应该这么说：庄子，正是那匹飞翔于现实与梦境之间的永恒的蝴蝶。

【第四辑】

《史记》新义

先说刺客

——《史记》新解之一

一

为了穿越《史记》,我想先从刺客的角度切入。因为刺客构成了一个特殊的角度,便于我们窥探司马迁著述《史记》(《太史公书》)的隐秘动机与抱负,猜度他的历史观,并考量他为何要创制崭新的纪传体来完成这部巨作。

考证和评述《史记》的古今书籍可谓不计其数,但在我看来,就其信度与效度来说,都无法超越司马迁自己写的《报任安书》和《太史公自序》。这两篇文章无疑是打开《史记》之堂奥的钥匙。

细读这两篇文章,我们首先可以确认的一个事实是:司马迁虽然做过太史令,但《史记》并非一部官方著作(与"野史"对应的"官史"),而纯粹是个人创作("一家之言")。只要是个人创作(而非完成任务式的官方记录),就必有其个性化的意图与动机,必有其独特的"创作心理学"。借助两篇文章，我想从两个方面作些梳理和阐释：

一是家族影响。在《太史公自序》的开头，司马迁历数了"世典周史"的家族传承与脉络，然后综述了父亲司马谈的"论六家之要指"（对先秦思想的全面评述与总结，可与庄子的《天下》篇等量齐观），介绍了自己从小就开始为史学所做的准备（学习和游历），接下来，他重点讲了父亲的未竟事业与临终嘱托："今汉兴，海内一统，明主贤君忠臣死义之士，余为太史而弗论载，废天下之史文，余甚惧焉，汝念哉！"迁俯首流涕曰："小子不敏，请悉论先人所次旧闻，弗敢阙。"① 于是一般论者就把司马迁写《史记》看成是继承父亲的遗志，体现了他的家族荣誉感与使命感。

我认为事情并不是这么简单。一方面，"世典周史"的家族无疑给了司马迁许多影响与积累，给了他爱好历史研究历史的条件与资源；另一方面，尽管他在父亲面前口头作了应承，但《史记》的写作，却恰恰是对家族传统的背离与扬弃而非继承与光大，他的写作显然不只是完成父亲的遗志，不仅是履行家族的责任，他根本就没想去写一部家族传统意义上的"官史"或正史，不想为"明主贤君"歌功颂德，也不想如父亲教导的那样去"正《易传》，继《春秋》"，他要写的是"一家之言"（宇文所安把它理解为"一个家庭或家族的言论"②，非也），是一部独特的个人的著作。同时，由于自己的不幸遭遇（宫刑），《史记》实乃"发愤之所为作"，"意有所郁结，不得通其道也，故述往事，思来者"③。也就是说，家族（以父亲司马谈为代表）重史主要是重视过去（改变"史记放绝"之局面以尽太史令之责），而司马迁写史却要面向未来（击穿历史并为自己的生命与存在找到恒久意义："仆诚以著此书，藏之名山，传之其人，通邑大者，则仆偿前辱之责，虽万被戮，岂有悔哉！"④

---

① 《史记·太史公自序》，黑龙江人民出版社，2006年，第2149页。
② 《他山的石头记》宇文所安著，江苏人民出版社，2006年，第53页。
③ 《史记·太史公自序》，黑龙江人民出版社，2006年，第2153页。
④ 《史记·报任安书》，黑龙江人民出版社，2006年，第25页。

实际上，司马迁的内心不见得真有多少家族荣誉感，尤其是他遭遇不幸之后，更是深刻体认到世代家族在专制王权面前的卑微与无奈："仆之先非有剖符丹书之功；文史星历，近乎卜祝之间，固主上所戏弄，倡优畜之，流俗之所轻也。"① 因此，从某种意义上说，司马迁写《史记》，恰恰是想摆脱家族的这种低贱状态与命运，想改变原有的被动无奈的太史令传统与身份，从而真正成为一个独立的有远大抱负与写作理想的著作者（宇文所安认为司马迁是一个激进意义上的"作者"，有远比他人强烈的作者意识与创作意图）。从这个角度讲，司马迁不是家族事业的继承者，而倒是终结者！（就好比塞万提斯的《堂诘诃德》是骑士小说的终结者，也好比阿城的《棋王》是知青小说的终结者）。司马迁发愤所写的这部朝向未来的巨著，是一部面向过去的先人完全无法想象的书。

在《太史公自序》里还透露过另一个写作动机或抱负：

太史公曰："先人有言：'自周公卒五百岁而有孔子。孔子卒后至于今五百岁，有能绍明世，正《易传》，继《春秋》，本《诗》《书》《礼》《乐》之际？'意在斯乎！意在斯乎！小子何敢让焉。"

这段话虽然假托先人（司马谈），但有一种舍我其谁的气概，这里的使命感显然超越了家族范畴，把自己的写作置诸于浩大的几乎是永恒的时空坐标之中，并且把自己的著作与《春秋》《诗》《书》等典籍经书相提并论，抱负不凡。

至于有论者说，由于父亲与自己的不幸遭际，所以，司马迁的《史记》是一部"谤书"。比如父亲因不得参与泰山封禅而一口气怨死了，所以司马迁在《史记》里就写了《封禅书》作为报复等，这样促狭与偏颇的观点当

---

① 《史记·报任安书》，黑龙江人民出版社，2006年，第23页。

然不足信，因为司马迁创作《史记》自有远大得多的理想与抱负。

二是个人缘由。李陵事件对司马迁的打击是致命的，宫刑一方面剥夺了司马迁作为男人活着的意义，另一方面，汉武帝的独断与暴虐让司马迁亲身体认到专制与王权的可怖与可憎。司马迁虽然在此前十年就开始了《史记》的写作，但正式完成与修改则是在宫刑之后数年，所以，不幸的遭际对《史记》的写作的影响是明摆着的。失去了肉体之根之后，司马迁唯一能指望的就是精神之根（写作），之所以忍辱苟活，只是因为要完成《史记》的著述（"人固有一死，或重于泰山，或轻于鸿毛"，对司马迁来说，只有完成《史记》，自己的生命才不至于轻如鸿毛，才有可能重如泰山）。他在《报任安书》与《太史公自序》两次说到了差不多同样的话："盖文王拘而演《周易》；仲尼厄而作《春秋》；屈原放逐，乃赋《离骚》；左丘失明，厥有《国语》；孙子膑脚，兵法修列；不违迁蜀，世传《吕览》；韩非囚秦，《说难》《孤愤》；《诗》三百篇，大底圣贤发愤之所为作也。"[1] 司马迁没有说出的言外之意，两千多年后鲁迅帮他说出了：《史记》乃"史家的绝唱"！后世常说的"痛苦出诗人"（就像病蚌蕴珠，恰似杜鹃啼血）也可以拿来说明司马迁的写作动机。痛苦与愤怒对司马迁的作用，可以连类和比较肺病对卡夫卡的作用或癫痫对陀思妥耶夫斯基的作用，但却有过之而无不及：

　　仆以口语遇遭此祸，重为乡党所笑，以污先人，亦何面目复上父母之丘墓乎？虽累百世，垢弥甚耳！是以肠一日而九回，居则忽忽若有所亡，出则不知其所往。每念斯耻，汗未尝不发背沾衣也！[2]

---

[1] 《史记·报任安书》，黑龙江人民出版社，2006年，第24页。
[2] 《史记·报任安书》，黑龙江人民出版社，2006年，第25页。

这份痛苦与耻辱有多深重，化而为写作的动力就有多巨大。司马迁深知，在专制与暴政之下，百姓恰如牛毛，个体也似尘埃，逆来顺受是必然的命运，唯有写作可以超越、能够救赎！

　　关于《史记》的写作动机，很少有人提到另一个与司马迁个人有关的原因，那就是他不想埋没自己的文学才华与写作天赋。对此司马迁自己倒曾在《报任安书》中含蓄言及："所以隐忍苟活，幽于粪土之中而不辞者，恨私心有所不尽，鄙陋没世而文采不表于后也。"也就是说，司马迁对自己的语言天赋和写作才能是非常自信也非常自重的，而《史记》因之也就远非一部普通的史书，实乃中国叙事文学的巅峰，用鲁迅先生的话来说就是"无韵的离骚"是也。

　　总结一下的话，司马迁创作《史记》的内在动力主要有两个：一个是深不见底的痛苦，一个是高遏云霄的抱负。

　　宇文所安曾指出："司马迁是第一个把著述当作'工程'的人"，"司马迁和他的著作之间的关系，完全不同于据说是《春秋》作者的孔子和《春秋》的关系，也不同于吕不韦和由他主持编写的《吕氏春秋》的关系。"①他的意思是，对孔子与吕不韦来说，著述只是他们生活的一部分，他们的生命重心则在别的地方（掌权或教育），而对司马迁来说，写作《史记》是他生命的全部，是他存在的唯一理由。所言极是。

　　我们通过《报任安书》与《太史公自序》两篇文章梳理了司马迁写作《史记》的两方面动机与缘由，一个与家族有关，另一个则源于个体。

　　但在这两篇重要的文章中，并没有告诉我们另外一些非常关键的东西（即使说起也语焉不详一带而过）：比如，司马迁的历史观，比如，《史记》的意图与目的（司马迁究竟要写一部什么样的书？），再比如，他为什么不用现成的国别体与编年体，而要创制纪传体？

　　关于《史记》是一部什么样的书，两篇文章里倒是都提到并说起了，

---

① 《他山的石头记》宇文所安著，江苏人民出版社，2006年，第80页。

我认为其中有直言，也有曲笔，不可不信但也不能全信。《报任安书》因为是写给临刑前的朋友的，纯属私人信件，这是一封生不如死的人给身将就死的朋友写的信，里边断没有什么噱头和水分，有的只是痛彻心肺和披肝沥胆，因此，里边的话可信度要高得多："亦欲以究天人之际，通古今之变，成一家之言。"① 成一家之言，可以理解为独创性宣言，这是一部独特而空前的书，是一部与众不同的书；通古今之变，意为梳理、通达并洞穿历史的风云变化及其轨迹，这毕竟是一部以历史为对象的书；究天人之际，则有些暧昧与含糊之处，是研究天地万物？是研究自然规律与人的命运？还是研究天道与人道的区别与联系？司马迁没有解释。

相比之下，《太史公自序》毕竟要随书流行于世，当权者也会看到，曲笔之处就不可避免，里边的话就不可尽信。一方面，司马迁先假托董生（董仲舒）的话对《春秋》作了这样的评论："贬天子，退诸侯，讨大夫，以达王事而已矣。"② 紧接着他自己作了补充评点："夫《春秋》者，上明三王之道，下辨人事之纪，别嫌疑，明是非，定犹豫，善善恶恶，贤贤贱不肖，存亡国，继绝世，补敝起废，王道之大者也。"③ "《春秋》以道义"，"故《春秋》者，礼义之在宗也。""《春秋》采善贬恶，推三代之德，褒周室，非独刺讥而已也。"（此句假托先人）④ 说完《春秋》，司马迁说起自己的著作时则明显用的是曲笔：

> 汉兴以来，至明天子，获符瑞，封禅，改正朔，易服色，受命于穆清，泽流罔极，海外殊俗，重译款塞，请来献见者，不可胜道。臣下百官力诵圣德，犹不能宣尽其意。且士贤能而不用，有国者之耻；主上明圣而德不布闻，有司之过也。且余尝掌其官，

---

① 《史记·报任安书》，黑龙江人民出版社，2006 年，第 25 页。
② 《史记·太史公自序》，黑龙江人民出版社，2006 年，第 2150 页。
③ 《史记·太史公自序》，黑龙江人民出版社，2006 年，第 2150 页。
④ 《史记·太史公自序》，黑龙江人民出版社，2006 年，第 2152 页。

废明圣盛德不载，灭功臣世家贤大夫之业不述，堕先人所言，罪莫大焉。余所谓述故事，整齐其世传，非所谓作也，而君比之于《春秋》，谬也。

这段话显然有许多"忽悠"的成分，把"汉兴以来"说得那么祥和美好，把主上（汉武帝）说得那么明圣，这是典型的所谓"春秋笔法"（可对照《报任安书》中的话："务一心营职，以求亲媚于主上，而事乃有大谬不然者！"）。而把自己的著作自谦为整理与记述，"非所谓作也"，显然与"成一家之言"等语自相违拗。

那么，《史记》究竟是部什么书呢？司马迁写它的目的到底是什么？他又为什么要创用纪传体？两篇文章中并没有给出令人满意的答案。

我觉得，问题的答案，也许只能回到《史记》的文本当中去寻找去探究。

现在，我们不妨就请出《史记》中的刺客，以便思考和回答这几个问题。

二

刺客即"义"士，有"不二之心"（《太史公自序》）。

刺客是通过毁灭外在肉体以证明内在自我的勇者（豫让和聂政为其代表）。

刺客是牺牲自己的生命以便弘扬信仰的无畏之徒（如西亚穆斯林的人体炸弹）。

刺客是临危不惧镇定自若之辈（曹沫）。

刺客是吃了豹子胆的人，是可以豁出去的人，是把自己的生命当武器的人，是不死于死之人……

在《刺客列传》结尾，太史公这样评价历史上的那些著名的刺客："立意较然，不欺其志，名垂后世。"

司马迁为什么要写刺客呢？

论者经常把《孔子世家》（孔子并非诸侯，本应写列传）、《项羽本纪》（项羽没有称王，怎可列入本纪？不叫《西楚霸王本纪》，而是直呼其名《项羽本纪》，绝无仅有）这样的篇目看成是司马迁"自破体例"，但至今没人对《刺客列传》另眼相看。在我看来，《刺客列传》隐含着全书的一个大秘密。

如果刺客仅仅是异人奇人，那么《刺客列传》就应该与《游侠列传》《佞幸列传》《滑稽列传》《日者列传》等编排在一起，置于全书的最后，以示"附录""补订"之意。《刺客列传》里的五名刺客，就其身份地位来说，也并不高于《滑稽列传》《游侠列传》等篇里的人物，但司马迁独独把《刺客列传》编排在列传的第二十六篇，位于《吕不韦列传》与《李斯列传》之间（如果是按人物所处时代编排，除了荆轲，其他刺客不该在吕与李之间，且《刺客列传》里的刺客也并不比《滑稽列传》的人物早多少）。这样的编排，殊非偶然，别有深意。

另外，相较于《游侠列传》《滑稽列传》等篇，太史公写《刺客列传》显然花了更大的力气和精神，结构也好，语言也好，这一篇都是《史记》中的佼佼者。

刺客皆特异之人，司马迁花大力气书写他们，自有其特异之用。

刺客的特异之处，除了义薄云天胆魄超人，除了言必行行必果，他们与一般的游侠勇士的最大区别就是，《刺客列传》里的刺客拔刀相向的，主要是另外一些特异之辈——帝王和国君（刺客是敢于在太岁头上动土的人？）

庄子以降，司马迁也许是对帝王的独断与专横、残忍与暴虐体认最为深刻的人了。《史记》里充斥着众多暴君，他们是专制的象征，手握无上的权力，权杖一挥就流血千里，视天下为自家，视百姓如草芥，他们的人格极度扭曲和变态（最高的权力导致的最大的扭曲。而且他们身边围绕着一帮身心更不健全的太监宦官，其结果是，专制王权不仅残暴而且荒谬可笑，从秦世皇与赵高开始，密不发丧、偷改遗诏、另立太子、宦官专权等等，后世几乎越演越烈。这一切，《史记》里都有清楚记载，可见司马迁心里就像明镜似的），基本上都是些随心所欲毫无人性之辈，但却以天子圣上自居，号称"承天之命"。

面对这样的专制王权，天下百姓唯有俯首膜拜逆来顺受。司马迁虽然深受其害，悲痛欲绝，但在现实中也只能徒呼奈何委曲认命。

然而，当司马迁从现实抽身，来到创作的独立而自由的天地时，情况就完全不同了。

最终，正是凭借刺客，隐忍苟活的司马迁反戈一击，颠覆了君主帝王的假相，揭露了他们的真面目：面对刺客之剑，他们不再是天子，不再是圣上，而只不过是些怯懦、卑鄙、怪戾、可笑、平庸之辈。

比如，曹沫只用一把匕首就劫住齐桓公，齐桓公先是害怕并答应归还所侵鲁地，等曹沫投其匕首，下坛，恼羞成怒的齐桓公即刻又出尔反尔，欲倍其约。与曹沫"颜色不变，辞令如故"的镇定勇敢相比，齐桓公的胆怯与卑琐昭然若揭。

更典型的当然是荆轲刺秦王。司马迁把整个刺杀过程写得栩栩如生活灵活现，不可一世的秦王被荆轲追得狼奔豕突，王者形象荡然不存。更有意思的是，满大殿的文武大臣居然没有一个挺身而出，彰显了秦王那孤家寡人的独裁形象。陈凯歌拍摄的电影《荆轲刺秦王》巨细靡遗地表现了刺秦场面，荆轲刺杀失败，被秦王连刺数剑之后倒在柱旁，却仍然不断发出"嘿嘿"的嘲笑声。这时候电影加进了几句对白，秦王对荆轲说："你笑什么？你为什么要杀我？你知道我想干什么？啊？！我要建一个更大的国家，我要把眼睛看得见看不见的地方全都变成一个国家！"他说这些话，是想把自己那刚刚被荆轲摧毁的不可一世的王者形象重新树立起来，可荆轲没理他这一茬，压根儿不给他这种机会，他用生命里的最后一丝力气说出了这样几句话："樊於期托我带句话，大正宫的事（指秦王可能是个私生子，樊知道内幕，所以秦王一心要杀掉他），他对谁都没说，他比你守信用。"荆轲这几句话，又重新把秦王摁下去，摁在不守信用的促狭小人的位置。荆轲闭上眼睛后，秦王气急败坏歇斯底里地叫嚷："你不准死！我不许你死！"（不仅生杀予夺，而且想左右别人的死），我觉得电影的这个小细节，非常贴合司马迁的用意。

也就是说，在司马迁笔下，刺客的特异作用在于：他们能凭借一己之身，瞬间颠覆虚假王权，还其本来面目。

毫无疑问，司马迁笔下的刺客是卡在千年专制王权的那根最大的刺（后来的历史中，向死而生的嵇康也是一根这样的刺）。所以在我看来，刺客受谁指使与派遣其实并不重要（有人认为刺客也是王权手里的工具而已），重要的是它刺向了帝王，能够用自己的热血与性命颠覆专制王权的假面。

可见司马迁写刺客，真乃"立意较然"。

三

借助刺客颠覆了王权和专制之后，司马迁的历史观已然脱颖而出。

以往的历史，无论是记言还是记事，也无论是国别体还是编年体，其实都是围绕着帝王将相来写的，政权的更迭则是历史书写的中心。言是帝王将相之言，事是帝王将相之事。最后，历史只是一连串与王权政治有关的事情，只是朝代变更的粗线条模拟。

就连孔子所著的《春秋》，虽被司马谈认为是历史著作的标杆："学者至今则之"①，但也没有超出："以达王事而已矣"、"上明三王之道，下辨人

---

① 《史记·太史公自序》，黑龙江人民出版社，2006年，第2148页。

事之纪"以及"存亡国，继绝世，补敝起废，王道之大者也"。① 这样看来，司马迁不肯把自己的著作与《春秋》相比（"而君比之于《春秋》，谬也"），并不完全是谦逊的缘故。《春秋》虽然对司马迁有较大的影响与启发，而对于《春秋》的"贬天子，退诸侯，讨大夫"，司马迁也非常认同，他曾在自序中特意指出："《春秋》之中，弑君三十六，亡国五十二，诸侯奔走不得保其社稷者不可胜数。察其所以，皆失其本已。"② 但《史记》与《春秋》的区别却是明摆着的，《史记》不仅贬抑亡国之君，也贬损开国之主（如高祖）或所谓的开明圣上（如汉武帝），司马迁显然看得更透走得更远。

对司马迁来说，所谓的"王道"其实就是专制，其实就是无道，他要做的是颠覆而不是弘扬；而王事奢靡骄淫，绝非历史的重心。对专制与王权的批判与否定，实乃司马迁的历史观的第一要点。

另外，在"通古今之变"的司马迁眼里，不仅帝王头上的光环是虚假的，所谓奉天命承天运也纯属自欺欺人。就像谁也看不见青草的生长一样，"古今之变"中其实充满了偶然性和变数，历史的走向往往被一些随机的因素所左右。一个小小的偶然，足以改变一场战争的胜败，一个微不足道的细节往往导致一个帝国的崩裂。鸿门宴前夜，项伯对张良的偶然而又致命的造访，几乎决定了楚汉之争的结果；而当韩信趁高祖出兵平乱之际，欲与陈豨里应外合起兵谋反，因韩信有个家臣之前得罪了韩信，被韩信囚禁起来，家臣的弟弟就偷偷上告吕太后，揭发了韩信谋反的事，结果韩信就被骗进长乐宫悬钟室中杀掉，还连带杀了他的三族（冒犯王权的结果除了被杀，还要灭族，一方面说明王权的残暴，另一方面，说明王者的心虚与内在的恐惧，所以要斩草除根，防患于未然）。这样的偶然性事件与细节，《史记》里比比皆是。所谓历史，常常是一些偶然的没有意义的碎片而已（司马迁的历史叙述，超越了简单机械的历史辩证法）。如果说历史

---

① 《史记·太史公自序》，黑龙江人民出版社，2006年，第2150页。
② 《史记·太史公自序》，黑龙江人民出版社，2006年，第2151页。

也有什么必然性的话，那就是称王称霸的角色无一例外全是些残忍狠毒毫无人性的家伙，要建立王权或夺取帝业，不择手段与铁石心肠几乎是不可或缺的条件。在楚汉之争中，司马迁把这一点表现得透彻无遗。一部《史记》，楚汉之争与汉朝帝业是叙述的轴心，夏商周三王五帝以及诸侯争霸等内容，毕竟时空久远，司马迁在创作时免不了更多地依靠资料和传说，供他发挥的空间和叙写的余地毕竟不大。我在读《项羽本纪》（为了项羽司马迁不惜自破体例）和《高祖本纪》的时候，字里行间，能够感受到司马迁对项羽的偏爱和同情，对项羽的败北，司马迁既无奈之极又遗憾之至。所以，写到垓下之围和四面楚歌的时候，我发现司马迁真的笔墨酣畅情感充沛，铺张演义高潮迭起，就像挽歌，恰如绝唱。项羽之所以败给刘邦，之所以不能最终创建帝业，说穿了是因为他的生命中仍葆有人性中的一些属人的柔软的东西，项羽的心肠远没有修炼成铁石。他仍有"妇人之仁"；"恭敬慈爱，言语呕呕，人有疾病，涕泣分食饮"，而"至使人有功当封爵者"，却把印章拿在手里把玩抚摸舍不得给予（多像个小孩）；他还有优柔寡断的性情和简单粗暴的弱点（他动不动就"坑之""烹了"）。所以，哪怕他英勇无比英雄一世，哪怕他打起战来所向披靡，却注定不能成就大业，注定要走向自刎的结局。而刘邦就完全不同，他心狠手辣阴险狡猾，歹毒无赖不择手段，为了逃命可以把儿女扔下车（天底下有多少父亲为了孩子不惜付出自己生命的故事），而当项羽威胁他要烹了他父亲时，他居然能说出"幸分我一杯羹"这样绝非人子所能说出的话（古往今来真的没有第二个能说出这等话来的人了）。相比于项羽，相比于一般人，刘邦是一个斩断了尘根俗念常情人伦的人，是一个背反于人性的人，是一个只剩下一颗勃勃野心的人，是一个非人之人（超于人过于人），而左右历史创建帝业的却必是刘邦而非项羽。历史就是这么事与愿违，历史就是如此让人遗憾惆怅，我们真的只能唏嘘感叹徒呼奈何！每一次看到《高祖本纪》近尾处，刘邦一统天下之后，他一次次地粉碎了"谋反"，办掉了那些功臣诸侯，然后让自己的一个个儿子成为代王："立子恒以为代王"；"淮阴侯韩信谋反关中，夷三族……立子恢为梁王，子友为淮阳王"；"秋七月，淮南王黥布反……高祖自往击之，立长子为淮南王"，每一次读到太史公所写的这些故意的排比段落，我就会哑然失笑，心想，所谓一代帝王，所谓开国高祖，无非是化天下为自家的小人，实际上面目可憎，举止可笑（真乃"彼窃钩者诛，窃国者为诸侯"）。至于阴毒如蛇蝎的吕后自更不用说，她杀掉一个个汉朝旧臣，全换成自己吕家的人，其行为简直荒谬简直可怖。那些表面上站立在历史峰巅的帝王，那些自诩受有昊天之明命的圣上，却原来都是小人全是窃贼。对此，司马迁无疑是看得太穿看得太透了。

所以，真正颠覆了王权假相的刺客其实是司马迁自己，只不过他用的不是刀剑，而是如椽巨笔。

一遍遍地阅读《史记》，留给我的是这样一个印象：历史就像一条鲜血流成的河，这条河的流向和轨迹既偶然又必然，既真实又虚幻，既像人为又似天意。说到底，历史没有逻辑，毫无理性可言。也就是说，历史有非常虚无非常苦涩的一面，历史的轨迹就像蜗牛爬过后的涎迹，就像毒蛇蜕变下来的蛇皮。因而，谈古论今记录历史就远非司马迁的全部宏愿和志向。

相比于历史事件和运势，相比于王者与政权，我认为司马迁更为关切更为注重的显然是人和他的命运，是情感和人性（司马迁虽然也关注思想与智慧，但他的《史记》与其说是柯林伍德所谓的"思想的历史"，还不如称之为"生命的历史"）。历史本身是灰色的，是无物之阵，而那些曾经活跃于历史时空并焕发出人格华彩的生命个体才给予历史色彩，赋予历史亮点。所以，他的"究天人之际"，天只是背景，人才是主角，他的创作重心无疑是叙写那些活生生的生命和灵魂。这无疑是司马迁历史观的第二要点。

情况差不多就是这样，在否定了王道与王事在历史中的原有地位与意义，并看穿了历史的虚无与灰暗之后，司马迁才请出了历史叙述中的真正主角：人！具体包括：独特的生命个体、复杂的人性、心灵的奥秘，命运的玄机、自由的意义、精神的魅力，还有智慧、欲望与情感……

写史即写人。

把人写活了，历史也就被复活了。

为了实现这个更为内在更为本质的创作目的，司马迁必须让自己的写作另起炉灶，成一家之言。因为传统的编年体或国别体主要是记言记事，侧重于史料和事件，人在以往的历史叙述中几乎徒有虚名，成了一个个空洞的符号，华彩的生命和人性的绚丽均无从着墨，无从张本，无从演义。因此之故，司马迁必须为自己的著作创制全然不同的新体例，新的历史主角，必须有新的舞台空间。

于是，纪传体横空出世。

只有纪传体才能还原生命的温度与心跳，只有纪传体才能记录浩瀚的人性，只有纪传体才能充分描摹人格的华彩，只有纪传体才能抵达心灵的深处，只有纪传体才能探究情感的函数或命运的方程……

正是运用纪传体，司马迁不仅以人的尺度书写了那些帝王将相，不仅叙写了那些与历史走向休戚相关的重要人物，他也不啬文字腾出笔墨和篇幅刻画了一些对改朝换代影响不大，但却散发出独特的生命光辉和人格风采的人物，如《刺客列传》《游侠列传》《儒林列传》等等，他甚至还经常性地把笔触伸向那些无名无姓的普通人物（如《淮阴侯列传》中的"漂母赐食"，当韩信向赐饭的漂母说"吾必有以重报母"的时候，她却说出了几句让韩信深受刺激终身受用的话："大丈夫不能自食，吾哀王孙而进食，岂望报乎！"）。

根据司马迁的历史观，使历史真正散发出熠熠光辉的，不是那些成王称霸者，而是那些虽然功败垂成但充满人格魅力的人物，是那些早已折戟沉沙的真实生命和属人灵魂，相比于帝王将相，这些人的生命和灵魂也许更加可圈可点更加可歌可泣。甚至于布衣束巾的一个普通百姓，早已被历史湮没，却往往有其独特光彩，也仍然值得记取，值得细心加以描画。司马迁洞幽烛微的目光，就常常会这样有意无意地落在尘埃一样消逝在历史时空中的生命个体身上，并且付诸笔端，讴之歌之（历史之树因而显得更为枝繁叶茂果实累累）。相对于历史的滚滚巨轮，普通的个体就像草芥一样微不足道，可司马迁却敢于逆历史潮流，坚持个人为贵社稷次之，并用自己的心血文字，让这些独特的生命还魂重生了。后世很多文学作品和影片，都是顺着这样的思路来演绎历史表现人性的，那些被宏观历史所湮没的人，反而常常成为许多作品里的主人公，你比如《好兵帅克》，再比如《阿甘正传》。这里边，不仅仅体现了以小见大的杠杆原理和艺术法则，更体现了别样的历史观和价值观。而我们的司马迁一千多年前就洞见并拥有了这样的历史观和价值观。

《项羽本纪》里有一段文字特别让我难忘，在叙历史写项羽的双重任务和压力下，在宏观叙述和微观描画的缝隙里，太史公司马迁依然能够忙中偷闲不啬笔墨，见缝插针地去叙写一个普通的无足轻重的小孩，这样一个小孩，恰如消失在历史汪洋中的一滴水，可太史公愣是通过自己的文字和叙述重新捧出了这滴水，并让它在阳光下闪烁出晶莹剔透的人性光芒。第一次读到这个地方的时候，我的眼睛真的不禁为之一亮，既惊讶又兴奋。正是因为看到这样的地方，正是因为读到如此见微知著文心独具的细部，我才越发确信，越发肯定，《太史公书》远非只是一部史学著作；而太史公司马迁，不仅是一代史家，更是一个千年文豪。这段让人浮想联翩的文字就出现在《项羽本纪》的约三分之二处：

"外黄不下。数日，已降，项王怒，悉令男子年十五已上诣城东，欲坑之。外黄令舍人儿年十三，往说项王曰：'彭越强动外黄，外黄恐，故且降，待大王。大王至，又皆坑之，百姓岂有归心？从此以东，梁地十余城皆恐，莫肯下矣。'项王然其言，乃赦外黄当坑者。东至睢阳，闻之皆争下项王"。

我们不知道这个令舍人儿姓甚名谁，我们只知道，这个曾经说服并感化过一代霸王的聪慧勇敢的小孩，年龄只有十三岁。

新鞋硌脚

——《史记》新解之二

一

仆窃不逊,近自托于无能之辞,网罗天下放失旧闻,略考其行事,综其终始,稽其成败兴坏之纪,上计轩辕,下至于兹,为十表,本纪十二,书八章,世家三十,列传七十,凡百三十篇,五十二万六千五百字。①

《报任安书》里的这段话,已把《史记》的体例与结构说得一清二楚了。

当我们说司马迁创制了纪传体的时候,应该注意两点:

其一,除写人的纪传体"本纪""世家"和"列传"之外,《史记》还有表和书两种体例。"表"是世系,分国分年记载,是全书的筋节,此体裁古已有之。《三代世表》因年代古远,不可能一年一年详细排列,只作世

---

① 《史记·报任安书》,黑龙江人民出版社,2006年,第25页。

表；《十二诸侯年表》《六国年表》记事已详细，分国分年，是年表；到了《秦楚之际年表》后面的几个表，则分月记载，是月表。此十表如网在纲，使三千年历史一目了然。而"书"是典章制度，《尚书》就有此体例，专为一件事特写一篇，如夏禹治水，《尚书》里有《禹贡》，汉代当然也有水利问题，所以《史记》里有《河渠书》。如此共有八书。钱穆认为，《史记》把以前的体例悉数包括会通，参和融合，而写成一部空前正史，堪称"体大思精"。张文江则认为："可以把本纪、世家、列传看作人，表看作时，书看作空。《史记》描述时、空和人的关系，是一部整体性的通史。"① 有一定道理。其实，我们也可以把书和表看作是对纪传体的必要补充，因为以人写史，比竟有粗疏之处和间断之处，有了表和书，整部历史才能疏而不漏。当然，《本纪》虽然也是写人（帝王）为主，但在我看来却有世系年表的成分和作用，兼有记传与年表的双重性，而世家其实也有国别体的色彩。我自己常常把表和书（也可加上本纪）比喻成司马迁悉心栽培的历史的苍天大树，而世家与列传差不多就是悬挂其上的历史的累累果实（两千年前由司马迁种植的这棵伟大的历史之树同时也是生命之树，它是繁茂的，活的，一直在生长的，而且至今依然在生长，因为今天的读者依然可以有新的解读与阐释，可以有新的发现与感悟）。

其二，当我们说《尚书》记事，《左传》编年，《国语》记言，而《史记》写人的时候，其实是相对的和粗略的。因为《史记》写人的时候也记事记言（通过记事来写人），而以前的记事记言也会写到人。《史记》之前的典籍子书中，人物的地位已经显得越来越重要，比如《论语》《孟子》《庄子》均有许多记人成分，而《管子》《晏子春秋》则是记载某个人的思想与行事的。司马迁的独创之处在于，一方面把写人放在最重要最突出的位置，浓墨重彩，群星灿烂，其贯彻始终的自觉性，其浩大的规模，是前人根本没有达到过的；另一方面，是司马迁写人的手法更成熟更精粹，更

---

① 《古典学术讲要》张文江著，上海古籍出版社，2010年，第39页。

有艺术性，其塑造人物的高超手法与水准为后世的叙事文学奠定了扎实基础，成为小说家们学习的榜样和典范，比如《水浒传》这样的小说，写人与叙事的手法与技巧就明显受到了《史记》的深度影响。

因此，把创制纪传体的专利权归之于司马迁，是不会有任何疑义的。

纪传体与司马迁的历史观息息相关，纪传体是司马迁实现自己的写作理想的必不可少的工具，没有纪传体，可以说就没有《史记》。

《史记》的写作是一项伟大的工程，如果我们把它比作二万五千里长征，那么，纪传体就是司马迁长途跋涉所需要的那双新鞋子。

然而，没走几步却发现，这双新鞋子很硌脚。

二

因为，用纪传体写历史无法回避一个技术的当然也是结构的棘手问题：那就是重复。

比如《五帝本纪第一》里已经写到了禹，但《夏本纪第二》则是对禹的单独纪传，两者之间，必有重复处。

再比如有许多重大的历史事件，像鸿门宴，由多人参与，这些人均被单独纪传，或出现在本纪（项羽、刘邦），或出现在世家（张良）和列传（樊哙），对于这同一件事，司马迁就不得不重复多次。

编年体与国别体就不会出现这样的重复。

单纯的重复是写作的大忌，那么应该如何解决呢？我相信，当司马迁最初决定用纪传体来创作《史记》的时候，肯定已经想到了这个问题，并且，动笔之前，已然找到了解决的办法。

我认为司马迁的解决之道主要有两种。

其一是互见。

某事某场景，在某一篇纪传文中写过了，在别的纪传文中不再重复，只是作个提示。如《萧相国世家第二十三》中就有两处互见提示:"何进言韩信,汉王以信为大将军。语在《淮阴侯》(即《淮阴侯列传》)事中"[①];韩信谋反,"吕后用萧何计,诛淮阴侯,语在《淮阴》事中"[②]。如《留侯世家第二十五》中也有三处这样的提示:与鸿门宴有关的情节,在张良的世家里就没再重写,而是提示:"语在《项羽》(即《项羽本纪》)事中"[③];"韩信破齐而欲自立为齐王,汉王怨。张良说汉王,汉王使良授齐王信印,语在《淮阴》(即《淮阴侯列传》)事中"[④];"其秋,汉王追楚至阳夏南,战不利而壁固陵,诸侯期不至。良说汉王,汉王用其计,诸侯皆至。语在《项籍》(《项羽本纪》)事中"[⑤](垓下之围)。再如《郦生陆贾列传第三十七》里也有两处:谈到陆生归宿时有"语在《南越》(《南越列传第五十三》)语中。陆生竟以寿终"[⑥];"汉已诛布,闻平原君谏不与谋,得不诛。语在《黥布》(《黥布列传第三十一》)语中"[⑦]……

这样的互见,一方面可以避免重复书写,另一方面,这些互见提示特别像网上的结点,让篇与篇之间发生关联与互动,把一篇篇分散的纪传交叉连接成一部整体性的网状的历史。

其二是互文。

互文概念有两种,它们分别出现在中西文艺理论中。

中国古代诗文中的"互文",是一种语言修辞和写作技巧,意为"参互成文,含而见义"。这种修辞属语言学的范畴;"互文"的"文",指的是词语、句子、段落,基本上限于同一文本内;"互文"的实质,是为了把话说得更好或为了符合某种要求,而故意把一个完整的意思分开,并置于互

---

① 《史记》,黑龙江人民出版社,2006 年,第 1124 页。
② 《史记》,黑龙江人民出版社,2006 年,第 1125 页。
③ 《史记》,黑龙江人民出版社,2006 年,第 1141 页。
④ 《史记》,黑龙江人民出版社,2006 年,第 1143 页。
⑤ 《史记》,黑龙江人民出版社,2006 年,第 1143 页。
⑥ 《史记》,黑龙江人民出版社,2006 年,第 1638 页。
⑦ 《史记》,黑龙江人民出版社,2006 年,第 1638 页。

相照应的词、句、段中，用字面省略、意义互补的方法，达到精炼、上口等美学效果。从字面上看，"互文"是你中省我、我中省你；从意义上看，"互文"是你缺我补、我缺你补，形成互文见义、互补共有的特征。如王昌龄《出塞》中的名句："秦时明月汉时关。"单从字面上看，好像是"秦时明月照耀汉时关塞"之意。实际上诗人在这里用了一个互文修辞，所以应理解为："秦汉时的明月照耀秦汉时的关塞"。句中的"秦"、"汉"、"关"、"月"四个字是参互交错使用的。整句诗表达了"明月依旧，关塞依旧，却物是人非"的感觉，更让人感受到战争与岁月的残酷和悲凉。

当代西方文艺理论的"互文性"（intertextuality）概念，也有人译作"文本间性"。这个概念最早由法国文艺理论家克里斯蒂娃提出，是她对俄国形式主义文学理论，尤其是巴赫金的对话概念与狂欢理论的研究产物，首次出现在她的《词、对话、小说》一文中，而对之进行定义则出现在其《封闭的文本》中"一篇文本中交叉出现的其他文本的表述"①。这个概念被罗兰·巴特进一步推介与阐发，并直接导致他的"作者的死亡"观念，催化出"可读文本""可写文本"等理论。互文性概念在巴特的《文本理论》一文中获得正统地位以后，越来越受到文论界的青睐。各种背景的理论家们纷纷接过这个概念，按照自己的理解和需要，对它进行调整、修正和再阐释。如布鲁姆著名的"影响的焦虑"与互文理论就有明显的指涉承续关系。互文理论认为，新的文本既寄生于老的文本中，又通过吸食而将它们破坏，这种寄生兼寄主的关系存在于一切文本中而使文本具有自我瓦解的性质，文本仅仅存在于互文性中并且构成历史延续链条中的一环。由是，宣告了作者的死亡，传统意义上的原创性受到解构。互文概念对当代文学的诸多理论均有渗透性影响，比如结构主义（保罗·德曼）与解构主义（德里达），并被广泛应用于对后现代文学的研究（"互文性是后现代主义的

---

① 《互文性研究》（法）蒂费纳·萨莫瓦约著，邵炜译，天津人民出版社，2003。

一个标志,如今,后现代主义与互文性是一对同义词"①,几乎形成了一场"互文性革命"。

与中国古代的互文相比,当代西方的"互文性"概念中的"文",是指作品和文本而不是词汇与语句,从操作的角度,"互文性"不是一种简单的参互借用与省略,而是一种文本互涉的意思,这样的互涉不是比较文学中的相互影响,而是指一个文本对另一个文本的改造、引述、戏仿、拼接、混合、模拟、重铸,这样的两个文本之间的差异与张力,是"互文性"最有趣的地方。

互文性在创作中的案例比比皆是。譬如菲尔丁的《约瑟夫·安德鲁》中,人们一眼就能看出理查逊的《帕美拉》、塞万提斯的《堂吉诃德》、乃至《圣经》等前文本的痕迹。我们还能举出阿多尼斯神话之于弥尔顿《利西达斯》,荷马《奥德赛》之于乔伊斯的《尤利西斯》,美国南方分离运动之于惠特曼1855年版的《自我之歌》,德国唯心主义哲学之于华兹华斯的《序曲》,相对论之于托马斯·品钦的小说,热动力学之于左拉小说的影响。再比如从童话《白雪公主》到巴塞尔姆的小说《白雪公主》;从狄德罗的小说《雅克和他的主人》到昆德拉的戏仿同名剧作;再比如福克纳的小说《喧哗与骚动》用四种视角复写了同一个故事,而《我弥留之际》则更是用了十多种视角;好莱坞的电影重拍和翻拍也属于互文,像西克塞斯对《无间道》的翻拍;还有像博尔赫斯的诸多文本(如《〈吉诃德〉的作者彼埃尔·梅纳德》《两个人做梦的故事》等)明显是后现代风格的互文之作。等等。

当我们在列举互文性案例的时候,不能简单地混同于传统的影响论,不能无意中抬高前文本价值,抹煞前后文本的多声部渗透与改造,不能忽视差异性本质。《尤利西斯》中,乔伊斯利用荷马史诗的情节敷设他的篇

---

① Reading Theory: An Introduction to Lacan, Derrida, and Kristeva, Michael Payne , Blackwell Publishers , 1993.

章,并在两个文本间确立一种肯定的(positive)互文关系。但这部小说不乏作者的自我指涉(autoreferentiality),例如《青年艺术家肖像》和《英雄斯蒂芬》的影响,它因此形成了一种内文本关系(intratexuality)。在尤利西斯的塑造上,人们也不能不看到乔伊斯对荷马人物的改造,以及他在改造这个人物时显露出来的天才灵感,于是又出现一种否定的(negative)互文关系。同样,巴思(《迷失在开心馆中》的作者,"文学枯竭论"的提出者)的作品不仅充斥着别人的前文本,如《堂吉诃德》,而且弥漫着自我引用和自我指涉,即大量引用自己以前的作品,从而把小说当作再现自身的世界,由此构成一种深藏的互文性,或称作"内文本性",而这正是他的后现代主义元小说(meta-fiction)的主要特征。

也就是说,我们的分析不像传统影响论那样,仅仅把文本甲与文本乙简单联系起来(不是简单的前人影响后人,博尔赫斯就曾说过大意如此的话:伟大的作家也会反过来创造他的先驱者)。与之相反,它把多种文本当作一个互联网。它们也不像传统渊源研究那样,只把文本乙看作是文本甲直接影响的结果,而是把互文性当作文本得以产生的话语空间。但是我们看到,在这个空间里,无论是吸收还是破坏,无论是肯定还是否定,无论是自我引用还是自我指涉,文本总是与某个或某些前文本纠缠在一起。同时,读者或批评家总能在作品中识别出文本与其特定先驱文本的交织关系。

司马迁写作《史记》时,为了避免重复,他利用的手法,更类于西方的"互文性",即,在一个文本中,对另一个文本或局部的改写和重铸。这样的改写不仅规避了重复,而且形成了文本的张力与内涵上的延异、扩展或深化。在某种程度上说,司马迁是"互文性"最早的实践者和始作俑者。

细读《史记》的时候,我们时时可以感受到司马迁在这方面所花的功夫所费的心血。比如,仔细比较《项羽本纪》与《高祖本纪》两个文本,我们可以发现,在《项羽本纪》里,写项羽的那些细节,都为了突出项羽的单纯勇猛英雄霸王的个性,写刘邦的细节,都在强调刘邦的阴险毒辣无情无义不择手段的一面。而到了《高祖本纪》，通过细部，放大了项羽优柔寡断的幼稚一面，叙写了他英勇有余计谋不足的一面，对刘邦呢，写了很多祥云随身，斩杀白蛇这样的细节，也写了他的异与常人的胸襟格局和野心。刘邦建立一代帝业奠定汉家王朝是事实，刘邦而非项羽最终获胜也是定局，身处汉王朝的司马迁不便直接把这归咎于刘邦的阴险毒辣无情无义，而只能敷衍虚写祥云斩蛇帝王之气等细节以说事。两个本纪，两种倾向，恰如镜子相对，互文见义。

我们来具体分析其中的一个互文细节，项羽烹刘邦父亲不成之后不久，两军相持不下的彭越之战，在《项羽本纪》里是这样写的：

楚汉久相持未决，丁壮苦军旅，老弱罢转漕。项王谓汉王曰："天下匈匈数岁者，徒以吾两人耳，愿与汉王挑战决雌雄，毋徒苦天下之民父子也。"汉王笑谢曰："吾宁斗智，不能斗力。"项王令壮士出挑战……汉王大惊。于是项王乃即汉王相与临广武间而语。汉王数之，项王怒，欲一战。汉王不听，项王伏弩射中汉王。汉王伤，走入成皋。"[1]

这样写突出了项羽的单纯、可爱和英勇，描画了刘邦的狡猾与胆怯。提到"数之"，但引而不发并没有说出来。而到了《高祖本纪》，这一细节却叙写成另外模样：

楚汉久相持未决，丁壮苦军旅，老弱罢转饷。汉王项羽相与临广武之间而语。项羽欲与汉王独身挑战。汉王数项羽曰："始与项羽俱受命怀王，曰先入定关中者王之，项羽负约，王我于蜀汉，罪一。项羽矫杀卿子冠军而自尊，罪二……夫为人臣而杀其

---

[1] 《史记》，黑龙江人民出版社，2006年，第160页。

主,杀已降,为政不平,主约不信,天下所不容,大逆无道,罪十也。吾以义兵从诸侯诛残贼,使刑余罪人击杀项羽,何苦乃与公挑战!"项羽大怒,伏弩射中汉王。汉王伤匈,乃扪足曰:"虏中吾指!"汉王病创卧,张良强请汉王起行劳军,以安士卒,毋令楚乘胜于汉。汉王出行军,病甚,因驰入成皋。①

同样的细节写成这样,让刘邦在这儿而不是在《项羽本纪》骂出项羽的十大罪状,显示了刘邦的自视正义有恃无恐胜算在握的架势,也写出了项羽的确有诸多失算和不妥之处,有其人性的弱处,有其不能成就大业的致命的短处(运用艺术修辞互文手法,司马迁在《项羽本纪》里"肯定"项羽"否定"刘邦,而在《高祖本纪》里则相反,这样的手段,经常被人称之为太史公的"春秋笔法"。比如太史公内心明明倾向于道家,我们在《太史公自序》中不难看出这一点,但表面上他似乎更看重儒学,所以给孔子写的是世家,而给老庄等只是合写了一个列传。所以,读《史记》不能太"实心眼",不能"读死",像每一篇最后的"太史公曰",未必就是司马迁的真心话,很多时候,我们恰恰需要读出其"反义")。在《项羽本纪》的这个情节里,项羽是重点,被正面描述与表现;而到了《高祖本纪》,同样的情节,刘邦变成了主角,除了数落项羽的十大罪状,还写了刘邦的工于心计老谋深算兵不厌诈,明明伤在胸口,却说伤了我的脚趾头,为了安稳军心,刘邦还听从张良的劝说,不顾病重起床慰劳军队。写出了刘邦最终成就帝业的必然性。

再比如,在《项羽本纪》里,鸿门宴的主角其实是亚父范曾,他对形势的洞若观火的判断,对照出项羽的单纯与优柔寡断;而到了《樊郦滕灌列传》,鸿门宴的主角换成了樊哙,突出了樊哙的勇猛无比,以及他对刘邦称王的重要贡献。

① 《史记》,黑龙江人民出版社,2006年,第189页。

当然，在《史记》同一体例的诸多不同文章之间，在粗线条的本纪与小说式的列传之间，无不体现了这种互文格局和交叉形式。我想，互文见义的最主要的艺术功能和效果是：由于多次的不同角度的叙写，对人性的刻画变得丰富而多维；人物不再是平面的，而变成了英国作家福斯特所说的圆形人物或立体人物。这种互文手法，倒可以让我们联想起毕加索的立体派艺术和物理学中的全息照像。

情况差不多就是这样，太史公司马迁通过自己的心血和创造，如愿以偿地把技术上的劣势（重复）转化升华为艺术上的优势（互文），从而确保了《史记》的创新与伟大。

三

前面谈到过整部《史记》在结构上的原创性、整体性和融洽性，谈到了它的"体大思精"与疏而不漏。接下来，我想从单篇的角度，谈一谈司马迁在谋篇布局方面的结构性亮点。

比如，《刺客列传》，这一篇除了意义特别而重要，在结构上，也别出心裁，颇具考量。写五个历史上著名的刺客，如果平铺直叙，每个刺客都一样写法一样篇幅，文章结构就会显得呆板单调，读起来也会让人有重复感。所以，司马迁对前面四个刺客采取的是略写法，从曹沫、专诸、豫让到聂政，篇幅都短小，叙写较简略，以记事为主，而到了荆轲，则放开手脚详写细绘，行文偏于传人。这样的结构有变化，有详略，有剪裁，可以腾出笔墨重点叙写荆轲的故事，把荆轲这一个刺客写好写活了，其他的刺客可想而知也被盘活了，千年刺客的形象就此塑造完成并屹立于历史深处。另外，每写完一个刺客，司马迁就提示和预告了下一个刺客的出场，比如，写完曹沫，后缀一句："其后百六十有七年吴有专诸之事"；写完专诸后提示："其后七十余年而晋有豫让之事"；写完豫让："其后四十余年而轵有聂政之事";写完聂政"其后二百二十余年秦有荆轲之事"。一方面,这样的安排,给人一个突出的印象就是,江山代有刺客出,刺客之剑就像闪电一样总在历史时空中耀眼夺目,照出帝王与专制的实相真貌;另一方面,这样的提示法,让我联想起后来章回体小说的结构方式,在每一章最后的那句提示语:如"毕竟扯住鲁提辖的是甚人,且听下回分解"(《水浒传》第二回),"那宝玉听了,不知依也不依,且听下回分解"(《红楼梦》第二十九回)。我觉得,这种结构方式的专利权也许应该归属于太史公司马迁。

关于司马迁对谋篇布局的重视与创造性,我想再说一种"前后呼应"式的结构。

在《留侯世家》的开头不久,有一个张良年轻时在下邳一座桥上遇到一个神仙一样的老人,这个老人考验张良多次之后,送给张良一本《太公兵法》,并说:"读此则为王者师矣。后十年兴。十三年孺子见我济北,谷城山下黄石即我矣。遂去,无他言,不复见。"[①] 到了该世家的结尾处,张良已卒,司马迁补述道:"子房始所见下邳圯上老父与《太公书》者,后十三年从高帝过济北,果见谷城山下黄石,取而葆祠之。留侯死,并葬黄石。每上冢伏腊,祠黄石。"[②](司马迁为什么要写张良与神仙老人的情节呢?它明显不属于"史实"范畴。该世家的"太史公曰"里司马迁自己就谈到:"学者多言无鬼神,然言有物。至如留侯所见老父予书,亦可怪矣"[③],司马迁的话里有点姑妄言之,姑妄听之的意思,也有点信则有不信则无的味道。也就是说,这样的情节虽非"史实",但司马迁却并不回避,他的行文经常介于历史与掌故之间,介于史学与文学之间。司马迁的写作并不完全臣服于所谓的历史真实,在他的笔端,经常流逸出西方历史哲学家们所说的"历史的想象"的东西,这样的东西一般出现在叙述的细部,对塑造

---

① 《史记》,黑龙江人民出版社,2006 年,第 1140 页。
② 《史记》,黑龙江人民出版社,2006 年,第 1147 页。
③ 《史记》,黑龙江人民出版社,2006 年,第 1147 页。

人物有特别传神的功效，却又不至于影响到历史纪事的框架的真实性。这样的情节叙述也或多或少体现了司马迁的历史观，以及他的写作理念）。

在《淮阴侯列传》的开头处，写到了南昌亭长、漂母以及让韩信受胯下之辱的屠中少年。在列传快结束的地方，项羽已灭，韩信被封楚王，都下邳，回到了故乡，司马迁的叙述呼应了列传开头提到的几个无名之辈："信至国，召所从食漂母，赐千金。及下乡南昌亭长，赐百金，曰：'公，小人也，为德不卒。'召辱己之少年令出胯下者以为楚中尉。告诸将相曰：'此壮士也。方辱我时，我宁不能杀之邪？杀之无名，故忍而就于此。'"

这种前呼后应收放自如的对称性结构，除了使作品显得更完整更独立更自给自足，它其实也显现了司马迁写作为文的艺术自觉性与严谨性（即强烈的创作意识），显现了他在文学艺术方面的原创性追求，并从一个侧面告诉我们后人，《史记》不仅仅是一部史学巨著，它也是一部文学经典。

细节制胜

——《史记》新解之三

一

作为空前绝后的一部整体性通史，《史记》不仅体例完备，结构精密，其内容复也周全丰饶无所不包。它既是政治史（书、表、本纪、世家等），也是战争史（每一篇纪传均涉及战争，总揽三千年间的大小战役），既是文化史（礼书、乐书、律历书等，以及《孔子世家》《老子韩非列传》《仲尼弟子列传》《屈原贾生列传》《儒林列传》等），也是外交史（《匈奴列传》《南越列传》等），既是农业水利史（《河渠书》《平准书》以及本纪等诸篇中涉及的农耕纺织记事），也是经济贸易史（《货殖列传》），此外还是天文史（《天官书》等）、医学史（《扁鹊仓公列传》）……《史记》不仅大而全，而且精而深。司马迁书写的所有这些内容，都潜研笃实，精湛通透，探颐索隐，钩深致远。

就以经济贸易方面的《货殖列传》为例。该列传在时间上梳理了几千年来的经商与贸易历史，在空间上归纳了东西南北的风俗货物矿产资源。在经济思想上，这一篇列传超越了儒道的传统观点（道家的"民各甘其食，美其服，安其俗，乐其业，至老死不相往来"，儒家的重义轻利："君子喻于义，小人喻于利。"）："长贫贱，好语仁义，亦足羞也"，提出了"素封"观念（经济与政治的对等性，有钱等于有权的事实）；指出了人的欲望本能与消费需求："耳目欲极声色之好，口欲穷刍豢之味，身安逸乐，而心夸矜埶能之荣使"，张文江把"心夸矜埶能之荣使"解释为经济学上的"炫耀性消费"[①]，好见地；强调了人的自利性与逐利性本质："天下熙熙，皆为利来；天下壤壤，皆为利往"；探讨了市场流通与贸易的性质和作用："故待农而食之，虞而出之，工而成之，商而通之"，"商不出则三宝绝"；肯定了经济贸易的地位："上则富国，下则富民"；肯定了财富的正面的积极的价值："仓廪实而知礼节，衣食足而知荣辱"，"人富而仕义附焉"。细读该列传可以发现，西方经济学中的诸多原理与概念，司马迁在两千年前就已思考并总结出来了，如价格围绕价值波动的原理："贱之征贵，贵之征贱"；贱买贵卖的投资学原理或叫相反原理："旱则资舟，水则资车，物之理也"，"人弃我取，人取我与"；农商的平衡与税收原理："上不过八十，下不减三十，则农末俱利，平粜齐物，关市不乏，治国之道"，物资流与现金流的问题："积著之理，务完物，无息币"，"财币欲其行如流水"；供求规律："论其有余不足，则知贵贱"；价格波动与供求均衡："贵上极则反贱，贱下极则反贵"；短其投机："欲长钱，取下谷"与长期投资："长石斗，取上种"；运输成本与物流原理："谚曰：'百里不贩樵，千里不贩籴'"；机会与时间性："趋时若猛兽挚鸟之发"；周期理论："六岁穰，六岁旱，十二岁一大饥"；此外还涉及利率、市场规模与收益等概念，并提出行业不在大小而在于专业定位（三百六十行行行出状元）与稀缺性问题："夫纤啬筋力，治生之正道也，而富者必用奇胜。田农，掘业，而秦扬以盖一州。掘冢，奸事也，而

[①]《古典学术讲要》张文江著，上海古籍出版社，2010年，第47页。

田叔以起。博戏，恶业也，而桓发用富。行贾，丈夫贱行也，而雍乐成以饶。贩脂，辱处也，而雍伯千金，卖浆，小业也，而张氏千万。洒削，薄技也，而郅氏鼎食。胃脯，简微耳，浊氏连骑。马医，浅方，张里击钟。此皆诚壹之所致。"①（让我想起当代的义乌小商品市场）……简直闳深，堪称完备，几乎是一部中国古代经济贸易之大全。所以，班固在《汉书》中对司马迁的批评："述货殖则崇势利而羞贱贫"，不仅迂腐，而且幼稚，一方面说明班固仍然没有走出传统狭隘的义利观念；另一方面说明他对货殖与经济的相对无知。在我看来，司马迁之所以能如此平实客观地看待货殖，并竭尽心血研究经济与贸易，与他的个人遭遇肯定也有一定关系，正是由于贫困，司马迁无以免除宫刑："家贫，货赂不足以自赎"②。也就是说，司马迁比一般人更为深刻更为痛彻地认识到经济与财力对国家对个人的重要性与不可或缺性。这一点，在《货殖列传》里也有所流露和暗示："谚曰：'千金之子，不死于市。'此非空言也。"

当然，说到《史记》的内容之广博与深闳的时候，我们必须明白，这部巨著最重要最核心的内容莫过于对人及其命运的叙述。毫无疑问，《史记》首先是一部生命史！是一部人性的历史！

传人以写史，这是《史记》的基本写作战略。就连《货殖列传》这样的商贸史里，也贯穿了几千年来诸多成功的经商者和各行各业的佼佼者：计然、范蠡、子贡、白圭（做生意的老祖宗）、猗顿、乌氏倮（秦始皇把他与封君并列）、巴地的寡妇清（秦始皇专门为她修筑"女怀清台"，并尊她为贞妇）、蜀郡卓氏和程郑和宛县孔氏和曹地的邴氏（均靠冶炼致富者）、师史、宣曲任氏、桥姚、无盐氏（靠利息赚钱）、田啬、田兰、韦家的栗氏、安陵的杜氏。

以塑造人物构筑历史，用纪传生命弘扬历史。把人写活了，历史就复

---

① 《史记·货殖列传》，黑龙江人民出版社，2006年，第2133页。
② 《史记·报任安书》，黑龙江人民出版社，2006年，第22页。

活了。怀揣这样的信念，司马迁走上了一条难度系数最高的写作之路，因为万事万物中，人是最难写的。写好一棵树一朵花对一般人来说就够难的了，更何况要把那么多久远的消逝在历史时空中的人物一个个写活？所以，实际上，司马迁是给自己找了个最大的创作难题，或者说，这是一个空前的巨大的挑战。

况且，司马迁不能像后世的小说家那样写人，他毕竟是写史，不能随意虚构；司马迁也不能像传记作家那样事无巨细地由着性子地记录并还原一个人，因为他必须在有限篇幅内、在宏观叙史的间隙里微观写人（总体叙史细部传人）。也就是说，司马迁写一个人，必须在写出与历史有关的他的一生大事之余，才能腾出手来，抽着空儿，描绘其个性，状写其精神，塑造其人格。因此，司马迁的写作难度其实超越了小说家与传记作家。如何在宏观叙事的同时，用微观的笔法把人写活？如何在宏观和微观之间从容切换自由腾挪？如何使写史与写人、宏观与微观兼容并蓄水乳交融？我觉得，这是司马迁在构思和写作的时候最殚精竭虑最呕心沥血的地方（窃以为，黄仁宇的《万历十五年》之所以在诸多的历史著作中那么出挑，那么惹人眼目受到佳评，除了他从财税角度和数目字管理的缺失来论谈历史的问题，更主要的一个原因，恐怕就是他的写法和叙述，他的写人和叙史，腾挪和切换，颇有太史公的神韵遗响。我记得，这部书一开头，就叙述了炎炎夏日一群官员在宫门前等待午朝而皇帝他老人家迟迟不露面的那一段，读者几乎可以闻到袍服冠戴的文武百官腋下散发出来的汗臭味）。

司马迁在《史记》里的写人功夫之所以特别让人钦佩特别让人折服，就是因为他写的毕竟不是小说，他不能像后世小说家那样拉开架势由着性子去写，他首先要写史，然后才兼顾写人，或者说，写史与写人必须融会贯通合二而一（历史恰如一条河，人物则像优游于河中的鱼）。他必须在宏观写史的缝隙里把人写活，必须四两拨千斤，必须在方寸之间解决问题，非得有"十步一杀"手到擒来的功夫不可，非得有一招制敌的绝活不可。

也就是说，司马迁必须得有自己的杀手锏，必须有自己的绝招，他不能铺张，不能拖沓，必须点到即止，一剑封喉。

我把太史公司马迁写人的绝招命名为：细节制胜。

二

什么是细节？不知道文学教科书上是怎么说的，凭借写作经验与阅读感悟，我试着梳理总结如下：

指人、物、景的细部，文学作品尤其是叙事性作品中不可或缺的最有表现力的组成部分。在性质上，它应该是具体的而不是抽象的，它应该是细微的而不是宏大的，它还应该是可以被感官直接感知的，直通视觉、嗅觉、味觉、触觉等感觉领域（所谓看得见摸得着听得到），细节通向真实或事实而不是想法与道理，细节走向个性而不是共性；在语言表达方面，细节一般用描述而不是陈述构成，应该偏于定量确定的语句而非定性粗略的语句；在艺术功能与作用上，细节的描述能够使人、物、景显得更生动更具象更让人感同身受，更有说服力，更有信度与效度，也更深入人心。是细节决定整体而不是相反，比如一颗虎牙决定一张脸，一朵花可以显现整个世界。事物的轮廓与构架往往大同小异，差别总是体现于细部，一片沙漠与另一片沙漠何其相似，但每一粒沙子却都是唯一的独特的。细节自有一种一锤定音的力量。最近看王家卫潜心多年的力作《一代宗师》（里边那句台词"念念不忘，必有回响"，差不多可以看作是王家卫的自况或自勉），其中叶问与宫二的那场感情戏全靠那粒纽扣，纽扣这个细节不仅决定了这段戏的真实性，也决定了它的感染力。在叙事中，一粒纽扣的力量也许超过一颗核弹头！

能否敏锐捕捉与准确表达细节，是对创作者艺术功力的最大的考验，或者说，描述细节的能力，才是创作能力的核心部分，再或者说，对细节的表达，才真正体现创作者的才华与天赋。越涉及事物的细部，越能显现一个人的眼力、感受力、想象力以及表达能力；细节决定了作品的独特性与原创性（与众不同的地方），越是细微处，越显其个性，越是细节，越是真实。

一部作品有没有生命力，能不能吸引并打动读者或观众，往往取决于独特的细节描述与表达。经常有这样的事情：许多作品，多年后我们忘了其故事和内涵，但其中的某个细节（某句话，某个动作，某个表情）却依然清楚地记得，因为它独一无二与众不同，因为它生动具象并让我们感同身受，因为它当初进入并触动了我们的内心深处，于是烙印在了生命的底版上。

比如小时候看的阿尔巴尼亚电影《第八个是铜像》，至今记忆犹新的就是影片中的那两句对喊的革命口号："消灭法西斯！""自由属于人民！"比如童年时看的电影《闪闪的红星》，除了还能哼出影片的主题歌，印象最深的就是反面人物的那句话："我胡汉三又回来了"；再比如多年前看的雨果小说《巴黎圣母院》，那个奇丑无比的卡西莫多的形象到现在还记得；而小说《红与黑》中的于连握住德瑞娜夫人的手的细节永远不会忘；至于鲁迅的《孔乙己》，我相信，印象最深刻的细节有"穿长衫却站着喝酒"、"多乎哉不多也"（吃茴香豆）和"窃书不算偷"……

如果单从塑造人物这个角度看，细节的种类主要有：话语、动作、神情、外形等。

下面我们就来举例欣赏司马迁写人的绝招：细节制胜。

比如在《项羽本纪》中，司马迁只是通过几个细节，就把项羽这个千古英雄描画得栩栩如生宛在眼前：在《项羽本纪》的开头处，写了这样一个话语细节："秦始皇帝游会稽，渡浙江，梁与籍俱观。籍曰：'彼可取而代之也。'梁掩其口，曰：'毋妄言，族矣！'""彼可取而代之也"这句话震古烁今，把项羽这个人物的少年气盛和雄阔个性写得活灵活现，同时也表达出项羽的直接单纯与一定程度的鲁莽无忌（可以比较一下刘邦在看见秦王车队时说的话："大丈夫当如是也"，既有野心，但却含蓄，别人即使听到也不打紧，表现的是刘邦那狡黠的个性。司马迁真的非常有意思，他好像故意要搞平衡，除了让项羽和刘邦在见秦王时各说了一句能表现其个性的话，后面，给两人又各写了一首足以流传后世的歌，一首是"力拔山兮气盖势"，一首是"大风起兮云飞扬"）。紧接着这句话，司马迁补缀了项羽的外形肖像的一个细节，只八个字："长八尺余，力能扛鼎"，你看司马迁并没有随手写成"非常魁梧"和"力大无穷"之类，那样就成了泛泛的形容，而不是细节，所以，司马迁非常自觉地写出了项羽的具体身高，并用"扛鼎"这个无与伦比之象，写出了项羽无人可及的力气与威猛，考虑到"鼎"乃王权之象征，所以，"扛鼎"还是颠覆王权的象征，是项羽一生的写照，这实在是一个极原创极简要极传神的肖像细节（后世小说像《三国演义》等，人物肖像也大都如法炮制，比如写关羽，也就是"面如重枣"四个字）；写项羽这个人的残暴，只是写了他动不动挂在口中的两个词："坑之"或"烹了"（为了要挟刘邦，他对刘邦的父亲也曾想这么干过）；为了突出项羽英雄有余计谋不足，强调项羽个性中有单纯的优柔寡断的一面，司马迁只是运用了鸿门宴里的细节，写项羽竟然没有趁此千载难逢的机会把刘邦杀掉，当范曾"举所佩玉玦以示者三"时，项羽因为项伯的原因，再加上听了刘邦几句软话和明显是哄小孩似的好话，居然"默然不应"。后来樊哙进来一边扛着生猪腿"拔剑切而啖之"，一边义正词严地喊了几嗓子，项羽居然"未有应矣"，从而让刘邦借上厕所的机会逃之夭夭，给自己留下了致命的后患；写项羽英雄根底霸王本性，主要通过垓下之围的场面与细节，包括突围时对手下所说的"此天之亡我，非战之罪也"、"令诸君知天亡我，非战之罪也"以及"天之亡我，我何渡为"等三次复沓（钱钟先生在《管锥编》里称其为"累叠"，并认为用此表达了项羽"心已死而意犹未平，认输而不服气，故言之不足，再三言之也")①，以及他宁死不肯过江东这样一个细节。

再看刘邦，司马迁主要也就写了这样几个细节：一是刘邦在鸿门宴借上厕所的机会溜之大吉时，"沛公则置车骑，脱身独骑，与樊哙、夏侯婴、靳强、纪信等四人持剑盾步走"，司马迁写得真叫细致入微，他自己一个人用车马（司马迁刻意用了两个字"独骑"），跑得最快，跑在最前面，而让另外几个人徒步行走跟在后面，万一有追兵赶到，后面的人可以死扛一会，他自己就有逃脱的可能；二是有一次被项羽的骑兵追杀，情急之下，为了跑得快点，刘邦就把战车上的两个儿女（就是孝惠帝和鲁元公主）扔下了车，同车的滕公下车把两个孩子拾起载入车中，可刘邦为了逃命，已顾不了许多，又一次把两个孩子扔下车，滕公只得再下车拾起，这样一共拾了三次扔了三次；最绝的当数项羽要烹刘邦父亲那个细节，项羽烦刘邦总是偷袭他的粮草，就把大锅烧开，把作为人质带在军营里的刘邦父亲抬到了盛放牲肉的高几上，派人威胁刘邦："今不急下，吾烹太公。"你看他刘邦怎么说的："吾与项羽俱北面受命怀王，曰：'约为兄弟'，吾翁即若翁，必欲烹而翁，则幸分我一杯羹。"面对这样一个阴险狠毒铁石心肠的"无赖"角色，贵族出身的项羽完全傻了眼。而在《高祖本纪》中，无非也是从交叉互文的角度，写了刘邦的其他一些细节，比如爱戴竹皮帽啊，爱装神弄鬼啊什么的（祥云、斩白蛇：刘邦是中国历史上最早炒作自己的人？）之于他的肖像描写，也只是"隆准而龙颜，美须髯，左股有七十二黑子"数语而已矣。

再比如《淮阴侯列传》写韩信，印象最深刻的细节不外乎：漂母饭信、胯下之辱、坐法当斩时所说的话："上不欲就天下乎，何为斩壮士！"（滕公因而释之）、萧何追韩信、谋反被缚时说的话："狡兔死，良狗亨；高鸟尽，良弓藏；敌国破，谋臣亡"、与刘邦谈将兵之事："臣多多而益善耳"等。

谈到细节问题，我们还可以再举一个《刺客列传》中的例子。前面已

---

① 《管锥编》钱钟书著，中华书局出版社，1986年，第273页。

经谈过，这篇列传一共写了五个刺客，但布局写法上却很有讲究和变化，从篇幅上看，前面四个刺客都只是简短的一段，但越写越长，越写越具体，到荆轲这儿，才铺排演义开去，从而使文章显得详略得当，重点突出，结构恰似金字塔一般稳健扎实。如果五个刺客都是一样写法，就会显得重叠啰嗦，没有章法和分寸，节奏就松散了。但哪怕只是相对略写的部分，我们仍可以感受到细部的魅力，我们来欣赏一下刺客曹沫的那一节：

> 曹沫者，鲁人也，以勇力事鲁庄公。庄公好力。曹沫为鲁将，与齐战，三败北。鲁庄公惧，乃献遂邑之地以和。犹复以为将。
>
> 齐桓公许与鲁会于柯而盟。桓公与庄公既盟於坛上，曹沫执匕首劫齐桓公，桓公左右莫敢动，而问曰："子将何欲？"曹沫曰："齐强鲁弱，而大国侵鲁亦甚矣。今鲁城坏即压齐境，君其图之。"桓公乃许尽归鲁之侵地。既已言，曹沫投其匕首，下坛，北面就群臣之位，颜色不变，辞令如故。桓公怒，欲倍其约。管仲曰："不可。夫贪小利以自快，弃信於诸侯，失天下之援，不如与之。"于是桓公乃遂割鲁侵地，曹沫三战所亡地尽复予鲁。
>
> 其后百六十有七年而吴有专诸之事。①

第一段基本上是陈述性的叙史，关于曹沫也只是略写（第一段末句"犹复以为将"有一种悬念感，三败为何犹将之？体现了司马迁为文的自觉性与艺术性）。第二段首句后则转入微观写人，描画了几个具体的动作和对白。整段文字极简省但又极传神，说粗却细，似疏实密，给人留下很大的想象空间。司马迁先是写了曹沫突然间用匕首劫持了齐桓公，说了两句掷地有声的话，要让桓公归还被侵的鲁地，齐桓公情急之下只好本能地答应。然后重点细写了几句显现曹沫处惊不变的文字，"既已言，曹沫投其匕首，

---

① 《史记·刺客列传》，黑龙江人民出版社，2006年，第1490页。

下坛，北面就群臣之位，颜色不变，辞令如故。""颜色不变，辞令如故"这八个字，使一个千年刺客的形象宛然如在眼前（后世写英雄不屈镇定自如者，常用类似语式"面不改色心不跳"，当源于太史公）。接下来并没有浪费半个文字，只是简写"桓公怒，欲倍其约"，我们自可想象在那一刻桓公恼羞成怒气急败坏的样子。这个时候，出现了春秋时期的另一个著名人物管仲，着墨虽极少，但管仲已然是管仲矣，你想想，在那样一个电光火石充满戏剧性的瞬间，所有人可能都吓傻了，脑子一片空白，文武百官一个个可能都在干瞪眼，可管仲却很是镇静，而且脑子特别清醒，依然能说出那样足智多谋准确到位的话来。这个人真是相当了得啊。而齐桓公能够按捺住心中的怒火，能够顾全大局不悔约，也说明他有一定的器量和胸襟，后来成为一代霸主，也就可想而知了。

  正是凭借独特而精彩的细节叙述，司马迁写活了历史时空中的灿若群星般众多的人物，写出了他们的个性，写出了他们的情感，写出了他们的命运，写出了他们的人格魅力。时光流转千年之后，这些人物依然让我们觉得如见其人，如闻其声！

  关于细节，另外必须指出的是，这些出神入化鬼斧神工般的细节描写，除了是司马迁写人的绝招，它也最大程度地体现并落实司马迁的历史想象力（即人们常说的"补笔造化"）。从而使得司马迁的创作绝不仅仅是梳理历史资料，也不仅仅是网罗天下放失旧闻，而且是并且更加是对历史的揣摩与想象，是对历史的文学性还原与复活！

三

  最后，就《史记》的宏观写史与微观传人的关系，再补充两点。

  一、宏观与微观、写史与传人、描述与讲述，只有相对的量的区别，而没有截然的质不同。在某种程度上说，细节化的相对微观的写人其实也是在写史；而宏观的叙事同样也是在写人。比如项羽一生的大事，与他的个性与人格之间，自有内在的关联与一致性。我们作出这样的区分，主要是考虑到对司马迁的创作进行分析时比较方便。

　　二、在宏观叙史与微观写人之间的过渡、衔接和交融方面，我记得在《刺客列传》中有一个很好的例子。在荆轲刺秦一节里，司马迁先用酷似小说的笔法，生动细致地叙述了图穷匕现的刺秦全过程，在接下来的一段，则又回到了宏观的叙事，开始写"发兵诣赵，诏王翦军以伐燕。十月而拔蓟城"。在活灵活现的微观写人与粗犷线条的宏观叙事之间，在接下来这段的开头，司马迁写了一个过渡性句子："于是秦王大怒"。正是这个微妙的介于具象与抽象之间的句子，不知不觉间发挥了承上启下、衔接如胶的功能和作用，"大怒"既承接了上面秦王被刺的具体细微的心理和场面，又开启了下面讨伐赵国的宏观叙事的缘由和战争的动因，可谓恰到好处，妙到分毫。再比如，我们在《项羽本纪》也可以看到类似的例子，写到垓下之围四面楚歌，最后那一段，项羽自刎前后的地方，你看那文字是怎样由浓变淡由密变疏，由具体叙述转入一般陈述的。在阅读《史记》的时候，我们可以特别关注一下，司马迁是怎样一次次地从宏观渡向微观，又从微观移向宏观，我们应该注意欣赏那种文字的微妙的控制和转移，那种渐进与变化的节奏，那种移步换景的效果。从细致的微观描述到一般性的宏观陈述，对详略疏密的安排与控制，司马迁真的特别精于此道，他对语言和叙述的调停和掌控，可谓得心应手，堪称炉火纯青。

笔法如神

——《史记》新解之四

一

所谓太史公笔法,就是司马迁写作《史记》时所运用的那些叙述技法,这些语言技法精湛奇肆嘎嘎独造,文字平实却效果奇妙,一字一句方寸之间显出神奇功力。这些笔法无疑是司马迁呕心沥血的结果,也是他文学才华的写照。正是有了这些技巧笔法和心血文字,太史公无论是叙事还是写人,都那么扣人心弦引人入胜,魅力无穷。这些笔法,对后世文学的影响和启迪几乎无处不在,太史公笔法堪称中国文学史上最珍贵最盈实最宏博的一笔财富和宝藏,后人取之不尽,用之不竭。

要阐述司马迁的笔法。还须先从语言和修辞谈起。

人类的语言是为了表达,语言表达可以分为两大类,一类是修辞学表达,另一类是诗学表达。

修辞学表达,顾名思义,就是那种符合语法和修辞的语言表达方式。

修辞学表达的对象一般是客观确定的事物，它基本上是陈述性的规范化的表达。被广泛运用于日常交流、信息传递、广而告之、订立字据等。合格的修辞学表达应该满足正确、规范、模式化等要求，论文、通知、广告和合同都属于纯粹的修辞学表达。比如写一个通知，时间地点人物事件等必须正确，内容要完整，形式上要简单规范，要符合公文模式，要让人一看便明白，要让一百个甚至一千个看到该通知的人有相同的理解和知悉（与"一千个读者有一千个哈姆雷特"刚好相反），不能有语法错误，否则会引起歧义，用词用字要正确，之上和以上不能搞错，否则意思就大不一样。写通知不需要想象不能够夸张，也不需要追求个性化和独创性，如果你把通知写得文采斐然与众不同，如果你把合同写成一首散文诗一篇小小说，反而会成为别人的笑柄。当然，在文学作品中也有大量的修辞学表达，特点也是符合语法规范，旨在达到简单确切的表达效果。

诗学表达则完全是另一回事。诗学表达是表现性或文学性的，诗学表达也可以叫文学表达。人们运用诗学表达是为了表现内心和情感，是为了表现生命中那些超出日常和实用范畴的艺术性感受性的东西。就如修辞学表达要追求简单和正确一样，诗学表达同样应该追求简洁和准确（故意的复沓和累叠是另一回事）——简洁与语言表达的形式有关，准确与语言表达的效果有关。可我们都知道，内心情感也好，生命感受也好，它们都不是客观明确的，不是铁板钉钉的，不是简单静止的，而是微妙、复杂、丰富、动态的。关于心灵，雨果曾这样告诉过我们："世界上最宽广的是大海，比大海更宽广的是天空，比天空还要宽广的是人的心灵，"可见，人类的心灵本身就像一个宇宙，是这个世界上最浩瀚最复杂的东西，面对心灵和情感，人们常常觉得难以言表，常常感叹只可意会。尤其是在一些非常的和特殊的时刻，人的内心情感往往变得异常复杂难以把握，人对世界万物的感受和体会也往往繁复无常艰深如梦。余华在谈到心理描写的时候曾说过类似的话："内心在丰富的时候是无法表达的。"[①] 余华的意思是，在这样的时候，用普通的常规的修辞学的表达根

[①] 《我能否相信自己》余华著，人民日报出版社，1998年，第40页。

本不足以表达内心的微妙、复杂和丰富。比如"我很痛苦",这固然简洁,也符合语法,可其实一点也不准确,因为那一刻涌流并存在于内心的情感远不止痛苦一种,可能还有迷惘、失落、懊悔等等复杂难言的元素和成分。如果把这些情感成分全部罗列出来,可能会准确一些,可却啰哩啰嗦不够简洁了。要么简洁而不准确,要么准确些了却不简洁,我们开始背离既简洁又准确这个语言的基本的和内在的标准,我们遇到的差不多是一个二律背反的语言难题和困境。

其实,人类一直深陷在语言的两难境地。一方面,语言就是存在的家园,言说就是交流、显现和证明,人类依赖语言的魔力,信赖缪斯的舌头,人类就像鱼离不开水一样离不开语言;另一方面,人类对语言又充满焦虑和困惑,深感在形式和内容之间,在文字与意象之间,在语言的能指和所指之间,总是存在一道很难跨越的鸿沟,深感"书不尽言,言不及义",深感"意不称物,文不逮意",以至于只能感叹"常恨言语浅,不如人意深"。从古到今,人们一直困惑于语言的歧义和言说的艰难,一直在进行语词和意义的角力或搏斗,并常常陷落于沮丧与失望。人们在通过语言表达的同时,总感到这种表达是不尽如人意的。而当我们在表达心灵和情感的时候,当我们要表达事物的真实和复杂的时候,或者说当我们进行诗学表达的时候,语言的难题和困境无疑越发突出越发具体了!

怎样化解语言的难题?怎样走出表达的困境?千百年来,中外古今的作家和诗人一直在摸索和探求这样的方式和方法。除了运用诸如暗示、隐喻、空白、静默、反讽甚至能指游戏来化解语言表达的难题和悖论,作家和诗人还经常通过想象和创造,通过超越修辞甚至背离语法的方式,一句话,就是通过拒绝和放弃常规的固有的修辞学表达的方式,来解决情感表达和心灵表现的难题,来抵达事物的真实的本质,这样的表达方式,就是真正的诗学表达或优秀的文学表达。

在我看来,当代作家中,余华的语言叙述是最为精准有力的,而他对语言的表达问题也有过理性的思考和敏锐的把握。在《虚伪的作品》一文中，他甚至创造了属于自己的概念：确定的语言和不确定的语言："日常语言是消解了个性的大众化语言，一个句式可以唤起所有不同人的相同理解。那是一种确定了的语言，这种语言向我们提供了一个无数次被重复的世界，它强行规定了事物的轮廓和形态……这种语言的句式像一个接一个的路标，总是具有明确的指向。""所谓不确定的语言，并不是对世界的无可奈何，也不是不知所措之后的含糊其辞。事实上它是为了寻求最为真实可信的表达。因为世界并非一目了然，面对事物的纷繁复杂，语言感到无力作出终极判断。为了表达的真实，语言只能冲破常识，寻求一种能够同时呈现多种可能，同时呈现几个层面，并且在语法上能够并置、错位、颠倒、不受语法固有序列束缚的表达方式。"① 显而易见，余华所说的真实就是心灵意义上的真实，而他指的事物的复杂，当然是生命感受意义上的复杂。不确定的语言正是余华所找到的化解表达难题的方式，这样的方式，其实就是真正的诗学表达，就是优秀的文学叙述。

二

苏童在那个精炼纯熟得让人赞叹不已的中篇小说《妻妾成群》中，为了表达女主人公颂莲在某一个非常时刻的复杂难言的内心情感时，使用了这样一个见所未见的句式：颂莲她整个人便处在"悲哀之下，迷惘之上"。

之上与之下这样的方位词，语法上只允许用来表达位置、频率、秩序等等客观的事物或现象，从来没有人用它来表达情感状态的，所以说，它是超越常规，甚至违反修辞习惯的，它属于苏童的想象和创造；颂莲的心情无疑是复杂难言的，用一般的修辞学表达，用心理描写，大概需要大段的文字才能够勉强为之，可苏童只用了八个字就解决了问题，所以，这样

---

① 《我能否相信自己》余华著，人民日报出版社，1998年，第167页。

的表达是简洁的;那么效果呢? 也就是说这个表达它准确吗? 答案是:相当准确!

假定人的情感存在一个光谱一样的谱系,那么,苏童的表达就是截取了谱系中的悲哀和迷惘两个节点,他的表达事实上就是把这两个节点之间的众多的复杂微妙的情感元素和成分一网打尽了。这样的表达是一般的修辞学表达所不能比拟的,即使用修辞学表达可以把众多的情感元素和成分一一罗列出来,也赶不上苏童的表达来得全面和准确,因为,人类的情感谱系从原理上说应该是连续的不间断的,所以,悲哀和迷惘这个情感区间内任意两个相邻的能用现有修辞学词汇标记出来的情感成分之间,其实还活跃着潜伏着隐含着更多样更细微更玄妙但却没有被人类词汇所标识的情感波动(语言和修辞是有限的,心灵和情感却是无限的。用有限去表现无限,必然会两难,必然是悖论),而苏童的八个字,却把这些无以计数的情感波动也表达无遗了(他那独创性的"不确定"的表达方式超越了语言修辞的有限性)。因此,苏童这个独到的表达满足了真正的诗学表达的所有要求和标准:超越语法、有想象力、独创、简洁、准确,而且效果好极了。

如果我们再往深处考量往细处分析,就会发现,苏童的表达语式里还蕴藏着真正的诗学表达和优秀的文学语言所必不可少的另一个标准或标志,那就是语言的音韵声调和语感节奏,就是福楼拜所说的"音韵铿锵"。根据修辞和语法常识我们知道,在"悲哀之下,迷惘之上"这个语式里,悲哀和迷惘这两种情感状态是被排除在外的,悲哀之下不包括悲哀,迷惘之上也不包括迷惘。可实际情形呢,颂莲那一刻的内心无疑是存在悲哀也存在迷惘的。是苏童考虑不周?是苏童混淆了之下和以下、之上和以上的意思?我认为不是,从语法和语义的正确度上来说,用"悲哀以下,迷惘以上"当然更好更不容易产生歧义,可问题是,把"之"字换成"以"字,读起来的音韵和语感就差很多,就显得疲软沾滞,那种铿锵的节奏和语言力度就没有了。所以,在文学实践和语言叙述中,作家们为了追求音韵和语感，有时候宁愿牺牲一点语义宁可委曲一下语法。比如，成语"千军万马"，显然不符合实际，实际上应该是"千马万军"，可千军万马读起来多有力度多有气势啊，再说，千军万马这样的表达不是数学统计，而是文学性的措辞和表达，所以，我们一般也不会死抠或坐实，而只是把千和万理解成很多的意思。

文学语言常常是无法用语法和修辞阐释和硬抠的，在苏童这个语式中，虽然语法上的确是排除了悲哀和迷惘，但文学上经常会有反话正意的情况，废名曾经举过一个例子："嫦娥无粉黛"这样的古诗句，明明说嫦娥无粉黛，可阅读的想象和体会里，粉黛这个词会给读者一种心理刺激和影响，当我们在阅读和接受这样的诗句时，我们还是会觉得嫦娥是有粉黛的。这就是诗学表达的玄妙之处。同样，苏童的灵感之语"悲哀之下，迷惘之上"也这样玄妙，我们在阅读理解和想象中，觉得颂莲既有悲哀，又有迷惘。

可见，真正的诗学表达和优秀的文学语言，常常是超越语法，背离修辞的，它的玄奥和奇妙，它的创造性魅力，常常是无法用语法和修辞来分析和阐释的。我们不妨再来看几个例子。

但丁《神曲》里有一句诗歌："箭中靶心，离了弦。"为了表达飞箭的速度，但丁创造性地改变了正常的语序，颠倒了因果关联，在这样的表达中，这枝箭的速度无与伦比，即使把字典里全部形容快速的字词堆砌铺排在一块，也没有但丁的表达来得快，但丁的这个诗学表达堪称卓绝。只有蒙太奇慢镜头可以勉强表现但丁的这枝箭：箭早已"咚"地一声射入靶心，镜头切过，那边的弓弦还在颤悠个不停。而在语法学家的眼里，这样的表达显然违反常识，背离修辞，怎么看怎么是个病句。

迟子建有一篇小说叫《雾月牛栏》，曾获得过鲁迅文学奖，写一个弱智的男孩与牛的情感和故事。小说的结尾是这样一句话："卷耳缩着身子，每走一下就要垂一下头，仿佛在看它的蹄子是否把阳光给踩黯淡了。"卷耳是一头雾月里出生的小牛，此前没有走出过牛栏更没有见过阳光，小说结束时，雾月过去了，男孩宝坠让小牛离开牛栏来到院子里。迟子建这时候的叙述准确妥帖而又细腻无比：因为卷耳从没见过阳光，从来没有到外面来溜达过，还不怎么会走路，颤巍巍的，它走的还不能叫个步，所以，迟子建没有随手写成"每走一步"，而是写成"每走一下"（不要把这个"下"字和"一字师"或"推敲"之类的典故联想在一起，在我看来，平常所说的"推敲"也好，"一字师"也罢，都只是语法范畴内的学究式的甚至有些迂腐的方式，迟子建的这个"小"字，则与创造和想象有关，是诗学追求的产物，是心血的结晶和爱的产物。"推敲"和"一字师"无非是同义词辨析之类的工作，没有什么难度系数，没有什么创造性可言，与迟子建这个"下"字不可同日而语）。从语法的角度看，"每走一下"的"一下"，与紧跟其后的"就要垂一下头"的"一下"，出现在同一句话里，有重复啰嗦拖泥带水之嫌，不如"每走一步就要垂一下头"来得文从字顺。可实际上，"每走一下"与"每走一步"虽然只差一个字，境界和感觉却差了很多，写成"一步"仅仅是表达了意思，而且很随手，不费心血，缺乏对自己所写的事物的体恤和关切，没有体现出作家的洞察力和想象力，没有那种温馨的感觉，也没有爱。所以，迟子建宁愿在语法上有一点瑕疵，在音韵上有一点重复啰嗦，也决不肯换成"一步"。表面上看，这与苏童那个表达语式对音韵的合理追求和考量相背反，可实际上，两个例子放在一起，恰恰触及了一个诗学表达的本质性问题：与一成不变的语法和修辞不同，诗学表达魔法无法，它追求的是想象与创造、真实与效果。

当然，我们必须明了，文学语言，其实也不是每一句都非得惊世骇俗，不是每一句都得是精彩的诗学表达，正如事物和心灵也不是每一刻都那么复杂一样。余华在《虚伪的作品》一文中也承认："我这样说并非全部排斥语言的路标作用，因为事物并非任何时候都是纷繁复杂，它也有简单明了的时候。同时我也不想掩饰自己在使用语言时常常力不从心。痛苦、害怕等确定语词我们谁也无法永久逃避。我强调语言的不确定，只是为了尽可能真实地表达。"① 再说，叙事作品和诗歌还很不一样，一首诗歌，每一句都是诗学表达是可能的（其实，即使在《诗经》的主要修辞中，除了偏向诗学表达的"比"和"兴"，还有偏向修辞学表达的"赋"），而小说等叙事性作品则不可能。因为，叙事作品里一定有陈述性的成分，有过渡和交代，有很多写实的客观的部分，日常性的外在的表达也很多，如，"今天早上他六点钟就起床了"，既简单又准确，这种时候，只需要修辞学表达，而不需要诗学表达。另外，必须强调的一点是，当我们突出诗学表达的艺术性与创造性的同时，决不能忽视或排除修辞学表达的创造性与艺术性，实际上，写作时用得更多的倒是修辞学表达，一个优秀的写作者一定会重视修辞学表达。如一般的人可能会写"园子里有两棵枣树"，但鲁迅却写成："园子里有两棵树，一棵是枣树，另一棵也是枣树。"（鲁迅的表达不仅语式另类，而且文学效果与前面的那种普通的表达也很不一样，鲁迅的表达，强调了视觉效果，给人的感觉至少像是看了那么两眼，而不是随便的不经意的一瞥，鲁迅想用这种独特的表达突出这两棵枣树，使这两棵枣树成为叙述的重点和中心）。也就是说，我们切不可把修辞学表达理解成简单的、直白的、无需思考、无需花费心血的表达。文学的语言尤其是叙事作品的语言，一定包括诗学表达和修辞学表达两种语言成分。这两种成分都值得我们去分析与研究。

三

接下来，我们就从诗学表达与修辞学表达两种角度，去阐述司马迁的笔法，即解析与探究《史记》中诸多创造性的、极有艺术效果的独特的语言表达技巧。

---

① 《我能否相信自己》余华著，人民日报出版社，1998年，第168页。

1. 累叠

这是一种从语法角度衡量的话有明显瑕疵的语言方式，可以归之于诗学表达。

《项羽本纪》里有这样一段话：

> 诸将皆从壁上观，楚战士无不以一当十，楚兵呼声动天，诸侯军无不人人惴恐。于是，秦军已破。项羽召见诸侯将，入辕门，无不膝行而前，莫敢仰视。①

在短短一段话里，叠用了三个"无不"，使叙述有精神有气势，从而借诸侯军将的眼目和动作，突出了楚军的勇猛和项霸王的震慑和可怖。钱钟书先生在《管锥编》中说："数语有如火如荼之观"，并举了《水浒》第44回的一个例子："裴阇黎见石秀进门回家来，'连忙放茶'，'连忙问道'，'连忙道：不敢！不敢！'，'连忙出门去了'，'连忙走'；殆得法于此而踵事增华者也。马迁行文，深得累叠之妙。"钱钟书继而分析，王若虚常诋《史记》文法最疏、虚词不妥，曾谈到这个例子，把"诸侯军无不人人惴恐"前面的"无不"看成是"字语冗复"，认为应该删去（"人人"前面加"无不"，乍一看确实重复，有违语法习惯，可实际上，优秀的文学语言，真正的诗学表达，恰恰是超越语法和修辞的，王若虚可谓只知有语法修辞，不知有诗学表达）。钱先生批评王若虚缺乏艺术眼光："倘病其冗复而削去'无不'，则三叠减一，声势随杀；苟删'人人'而存'无不'，以保三叠，则它两句皆六字，此句仅余四字，失其平衡，如鼎折足而将覆，别须拆补

---

① 《史记·项羽本纪》，黑龙江人民出版社，2006年，第152页。

之词，仍著涂附之迹。宁留小眚，以全大体"①（这特别像前面分析过的迟子建小说语言的例子）。在我看来，钱先生的分析眼光独具深中肯綮。多年以来，钱先生的《管锥编》一直置放案头，有事没事看一看，堪称享受。钱先生不仅是个渊博学者，学贯中西，同时又是个优秀作家，远非那些只会掉书袋的迂腐学究能比。所以，钱先生谈文论艺，既精且妙，总能切中要害，发人之未发。

关于司马迁的累叠笔法，钱先生还举了另一个例子："《袁盎、晁错列传》记错父曰：'刘氏安矣！而晁氏危矣！吾去公归矣！'叠三'矣'字，纸上如闻太息，断为三句，削去衔接之词，顿挫而兼急迅错落有致。"②

当然，《项羽本纪》的这段话，除了钱先生分析的累叠笔法，我认为还蕴藏着另外两个叙述笔法和创作手段，它们都属于修辞学表达的范畴：

一是隔山打牛：这一段要描画项霸王的震慑可怖和楚军的勇猛无比，但司马迁却偏偏不从正面叙写项羽一字一句，而是利用杠杆原理，凭诸侯军将的眼目神情间接曲传，这比直接写项羽如何如何威风八面，楚军如何如何勇猛无敌，效果要好得多。

二是详略得当：这段文字重点叙写人物面貌，所以，关于宏观的战争场面，一共只是一句"于是，秦军已破"，区区一个连词"于是"，就拨开了弥漫硝烟，搞掂了千军万马。

2. 复沓

钱钟书先生谈到累叠笔法时，还曾举过垓下之围中的一个例子："项羽'自度不能脱'，一则曰：'此天之亡我，非战之罪也'，再则曰：'令诸君知天亡我，非战之罪也'，三则曰：'天之亡我，我何渡为！'心已死而意犹

---
① 《管锥编》钱钟书著，中华书局，1986年，第272页。
② 《管锥编》钱钟书著，中华书局，1986年，第273页。

未平，认输而不服气，故言之不足，再三言之也。"①

在我看来，这个例子，严格说来不是累叠，而属于诗学表达中的复沓修辞。因为重复中有自觉的变化，三句话即重复又不重复，所以形成的笔法是复沓而不是累叠（累叠是个别字词的多次重复，复沓则是一种相似句式的多次变奏）。复沓也是太史公常用笔法之一。比如《高祖本纪》中的后半部分，写诸侯不断谋反，剿灭后让自己兄弟和一个个儿子成为代王的那一段，司马迁故意用了复沓的句式："立兄刘仲为代王"、"立子恢为梁王，子友为淮阳王"、"立子长为淮南王"、"立皇子建为燕王"。关于复沓的全面阐述，请见《诗与修辞》相关部分，此不复赘。

3. 人称的妙用

这种语言技巧虽然隶属于修辞学表达，但效果奇佳。

在《项羽本纪》的"鸿门宴"一节，有这样一个案例：亚父范曾先是召来项庄，让他趁舞剑的机会把刘邦杀掉："因击沛公于坐杀之，不者，若属且为所虏。"由于项羽幼稚，刘邦借"如厕"溜掉了，范曾懊悔到绝望，因为这是千载难逢的好时机，这一次放虎归山，就再也没有机会了，刘邦不可能再送上门来，狡猾如刘邦者决不会再上钩，不可能再有第二次鸿门宴了，而且常识告诉我们，侥幸逃脱的野兽是更可怕的。项羽居然没事人似的，还在打量张良呈上的玉器礼物，范曾真是气不打一处来。这个时候，太史公让他当着项羽的面又说出了另一句话："唉，竖子不足与谋！夺项王天下者，必沛公也。吾属今为之虏矣！"

钱钟书先生是这样分析范曾说的这两句话的："始曰'若属'，继曰'吾属'，层次映带，神情语气之分寸缓急，盎现字里行间。"②

---

① 《管锥编》钱钟书著，中华书局，1986年，第273页。
② 《管锥编》钱钟书著，中华书局，1986年，第276页。

我一直把这两句话看成太史公妙用人称的笔法范例。说前面第一句话时，范曾还胸有成竹，以为这一回刘邦是插翅难飞了，所以，叫项庄去舞剑时说的是"若属"，后面跟的是不紧不慢的一个"且"字，意思是说："一定要在座位上把刘邦杀掉，要不然啊，你们这些人迟早会成为他的俘虏。"刘邦逃掉后，范曾懊丧后悔，这时候，他当着项羽的面说出了第二句话，用的已是"吾属"，即我们，把自己也装了进去，而且后面跟的是"今"字（最近的将来），意思是我们都很快会成为他的俘虏。这一段话，对范曾的心理和情绪不着一字，只是对应地更换了人称，把"若属"变成"吾属"，就尽得风流什么都有了。

在这一段中，其实还有一个地方，也是与人称有关，而且特别微妙。在第二句话里，范曾先说"竖子"（你这小子），明里说的是项庄，暗里实指项羽，可范曾马上又觉得这样说不妥，所以，在下面半句话里，情急之中赶紧又改口，特意说"夺项王天下者"，而不是"夺天下者"，以强调"竖子"不是指你项王，而是说项庄来着。

项羽为了要挟刘邦，要烹了刘邦父亲那个事例中，也有妙用人称的笔法。刘邦先对楚使说"我和你们项王曾是结拜兄弟，发过盟誓的"，接下来，听众虽仍是来使，可刘邦却把人称和口气挪移更改了，俨然已在与虚设的项羽对话（来使自会转造传达的）："我的父亲就是你的父亲，你如果一定要烹了你的父亲，可别忘了分我一杯羹"（"吾翁即若翁，必欲烹而翁，则幸分我一杯羹"）。这句话里，还暗含了次级层面的人称挪换，本来应该说"你如果一定要烹了我的父亲"，刘邦却直接说成了"你如果一定要烹了你的父亲"，真是够绝的！

关于人称妙用，《水浒》里有一个堪称把太史公笔法继承并发扬光大的精彩例子，就是武松来到阳谷县哥哥家，作为嫂子的潘金莲喜欢并挑逗勾引武松的那个情节。本来，这场面极难写，一个是顶天立地的英雄武松，一个是聪明伶俐的女子潘金莲，两个都不是一般人，挑逗也好，被挑逗也罢，都不能用寻常写法，比如来点黄色段子，或者像西门庆那样假装把筷子掉到地上趁机捏捏对方的脚什么的，如果那样写，容易倒是容易，方便倒是方便，但英雄武松的形象就会塌掉，潘金莲也不成其为潘金莲了。施耐庵不愧为一代小说大师，他只是神不知鬼不觉地更换了一个人称，就轻松利索地解决了这个叙述难题：施耐庵先一口气写了三十九个带"叔叔"的句子，"叔叔满饮此杯。""叔叔只穿这些衣裳不冷？""叔叔不会簇火，我与叔叔拨火，只要似火盆常热便好。"又是叔叔长，又是叔叔短，满纸都是"叔叔"，绕来绕去，试探迂回，真格像九曲十八弯，端得是"锦心"和"绣口"，潘金莲的伶俐和欲心，武松的顶天立地铮铮铁骨全在里面了。最后，潘金莲终于忍耐不住，终于亮出了底牌，说出了那个"你"字："你若有心，吃我这半杯残酒。"武松这时候就拍案而起（说叔叔时，两个人的关系是叔嫂关系，嫂子关心一下小叔子，符合人伦，天经地义，可当说出那个你字时，两个人的关系已经急转直下，变成了普通的男女关系了）。一个普普通通的人称代词"你"，被用得真是触目惊心，真有千钧之力，真像叙述中的一道闪电。

其实在生活中，人称或人名也决不仅仅是个简单的符号和称呼而已，运用的时候，常常也显出微妙来。比如我的女儿叫张小杭，平时我一般叫她"小杭"，如果要显得亲近些热乎些，自然就叫她"杭杭"，而有时候，特别是生她气的时候，就会本能地直接喊："张小杭！"

再比如官场上常常因为姓氏闹出麻烦，某正局长如果姓傅，称呼他时就不方便，反之某副处长如果姓郑，叫起来也让人犯踌躇。

4. 数字的力量

数字在叙述中的使用，虽也是修辞学表达，但常常能出奇制胜，收到特异的效果。

在当代文学中，马尔克斯在叙述中对数字的独特妙用是最为著名的。《百年孤独》第六章开头由一串数字构成的叙述几乎写出了一个人的一生，就像一阙数字的交响曲：

奥雷连诺上校发动了三十二次武装起义，三十二次都遭到了失败。他跟十七个女人生了十七个儿子，这些儿子都在一个晚上接二连三被杀死了，其中最大的还不满三十五岁。他自己遭到过十四次暗杀、七十三次埋伏和一次枪决，但都幸免于难。他喝了一杯掺有士的宁的咖啡，剂量足以毒死一匹马，可他也活过来了。①

第十六章开头则用数字创造了一场匪夷所思堪称魔幻的雨：

雨，下了四年十一个月零两天。②（后现代作家雷蒙·费德曼在小说《华盛顿广场一笑》中，曾把这串数字作为题签，以表达自己对马尔克斯的敬意）

而在《迷宫中的将军》这部小说里，马尔克斯让其中的一个人物卡雷奇奥说出了夜空中的星星的数字：

七千八百八十二个！

马尔克斯在《霍乱时期的爱情》表达了神话般的人类爱情。弗洛伦蒂诺·阿里沙对费尔明娜·达萨钟情爱慕了一辈子（五十多年），看着她成为别人的妻子、母亲和奶奶，一直等到她成为遗孀。现在，他终于可以带着

---

① 《百年孤独》马尔克斯著，北京十月文艺出版社，1986年，第98页。
② 《百年孤独》马尔克斯著，北京十月文艺出版社，1986年，第292页。

她在一条船上沿河不断航行,他希望就这么一直航行下去,航程永无止境。小说的叙述就在航行的河面上降落了,马尔克斯又一次利用了数字。因为船长已经不耐烦到了忍无可忍的地步:

"妈的,您认为我们这样来来往往地航行能持续到什么时候?"他(船长)问。

53 年 7 个月零 11 天以来,弗洛伦蒂诺·阿里沙对此早已胸有成竹。

"一生一世。"他说。①

此外,书名《一千零一夜》,莎士比亚的诗歌《四十个冬天围攻你的容颜》,以及披头士的老情歌中所唱的"一星期我爱你八天"等,都是妙用数字的案例。

特别让我惊奇的是,我们的太史公司马迁在两千年前竟然早已深谙此道。

在《淮阴侯列传》中,司马迁就用数字表达了对恩情的不同回报,"信至国,召所从食漂母,赐千金。及下乡南昌亭长,赐百钱,曰:'公,小人也,为德不卒。'"② 与千金相比,百钱几乎是一种讽刺和挖苦,与其说是回报,还不如说是一种报复。

在《萧相国世家》中,也是用数字的不同来刻画一个人的:"高祖以吏繇咸阳,吏皆送奉钱三,何独以五"③,后面,还专门用数字照应补缀这一点:"乃益封何二千户,以帝尝繇咸阳时何送我独赢奉钱二也。"几乎不需语言,用几个数字就解决了问题。显出了数字在叙述时的独特的力量,同

---

① 《霍乱时期的爱情》马尔克斯著,漓江出版社,1987 年,第 375 页。
② 《史记·淮阴侯列传》,黑龙江人民出版社,2006 年,第 1577 页。
③ 《史记·萧相国世家》,黑龙江人民出版社,2006 年,第 1123 页。

时，还突出了叙述的具体性（具体性和现场感，是叙事的灵魂）。

在《留侯世家》中，司马迁则创制了一种形式化了的非常有力的数字表达："其不可一也"、"其不可二也"……"其不可八矣"①。这种方法在后世遂成一种固定的规范，常被沿用，如竹林七贤的嵇康就曾在《与山巨源绝交书》中模仿过一次，那就是关于做官的"七不堪，二不可"。

在后世小说如《水浒传》里，明显有模仿太史公的数字叙述法。第二回"史大郎夜走华阴县，鲁提辖拳打镇关西"，写到鲁智深要送钱给卖唱的父女，自己身上只带了五两来银子，就跟史进要：

"洒家今日不曾多带些出来；你有银子，借些与俺，洒家明日便送还你。"史进道："直甚要哥哥还！"去包裹里取出一锭十两银子放在桌上。鲁达看着李忠道："你也借些出来与洒家。"李忠去身边摸出二两来银子。鲁提辖看了，见少，便道："也是个不爽利的人！"鲁达只把这十五两银子与了金老……鲁过把这二两银子丢还了李忠。②

你看看，十两与二两，对鲁智深来说，简直天上地下，人品迥然，事关本质。仅用两个数字，却写尽了史进的豪爽与李忠的小家子气。

5. 虚词连缀

在《鲁仲连邹阳列传》中有这样一句话："鲁仲连曰：'吾始以君为天下之贤公子也。吾乃今然后知君非天下贤公子也！'"。

钱钟书先生对此有精彩的点评：说这样的话如果让王若虚看到，"倘因

---

① 《史记·留侯世家》，黑龙江人民出版社，2006年，第1143页。
② 《水浒传》，北京大学出版社，1987年，第90页。

此得免于王若虚之指斥乎？不然，渠好与马迁为难，必点烦作：'吾始以君为天下贤公子，今知非也'。'乃今然后'四字乍视尤若堆叠重复，实则曲传踌躇迟疑、非所愿而不获已之心思语气；《水浒》第12回：'王伦自此方才肯教林冲坐第四位'，适堪连类。"①

在这句话里，司马迁连缀叠用两个副词"乃今""然后"，连用两个语气助词"也"，鲁仲连内心的遗憾失望、他因为自己原先看走了眼而感到的懊悔情绪，就被表现得淋漓尽致了。

虚词连缀叠用的招数显然属于诗学表达（语法书上并不允许这样的叠用），在《诗经》里有许多例子（那些虚字绝非可有可无，它对诗歌的语调与节奏均有不可或缺的作用）。在文章中最早则见于庄子的《逍遥游》："故九万里，则风斯在下矣，而后乃今培风；背负青天而莫之夭阏者，而后乃今将图南"（司马迁应该是那个最早最充分地认识到庄子的文字魅力的人，在《老子韩非列传》中专门指出庄子"善属书离辞，指事类情"）。从庄子到司马迁，再从司马迁到施耐庵，而后是今人常用的"如此这般"之类，我们依稀可以看到文学史上薪火相传的逶迤景观。

虚词连缀的例子，《史记》中还可以找到许多，比如《项羽本纪》里有"孤特独立"（叠用三字，表示孤立无援）；《张释之、冯唐列传》中有"今盗宗庙器而族之，有如万分之一假令愚民取长陵一捧土，陛下将何以加其法乎？"（钱钟书先生也分析过这一句："故'有如'而累以'万分之一'犹恐冒昧，复益以'假令'，拟设之词如屋上加屋，心之犹豫、口之嗫嚅，即于语气征之，而无待摹状矣"）②

情况差不多就是这样，世人在写作的时候，副词啊语气助词啊人称啊往往被忽视或轻视，总是认识不到它们的表现力，总觉得用它们做不出什么菜来。可在司马迁的如椽巨笔下，副词也好，人称也罢，都可以被用得

---

① 《管锥编》钱钟书著，中华书局，1986年，第321页。
② 《管锥编》钱钟书著，中华书局，1986年，第322页。

峰回路转别有洞天，并收到奇妙的修辞作用和惊人的艺术效果。

就像标点符号，我们平时在写作的时候，就不大注意，逗号分号句号，只是随便一点，都看不出是什么标点。其实，标点符号的表达效能也决不能忽略，同样的一段话，标点运用得不一样，修辞效果就大不相同。在所有的标点符号中，叙述的时候，句号（而非感叹号，感叹号其实倒显得外强中干虚张声势）无疑是最有表现力的，语言的节奏、顿挫和力度全靠句号形成。我记得前苏联作家巴别尔的小说《居伊·德·莫泊桑》里有这样一句话："任何铁器都没有一个放置恰当的句号更有锥心之力。"① 凭这一句话，我就知道巴别尔是一个深谙叙述之道的非同小可的优秀作家。而在我看来，法国女作家玛格丽特·杜拉斯也许是世界上最喜欢也最擅长使用句号的作家，有时候，整段文字，句与句之间，她用的居然全是句号，连"然而"后面，她也敢用句号。

当然，我们的古人在写作时是不用标点符号的，否则，真不知道太史公又会用它创造出怎样的神妙笔法来呢。

无疑的是，本文所涉略的几种笔法，只不过是浩如烟海的《史记》中的几朵浪花而已，肯定还有更多更精彩的笔法与技巧等待研究者去探索去阐发。

关于不朽的《史记》，我们不仅要记得它是"史家之绝唱"，更需记得它还是"无韵的《离骚》"！而太史公司马迁，则无疑是中国文学史上伟大的叙述之父。

---

① 《红色骑兵军》巴别尔著，辽宁教育出版社，"新世经万有文库"，2003年，第281页（参考于晓丹译文）。

第五辑

《陶潜》新义

亦儒亦道

——陶潜新解之一

一

比如说,我们可以从《桃花源记》开始说起。

张文江先生曾经写过一篇阐释《桃花源记》的短文《渔人之路与问津者之路》①,颇有创见,甚为精悍。另外他还指出:

> 《归去来兮辞》,陶潜一生转折在此,亦陶文之入口也。"归"为行动之归,亦为思想之归,所谓"回家"也。"归"于何处?"归"于《桃花源记》之理想境界与《五柳先生》之理想人物,亦陶文之中心也。②

---

① 《渔人之路与问津者之路》张文江著,复旦大学出版社,2006年,第134页。
② 《管锥编读解》张文江著,上海古籍出版社,2000年,第437页。

也就是说，张文江先生把《桃花源记》看作是"陶文之中心"，窃以为然。而《桃花源记》的理想境界，用一个专有名词来命名就是"乌托邦"。

如果追根溯源，中国文学里最早的乌托邦雏形应该是《诗经·魏风·硕鼠》中所指的"乐土"："硕鼠硕鼠，无食我黍。三岁贯女，莫我肯顾。逝将去汝，适彼乐土。乐土乐土，爰得我所。"这是古代先民面对"贪而畏人"的君主和重敛压榨的现实时，对美好生活的文学想象，适彼乐土，就像孔子曾说过的"欲居九夷"一样，都表现了对现状的不满以及对理想社会的向往与追求。虽然没有具体情景的描绘，但这里的"乐土"显然就是后世的乌托邦的别称。

另一个乌托邦的想象应该是《道德经》第八十章："小国寡民……甘其食，美其服，安其君，乐其俗。邻国相望，鸡犬之声相闻，民至老死，不相往来。"老子的想象，显然比《诗经》年代的古人要更进一步并且更具体化了。

到了三国时期，曹操的诗歌《对酒》也勾勒了一个丰盈清明路不拾遗的太平盛世，似乎也是对乌托邦的美好想象：

> 对酒歌，太平时，吏不呼门。王者贤且明，宰相股肱皆忠良。咸礼让，民无所争讼。三年耕有九年储，仓谷满盈。斑白不负载。雨泽如此，百谷用成。却走马，以粪其土田。爵公侯伯子男，咸爱其民，以黜陟幽明。子养有若父与兄。犯礼法，轻重随其刑。路无拾遗之私。囹圄空虚，冬节不断。人耄耋，皆得以寿终。恩德广及草木昆虫。

从写作动机上看，曹操身处那个战乱频仍过于严酷的时代，民不聊生，满目疮痍，所以，特别渴望安宁幸福的生活，希望有一个和平美好的社会，就是自然而然的事。《蒿里行》（"白骨露于野，千里无鸡鸣"）与《对酒》

就像一个硬币的两面，就像作用力与反作用力。曹操的乌托邦想象，用精神分析的术语来说，就是"心理代偿"的产物（每次读到《对酒》这样的诗，或想起曹操那份特异的直见性情的"遗令"："他的遗令不但没有依着格式，内容竟然讲到遗下的衣服和伎女怎样处置等问题"①，就觉得"一代枭雄"这个帽子绝不是曹操的盖棺定论）。遗憾的是，曹操的《对酒》也是以愿景为主，场景缺乏，以想象为主，具象欠奉，没有构成完整的叙事框架，与后来的乌托邦文学还不是一回事。

相比之下，陶渊明的《桃花源诗并记》无疑是中国文学中最具乌托邦特色的典范之作。

首先，与此前的乌托邦都偏于主观幻想和渴望不同，陶渊明的桃花源，是武陵渔人通过一个极狭窄的山洞无意间发现的，有一个引人入胜的发现过程。陶渊明采用了逼真的描述，有起承转合，有必要的过度，也有准确的细节（缘溪行、忘路之远近、复前行、忽逢桃花林、甚异之、复前行、山有小口、仿佛若有光、舍船、从口入、复行数十步、豁然开朗），从而使得桃花源的发现过程逶迤多姿令人信服（这一点与西方的乌托邦文学如莫尔的《乌托邦》的写作策略恰相一致：航行到美洲偏远地的意外发现），从而奠定了桃花源的"真实性"：

> 晋太元中，武陵人捕鱼为业。缘溪行，忘路之远近。忽逢桃花林，夹岸数百步，中无杂树，芳草鲜美，落英缤纷。渔人甚异之。复前行，欲穷其林。林尽水源，便得一山，山有小口，仿佛若有光。便舍船，从口入。初极狭，才通人。复行数十步，豁然开朗。土地平旷，屋舍俨然，有良田美池桑竹之属。阡陌交通，鸡犬相闻。其中往来种作，男女衣着，悉如外人。黄发垂髫并怡

---

① 见鲁迅先生《魏晋风度及文章与药及酒之关系》，收于《鲁迅散文》，中国广播电视出版社，1992年，第159页。

然自乐。①

尽管展现在读者眼前的桃花源和美静好如诗如画，但由于陶渊明采用了类似于"魔幻现实主义"的叙事策略，有时间（晋太元中）、地点（桃花源）、人物（武陵渔人）、事件（入洞口发现一个乌托邦），简约却完备，几乎像一篇"准小说"。所以，桃花源这个乌托邦就与一般性的凭空设想迥然不同，既不是志怪传奇中的仙境神山，也不是童话故事里的奇异幻景，它亦幻亦真，似梦非梦，有一种强烈的艺术真实性与文学感染力，有一种触手可及的具象感与带入感（里边住着的不是神仙，而是活生生的人："悉如外人"）。这种逼真性，超越了过去的任何乌托邦想象。在我的阅读感受中，桃花源甚至有点接近于《百年孤独》里的那个"马孔多"镇（在我看来，魔幻叙事其实并非拉美文学的专利，拉美作家只不过是把魔幻性运用得恰到好处，并最大限度地与现实性相融合而已。近看《聊斋志异》，发觉蒲松龄叙述青狐变人或死人复活的过程，其想象之诡异，其细节之逼真，把虚的幻的东西写得比真的还真，颇有魔幻风格。所以，窃以为莫言在诺贝尔奖获奖演说中，不必说什么"没有认真读过福克纳和马尔克斯的小说"之类的话，他不需要有这么强的"影响的焦虑"，他倒大可以谈谈聊斋的魔幻叙事之魅力）。

其次，桃花源描述的不是个人的隐居地或悟道处，而是集体的乐土和一整个幸福的社会图景：没有阶级，没有剥削，自食其力，和平恬静，秩序井然，鸡犬相闻，其乐融融。这当然也是后世乌托邦文学的共同特点。

另外，陶渊明的桃花源虽然是想象与虚构，是精神之域或心灵之地，但据说有一定的现实依凭和原型。陈寅恪在《〈桃花源记〉旁证》一文里，就以史学家的眼光钩稽考核，推论陶渊明所写的桃源在历史上实有所据，得出"真实之桃源在北方之弘农，或上洛，而不在南方之武陵。"陈寅恪还

---

① 《陶渊明集笺注》袁行霈撰，中华书局，2003年，第479页。

提出："渊明《拟古》诗之第二首可与《桃花源记》互相印证发明"①。西方文学中的乌托邦也是如此，例如不少人指出柏拉图的《理想国》，就不仅以当时斯巴达的价值和实践为基础，而且受到毕达哥拉斯学派在意大利南部所建社团的影响。莫尔写《乌托邦》，也取材于16世纪初对南美秘鲁印加帝国状况的描述，并非完全向壁虚构。

当然，在研究桃花源的时候，现实原型也好，中外乌托邦的梳理与比较也好，都是有趣的话题，不过这些话题毕竟相对外围，还没有切入桃花源的内里。在我看来，《桃花源记》作为"陶文之中心"，最值得考量的，也是本质的问题是：它与中国文化的关系如何？桃花源的理想境界到底意味着什么？

简而言之，概括言之，我认为陶渊明通过桃花源所寄寓的理想境界就是亦儒亦道、儒道互补的生活状态与社会图景！这是中国文化语境下所能酝酿和抵达的理想国，是陶渊明想象并创造的乌托邦的本质与内核！

具体分析如下几点。

一、从写作资源与想象依据来看，陶渊明的《桃花源记》与儒道均有干系，既与孔子有关（"欲居九夷"：偏远新异之地），也与老子有关（《道德经》第八十章："鸡犬相闻"），可以说是对儒道两家的融合与会通的产物。

二、在某种角度上说，桃花源是"间世"的产物，而"间世"是庄子道家思想的人生策略与处世方式（儒是"入世"，释是"出世"）。《人间世》可以理解成人如何"间世"，而《养生主》复也是"间世"术，所谓"缘督以为经"，所谓"游刃有余"，庄子的人生理想就是虽然身处世间，但尽可能远离善恶是非，尽可能不与专制权威与现实黑暗发生冲突与刮擦，从而让生命处于逍遥之境。只不过庄子的间世之境只有通过庖丁的绝技才能抵达，而陶渊明的桃花源则是通过空间的隔阂造成的（山有小口，别有洞天）。正因为桃花源是一个独立于污秽现实与专制黑暗的地方，里边的人才

---

① 《陶渊明集笺注》袁行霈撰，中华书局，2003年，第484页。

能"怡然自乐",自由逍遥。

三、然而桃花源毕竟又不是"藐姑射之山",里边秩序井然,人们仁义安稳,勤劳种作;桃花源没有重敛苛政,所谓"秋熟靡王税"(《桃花源诗》);这儿民风淳朴非常好客,都有一幅热心肠(不像道家那般凉薄冷漠),"便要还家,为设酒杀鸡作食。村中闻有此人,咸为问讯。""余人各复延至其家,皆出酒食。"俨然一幅儒家理想社会光景。

四、桃花源的源,可以理解成源头,原初,本然,古老(我认为作为真正的隐居者,思接千载遥想古远是陶渊明的生命惯性与向性)。既契合于孔子"克己复礼""信而好古"的古代,又接近于庄子道家的返璞归真之境。或者说,在源头处,在古远时,道术还未裂,一切只是一。对陶渊明来说,淳朴自然的远古社会才是理想社会,才是人类的乌托邦。

总之,陶渊明的桃花源综合了儒家与道家的人世理想,取长补短,兼容并蓄,既仁义和睦,又自由逍遥,儒中有道,道中有儒,浑然如古,自然质朴,最终成了超越时间回到源头的乌托邦——"问今是何世,乃不知有汉,无论魏晋"。

二

儒道互补亦儒亦道,也是陶渊明本人的人格特征,或者说是陶渊明心目中理想人格的特征。

我们来看看《五柳先生传》:

先生不知何许人也,亦不详其姓字。宅边有五柳树,因以为号焉。闲静少言,不慕荣利。好读书,不求甚解;每有会意,便欣然忘食。性嗜酒,家贫不能常得。亲旧知其如此,或置酒而招之。造饮辄尽,期在必醉;既醉而退,曾不吝情去留。环堵萧然,不蔽风日，短褐穿结，箪瓢屡空，晏如也。常著文章自娱，颇示己志。忘怀得失，以此自终。赞曰：黔娄有言："不戚戚于贫贱，不汲汲于富贵。"其言兹若人之俦乎？衔觞赋诗，以乐其志，无怀氏之民欤？葛天氏之民欤？①

在我心目中，《五柳先生传》是中国文学中人物传记的头名作品，似传非传，亦实亦虚，好得不能再好，只有陶渊明才能写得出。与世上那么多添油加醋却面目模糊的传记相比，《五柳先生传》短小精悍简约深远，四两拨千斤，区区两百来字，却勾勒了自己独特的人生，抒写了自己的个性与志趣，并塑造了中国文化史上最完满的人格面貌。

"闲静少言"的核心当然是静字，"致虚极，守静笃"（《道德经》第16章），陶渊明当然熟谙由虚而静的道家的生命至境。"归根曰静，静曰复命。复命曰常，知常曰明"（《道德经》第16章），静，是得道的状态，回归大道，必处于静中。静，是根本，是生命的本质，回归了这个根本就是常（"道可道非常道"的"常"），知道这个道理就是明。明，就是智慧，就是通达，就是得道。静当然也是对喧嚣的现实的超越，是对众声喧哗的摆脱，是心灵的回归，回到田园，回到古远，回到陶渊明的乌托邦。"嗜酒"并"期在必醉"（一般认为陶渊明"寄酒为迹"，但也未尝不是为了"得酒中趣"），体现出的当然也是道家的放任与逍遥。醉，不仅可以忘忧，也是一种超越性境界。静与醉，大致勾勒出了陶渊明的道家面貌或风范。

而"不慕荣利"、"箪瓢屡空，晏如也"，显然是对儒家生命状态以及"重义轻利"的价值观的响应和肯定，承接了孔子对颜回的赞赏："贤哉回也！一箪食，一瓢饮，在陋巷。人不堪其忧，回也不改其乐。贤哉回也！"（《雍也篇第六》），也是对孔子本人的直接呼应（《述而篇第七》："不义而富且贵，于我如浮云"）。

---

① 《陶渊明集笺注》袁行霈撰，中华书局，2003年，第502页。

"好读书"偏于儒家的修身养性(《学而篇第一》:"学而时习之,不亦乐乎?");"不求甚解""每有会意,便欣然忘食",偏于道家对知识的蔑视和对真意的重视。

可见,陶渊明心目中的理想人格是对儒道的融会与兼备,是儒且道,道且儒,不是分裂,而是合一。

细读并会意《五柳先生传》,我再一次发觉陶渊明对远古的缅怀与遥望,对那个道术未裂儒道未分的质朴天然社会的向往:"无怀氏之民欤?葛天氏之民欤?"在遥远的返璞归真的古代,没有暴政重敛,没有专制和权力的压迫和伤害,没有战乱,也没有不同学派的纷争、喧嚣与割裂,甚至万物还没有名字("不知何许人也,亦不详其姓字",即道家的"无名"),有的只是仁义祥和、世道人心,清静无为,自由逍遥。

钱钟书先生曾经独具慧眼地指出《五柳先生传》中:"'不字'为一篇之眼目"[①]。短短两百来字的文章,陶渊明一共用了8个"不"字。我认为陶渊明的用意既直接明显:向置身其间的昏暗世界说不,同时又隐晦含蓄:对淳朴古代的乌托邦式的向往。

正如陶渊明把古代看成理想社会一样,陶渊明也把古人(无怀氏与葛天氏)看作是理想人格的代表。正是在这个角度上,我认为被欧阳修看作是"晋文章唯此一篇"的《归去来兮辞》至关重要,并且无疑是一个隐喻:陶渊明与其说是回归田园,是归家,还不如说是返回理想的古代社会,并做回理想人格的"闲静"淳朴的古人。

也正是在这个意义上,我同意张文江先生把此文看作是"陶文之入口"。

[①] 《管锥编》钱钟书著,中华书局,1986年,第1228页。

三

现在，我们可以来思考那个热门的话题，那个谈到陶渊明就会被触及的问题：陶渊明是偏向儒家还是偏向道家？或者，对陶渊明的思想与创作来说，究竟是儒家的影响大还是道家的影响大？作为理想人格，应有更多儒家因素还是道家因素？

中外古今有不少"偏儒派"，也有不少"偏道派"，他们各执己见，谁也说服不了谁。由于儒术作为现实政治的影响力，许多古代诠释者把陶渊明描绘成孔子的追随者：熟谙儒家经典《论语》，效忠于晋朝最后一位皇帝。如 18 世纪的批评家沈德潜就说："陶公专用《论语》。汉人以下，宋儒以前，可推圣门弟子者，渊明也。"[①] 另一位批评家方东树则总是把陶渊明的诗与孔子的著作参较着读，并声称："渊明之学自经术来"[②]。刘熙载也曾说过"陶渊明大要出于论语"。但其实陶渊明的诗文中也频繁地涉及道家及其著作，据古直先生的梳理，"陶诗用《庄子》四十九处，用《论语》三十七处"[③]。宋代理学大师朱熹也看出了这一点："渊明常言庄老，其语却甚为质朴"[④]。朱自清在考察了陶诗中"真"与"纯"等观念及其与老庄的关系后，得出在陶诗中占主导思想的是道家[⑤]。而汉学家霍尔兹曼在评论孙康宜先生《六朝诗歌》时，批评孙康宜把陶渊明描写成了庄子道家哲学的信徒，强调儒家思想对陶渊明也造成了不可或缺的影响：声称陶渊明始终

[①] 《古诗源》沈德潜著，中华书局，1977 年，第 204 页。
[②] 《昭昧詹言》方东树著，人民文学出版社，1961 年，第 101 页。
[③] 《朱自清古典文学专集·陶诗的深度》朱自清著，上海古籍出版社，1981 年，第 568 页。
[④] 《朱子语类》朱熹著，台北正中书局，1982 年，第 5207 页。
[⑤] 《朱自清古典文学专集·陶诗的深度》朱自清著，上海古籍出版社，1981 年，第 569 页。

"相信传统中'忠'的价值并尊重社会的秩序。"①

陈寅恪先生在那篇《陶渊明之思想与清淡之关系》中曾作过这样的分析：魏晋时代的中国文人或宗"名教"，或任"自然"，前者以严格遵循社会等级关系的儒家哲学为基础，后者则关联着道家的自然主义。这两种观点演变成了两种截然不同的政治态度：儒家知识分子关注社会现实，积极地谋求官职；而受道家哲学影响的人则退回到自然中，并以一种不合作的姿态消极地表示对当政者的蔑视（如竹林七贤）②。陈寅恪认为，两种完全不同的观点不仅并存于同一社会环境中，而且并存于同一个人的世界观中，如陶渊明。陈寅恪说，由于儒学并非与道家和佛家思想势不两立，"故外服儒风之士可以内宗佛理，或潜修道行，其间并无所冲突。"③ 陈寅恪进而推出这样的结论：陶渊明是"外儒而内道"④（南怀瑾提出人生的最高境界是佛为心、道为骨、儒为表，估计就是受陈寅恪的影响）。

张隆溪先生在认同陈寅恪的观点的同时，也认为："在中国文化中，儒、释、道之间并非彼此互不相容，在这种情形下去讨论陶潜的思想纯属儒家或纯属道家是没有什么意义的。陶潜并非不得不在这些不同观点派别的思想之间作出选择，他完全能够像许多中国知识分子那样，把不同的思想因素吸收整合为一种健康而折衷的观点。"⑤

或偏儒，或偏道，或折衷。

还有没有别的思考与可能？

在我看来，以陶渊明倔强坚贞的人格（"抱朴守静"《感士不遇赋》、"不为五斗米折腰"《晋书陶潜传》、"贞刚自有质"《戊申岁六月中遇火》、"遂尽介然分，终死归田里"《饮酒第十九》）与内敛高迈的性情（"嗟我独

---

① 《道与罗各斯》张隆溪著，四川人民出版社，1998年，第207页。
② 《金明馆丛稿初编》陈寅恪著，上海古籍出版社，1980年，第180～205页。
③ 《金明馆丛稿初编》陈寅恪著，上海古籍出版社，1980年，第196页。
④ 《金明馆丛稿初编》陈寅恪著，上海古籍出版社，1980年，第205页。
⑤ 《道与罗各斯》张隆溪著，四川人民出版社，1998年，第211页。

迈，曾是异兹"《自祭文》、"少无适俗韵"《归园田居之一》、"自我抱兹独"《连雨独饮》、"人皆尽获宜，拙生失其方"《杂诗第八》），他钟情独立、自由、逍遥，喜好老庄的生命境界，就是再自然不过的事情，几乎是题中应有之义，就像飞鸟喜爱飞翔喜爱天空一样。但陶渊明毕竟生活于现实之中，置身于儒家的礼乐社会与人伦秩序，置身于出仕做官的家族传统的影响之下（"少年罕人事，游好在六经"《饮酒之十六》、"结发念善事，俛俛六九年"《怨诗楚调示庞主簿邓治中》）陶渊明常常因为祖上曾有陶侃这样的人物而自豪，所以，陶渊明人格中葆有儒家思想也是再正常不过的事情，就像飞鸟毕竟要在大地筑巢栖息一样。陶渊明的诗文中经常性地出现归鸟或飞雁的意象，这当然是某种程度上的自况，对陶渊明这只飞鸟来说，是天空之道更重要，还是大地之儒更不可或缺呢？

人们总是把出仕看成是陶渊明对治国济世的儒家理想的实践，而把归隐看作是陶渊明走向道家境界的标志。

其实这样的观点都不免简单化。

即使在出仕的岁月，陶渊明并没有放弃自由的个性与逍遥的胸怀（《始作镇军参军经曲阿》："真想初在襟，谁谓行迹拘"），他会频频回望故乡和田园（《辛丑岁七月赴假还江陵夜行途中》："商歌非吾事，依依在耦耕。投冠旋旧墟，不为好爵萦"）；同样，归隐田园后，他其实也并没有远离仁义秩序和人伦亲情。这么说也许更准确，在出仕做官身陷权力等级与漩涡的日子里，在个性被压抑自我被扭曲的时候，自由与逍遥当然只能藏放于内心。但对陶渊明来说，尘网、羁鸟、池鱼、樊笼，并不是指儒家传统与社会，也不是指仕途本身，而是隐喻专制黑暗与官场凶险；而他的归隐并不是穴居岩处，而是回到老家田园，隐居的目的不是求道成仙，而是走向躬耕，过一种质朴自然自由逍遥的日子，一种率性的肆志遂心的生活，安贫守贱，和光同尘，他的隐居既是解脱又是担荷。他那么珍惜亲情人伦（《祭程氏妹文》《祭从弟敬远文》），关心孩子的成长（《责子》《与子俨等疏》），常与亲友酬答往来（《停云》《赠长沙公族孙》《酬丁柴桑》《答庞参军》），并不缺乏对现实的关怀（述酒），内心依然伤世忧民（《有会而作》《杂诗之五》《悲从弟仲德》），甚至保持对晋朝及最后一位帝王的"忠"。

因此，隐与显并不相对，而儒与道，也不应相绌。一个人既是独立的个体又是社会的分子，一个人既有外在的身体又有内在的心灵（陶诗《形影神》），一个人既是宇宙中的独立的生命个体（这是道家视角下的人），同时又是社会结构与人际关系中的一分子（这是儒家意义上的人），所以，外儒内道，或者儒道的互补与均衡倒是一种必然（就像酸碱度的平衡一样），唯其如此，生命才处于健全妥善的理想状态，而达到这样的生命状态，无疑正是陶渊明隐居之目的。

四

陶渊明"不愿为五斗米折腰"，辞去了刚上任才八十多天的彭泽令，返回庐山脚下的老家田宅，开始了后半辈子的隐居生涯，时年五十四岁①（"五十而知天命"）。

"归去来兮！田园将芜胡不归？既自以心为形役，奚惆怅而独悲！悟已往之不谏，知来者之可追。实迷途其未远，觉今是而昨非……云无心以出岫，鸟倦飞而知还……归去来兮，请息交以绝游！世与我而相违，复驾言兮何求？"②（《归去来兮辞》）。

陶渊明的个性和人格最不适合虚伪森严装腔作势的官场（在《与山巨源绝交书》中，嵇康对文人不适宜做官这一点看得最是深透，提出了"必不堪者七，甚不可者二"），他自己在《归去来兮辞》序言中也说得很清楚："质性自然，非矫厉所得"。他的禀性气质决定了他根本无力周旋于尔虞我

---

① 《陶渊明集笺注》袁行霈撰，中华书局，2003年，第856页。
② 《陶渊明集笺注》袁行霈撰，中华书局，2003年，第460页。

诈的政治漩涡，在那样一个"真风告逝，大伪斯兴"的时代，在那样一个专制残虐的社会，耿介孤独的陶渊明注定只能逐渐放弃"少年志"（《杂诗第五》："猛志逸四海，骞翮思远翥。荏苒岁月颓，此心稍已去"），并最终背向"达则兼济天下"的家族出仕传统，归隐田园就成了他的必然选择。陶渊明为人内向闲静，不善交往，拙于应酬，营营闹市也让他无所适从穷于应付（《拟古第六》："厌闻世上语"，《饮酒第十二》："摆落悠悠谈，请从余所之"），所以他无法"大隐隐于市"。"羁鸟恋旧林，池鱼思故渊"（《归园田居之一》，对陶渊明来说，回到田园，融入自然，与山水为伴，自己的身心才不逼仄不扭曲，自己的性情生命才从容、安妥、逍遥；与农民邻人亲朋相处，自己才无需劳心无需费神（《归园田居之二》"相见无杂言，但道桑麻长"），才晏如欢欣如鱼得水（《游斜川》："中觞纵遥情，忘彼千载忧"）。农村和田园就成了这个世界上唯一的净土乐地，成了他安身立命的唯一去处，就像鱼之于水，恰如兽之于林。因此，与其说是陶渊明选择了田园选择了退隐生涯，还不如说躬耕读书饮酒采菊的生活方式选择了他。当然，古籍中记载的长沮、荣子期、张挚、疏广等古代隐士和魏晋时期的隐逸之风对陶渊明的人生选择也产生了或多或少的影响，但陶渊明与一般的隐者逸人迥然不同的是，他的隐居绝非装模作样，更非拿捏作秀，"终身与世辞"，他的隐退是那么彻底，那么决绝。他既不是在利用遁迹山林来标榜清德博取名望；他也不像留恋山水逍遥田园的隐逸文人，只是把自然看作欣赏把玩的对象和写诗撰文的资源。陶渊明是回到老家做一个真正的农夫，过一种躬耕自资的清贫生活，他就像一株庄稼一样把自己植入田野，他就像一棵柳树一样把自己融入泥土，隐居乡野成了他别无选择的生存方式，成了他的命运。

却像囚鸟离尘网，也似池鱼回江河。人到中年的陶渊明从此就开始了自己的归隐生涯。"结庐在人间，而无车马喧。"（《饮酒》第五）"清晨闻叩门，倒裳往自开。"（《饮酒》第九）"开荒南野际，守拙归田园。"（《归园田居》其一)"野外罕人事,穷巷寡人鞅。白日掩荆扉,对酒绝尘想。时复墟里人,披草共来往。"(《归园田居》其二)"种豆南山下,草盛豆苗稀。晨兴理荒秽,带月荷锄归。"(《归园田居》其三)陶渊明让自己真正融入自然,融入乡野,他徜徉于田园之中庄稼之间,与鸟为伍与云为伴:"木欣欣而向荣,泉涓涓而始流"(《归去来兮辞》),"平畴交远风,良苗亦怀新"(《癸卯岁始春怀古田舍》),"闻多素心人,乐与数晨夕"(《移居》),"问君何能尔,心远地自偏"(《饮酒之五》),"翩翩飞鸟,息我庭柯"(《停云》),"或命巾车,或棹孤舟"(《归去来兮辞》)……很显然,陶渊明的"回归自然",即是回到了外部自然,同时又是回到了内在天性,回到了他的性情与真我。

隐居的陶渊明完全放弃了权利与俸禄,远离了官场的繁文缛节,他得到的是心灵的自由与生命的逍遥,在漫长的隐居过程中,他甚至看开并抛弃了所谓生前身后名("吁嗟身后名,于我若浮烟。"《怨诗楚调示庞主簿邓治中》),并像庄子一样超越了生与死("纵浪大化中,不喜亦不悲"《神释》、"死去何所道,托体同山阿。"《拟挽歌辞之三》)

隐居田园是一种特殊的生命状态,白云苍狗,天地悠悠,清贫却悠闲,宁静而致远,陶渊明时常遥望并凝想古远年代。陶渊明不仅与山河草树自然万物交流融会,而且常常与远古人事感应相通(《拟古九首》《咏贫士七首》《咏荆轲一首》《读山海经十二首》《读史述九章》)。在晚年所写的韵文《与子俨等疏》中,陶渊明对此有绝好的表达:"开卷有得,便欣然忘食"(方宗诚在《陶诗真诠》中认为这两句乃"与古为徒"[①],"见树木交荫,时鸟变声,亦复欢然有喜"(方宗诚认为是"与天为徒也"),接下来,陶渊明真的陷入了自己是古人的幻觉:"自谓是羲皇上人。"

这与我在先前的阐释分析恰好吻合一致,即,陶渊明内心真正向往的理想社会是古代,他认同的理想人格则是古人。每当迷惘或困顿的时候,

---

[①] 《陶渊明集笺注》袁行霈撰,中华书局,2003年,第529页。

他就会自然而然地回到古代,想起古人:"前途当几许,未知止泊处。古人惜寸阴,念此使人惧。"(《杂诗第五》)

陶渊明堪称中国历史上最具悠古心的人(《和郭主簿》之一:"遥遥望白云,怀古一何深。")

"真是需要一位不知多么不可理解的天才重新将他的根系延伸到古老的年代里,或者重新创建古老的岁月。"① 1922年1月16日,卡夫卡写下了这样一则突发奇想的日记,这则日记就好像专门为陶渊明所写,因为陶渊明恰好是这样一位不世出的能够重新返回古远与根系的天才。

归隐田园返回古远的陶渊明便拥有了一个特殊的视角,一个宁静所以致远的视角,一个凭古察今的视角(不是逆溯而是挦顺),一个旁观者清的视角,于是他看透了几千年的历史正如他看透了现实的灰暗与官场的凶险,他看透了生死的变幻,看透了命运的轮回,也看透了文明的演化与学术的裂变,看透了中国文化的两条主干儒与道(就像长江与黄河)的来源、本质与分歧……陶渊明并没有简单地偏向儒或道,他对儒道均有修正和弥补。他明白对生存与社会而言,儒家的孝悌秩序与仁义礼纪自有价值(这是人与动物的区别所在),但他也反驳校正了孔子轻视农耕不事稼穑的人生态度(《劝农》:"孔耽道德,樊须是鄙"),在《劝农》这首著名的四言诗里,陶渊明把农耕赞扬为高尚而不可缺少的生存方式,这种方式可以直溯到古代圣贤如后稷和舜禹:"悠悠上古,厥初生民,傲然自足,抱朴含真";陶渊明当然明白人还有生命与心灵,道家的因循为本自由逍遥对安顿生命慰藉心灵不可或缺,但他也不像间世不为的庄子那样决绝与凉薄,在陶渊明的人生实践中,增加了许多人伦亲情的温暖与世道人心的亮色,陶渊明不像庄子笔下形如槁木心如死灰的悟道者,更像淳朴达观乐天知命的农夫。陶渊明最终抵达的恰是亦儒亦道、儒道互补的境界,这是恰到好处古朴浑然之境,就像氢与氧化合成水一样,几乎是一种天作之合。

---
① 《时光的旅人》菲利普·索莱尔斯著,唐珍译,同济大学出版社,2011年,第28页。

（由此我也理解了为什么陶渊明始终与"释"保持距离，不肯应招入山，更不愿皈依佛门[①]：一方面儒道合璧已然玉成自给自足的古朴理想之境，出世与成仙不仅虚幻而且违反人伦天性（《五月旦作和戴主簿》："即事如以高，何必升华嵩"），另一方面，华夏悠远的古远文化里就没有这样的基因与思想，释家纯属外来因子，浑朴忠厚的陶渊明肯定不喜欢其中生硬与做作的成分，便进而会有排异性的不适反应。我觉得《白华山人诗说》中赤堇氏的一段话："昔人以太白比仙，摩诘比佛，少陵比圣。吾谓仙、佛、圣犹许人学步，惟渊明诗如混沌元气，不可收拾。"[②] 说的差不多也是这个意思。而现代学者顾随先生在《古代不受禅佛影响的六大诗人》[③] 这篇文章中，把陶渊明放在了第一位）。

从历史坐标来看，自先秦百家争鸣学术分野，中国文化就树立了至少儒道两套人生哲学，出入不同，内外有别。西汉独尊儒术罢黜百家（主要是偏废了道家），而到了魏晋则玄学兴起老庄大热。儒道互不相让，各执一端，道家则绌儒学，儒家亦绌道学，乃至"道不同不相为谋"，"老死不相往来"。好像就等着六朝的陶渊明，等着这个元气混沌遥望古代的不世出的天才，重新把儒道合璧，达至水乳交融浑然一体的理想之境（在我看来，汉代的司马迁本来也有这样的机会，他儒道兼修，深谙儒道两家之优长与短板，可他写《史记》时，也许是受到独尊儒术的体制性压力，他不得不至少在表面上偏向于儒：孔子入世家，而老子庄子只能与申韩等人合入一篇列传。后世的苏东坡倒是儒道兼修，但显然深受释的影响，"雪泥鸿爪"那样的诗歌意象明显有释家的空幻痕迹）。

亦儒亦道，千古一人（与胡应麟"开千古平淡之宗"的说法遥相呼应与吻合）。陶潜陶渊明把儒与道堪称完美地融会贯通于自己的人生实践与诗

[①] 《莲社高贤传》："远法师与诸贤结莲社，以书招渊明。渊明曰：'若许饮则往。'许之，遂造焉。忽攒眉而去。"（《陶渊明集笺注》，第138页，见诗歌《和刘柴桑》注释）
[②] 《白华山人诗说》（清）厉志撰，巴蜀书社，2008年。
[③] 《中国古典诗词感发》顾随著，北京大学出版社，2012年，第313页。

文创作之中，在整个中国文化史上，几乎无出其右者。

五

儒道融合，遥望古远，自然也是陶渊明诗文的写作倾向与修辞特征。

清朝的厉志对诗的评议与看法独特而精到，关于陶渊明他说过这样的话：

"终汉、魏、六朝之世，善学《三百篇》者，以渊明为最……渊明之于《三百篇》，非即而取之，但遥而望之。望之而见，无所喜也；望而不见，亦无所愠。此其所谓渊明之诗也。"①

陶渊明对《诗经》的遥望，首先体现在那几首古朴淳厚的四言诗，即《停云》《时运》《荣木》《劝农》《归鸟》等篇什之中。

我们先来看看《停云》吧。以开首两字"停云"作题，就是仿照《诗经》体例，诗前简净的小序"雅令可颂"，似也在模拟毛诗序的做法。序中有言"停云，思亲友也。"整首诗无疑是对《诗经·郑风·风雨》的遥望："风雨凄凄，鸡鸣喈喈。既见君子，云胡不夷。"说的就是这种见到嘉朋亲友时的欢喜（很多解者把"风雨"解成"乱世之喻象"，其实未必）。另外，《停云》里的好多句子或意象对《诗经》里别的诗歌也作了这样的遥望：序里的"愿言不从"，可以想见《诗经·卫风·伯兮》的诗句"愿言思伯"；而"春醪独抚"，呼应的是《诗经·豳风·七月》中的"为此春酒，以介眉寿"；"良朋悠邈，搔首延伫。"则是遥望《诗经·邶风·静女》："爱而不见，搔首踟蹰"；"人亦有言"一句直接来自《诗经·大雅·荡》："人亦有言，颠沛之揭"；"日月于征"这句则来自《诗经·唐风·蟋蟀》："日月其迈"；"翩翩飞鸟，息我庭柯"中的"翩翩"一词可以想到《诗经·小雅·四牡》之"翩翩者鵻，载飞载下"；全诗结束前的四句"岂无他人，念子实多。愿

---

① 《白华山人诗说》（清）厉志撰，巴蜀书社，2008年。

言不获，抱恨如何"则同时遥望并接通了《诗经》中的几首诗：《诗经·唐风·杕杜》"岂无他人，不如我同父"、《诗经·唐风·羔裘》"岂无他人，维子之故"以及《诗经·秦风·晨风》"如何如何，忘我实多"。

在同是四言的《答庞参军》一诗中，这种遥望的频率更有甚者："衡门之下"对《诗经·陈风·衡门》"衡门之下，可以栖迟"；"爰得我娱"对《诗经·魏风·硕鼠》"爰得我所"；"欢心孔洽，栋宇唯邻"对《诗经·小雅·正月》"洽比其邻"；"我有旨酒，与汝乐之"对《诗经·小雅·鹿鸣》"我有旨酒，以燕乐嘉宾之心"；"一日不见，如何不思"对《诗经·王风·采葛》"一日不见，如三月兮"和《诗经·王风·君子于役》"君子于役，如之何勿思"；"誓将离兮"对《诗经·魏风·硕鼠》"逝将去汝"；"之子之远，良话曷闻"对《诗经·小雅·白华》"之子之远，俾我独兮"；"昔我云别，仓庚载鸣"对《诗经·豳风·七月》"春日载阳，有鸣仓庚"；"今也遇之，霰雪飘零"对《诗经·小雅·采薇》"昔我往矣，杨柳依依。今我来思，雨雪霏霏"；"王事靡宁"对《诗经·小雅·四牡》"王事靡盬，不遑启处"等，共计11处之多。

对《诗经》的这种遥而望之，在陶渊明的其他诗文中也比比皆是，如花开遍。正是在这样的不断遥望中，陶渊明发出"不得与古人相交之慨叹……隐居之乐，怀古之情，浑然交融，渊明之性情与人格毕现。"①

除了《诗经》，陶渊明诗文也频频涉略楚辞、古乐府和古代的其他经史典籍。如《怨诗楚调示庞主簿邓治中》一诗，被认为是陶渊明作品中唯一的乐府诗，就像题目如示的一样，"怨诗"源于古辞《楚调曲》中的诗歌《怨诗行》，陶渊明开头起兴的两句"天道幽且远，鬼神茫昧然"，显然是对《怨诗行》首二句"天德悠且长，人命亦何促"的模拟；诗歌《诸人共游周家墓柏下》之诗意境界（"感彼柏下人，安得不为欢"）则可以与《古诗十九首》中的诗句"古墓犁为田，松柏摧为薪"连类比照；陶渊明写《和

---

① 《陶渊明集笺注》袁行霈撰，中华书局，2003年，第12页。

胡西曹示顾贼曹》中的"重云蔽白日，闲雨纷微微"这样的诗句时，一定想到了《古诗十九首》中的诗句"浮云蔽白日"，写《饮酒之十三》中的诗句"寄言酣中客，日没烛当秉"时脑海里一定浮现过《古诗古九首》中的诗句"何不秉烛游"；又比如《杂诗之七》中看透生死的诗句"家为逆旅舍，我如当去客"则与《古诗十九首》中的诗句"人生天地间，忽如远行客"遥相呼应；再比如，陶渊明的《拟古九首》无疑是直接对古诗的遥相致敬；而《归去来兮辞》无疑是对《楚辞·招魂》等篇的遥望。

陶渊明就好像从《诗经》从《古诗十九首》从更遥远的古代典籍中偶偶而出的君子，茕茕孑立，与众不同。在中国文学史上，在自己的创作中如此高频度高密度地回望古远年代，遥感古人诗境，陶渊明堪称空前并且绝后。这样的遥望，使得陶渊明的诗文透出一股独特而悠远的古意，因为对他而言，那个古朴淳厚的年代，才是理想的社会，才是魂牵梦萦的乌托邦。

接下来，我们再来看看陶渊明诗文对儒道的融会、贯通与合璧。

在《饮酒之二十》这样的诗歌中，儒家与道家水乳交融，而孔子与庄子相洽无间。

开头两句是"羲农去我久，举世少复真"，陶渊明在遥望远古（羲农：伏羲神农也）的视角下，强调了"真"。"真"的内涵是人之自然本性，它既是抽象理念，又是道德范畴，与儒家所倡导的"礼"相对立。"真"不见于《论语》《孟子》，乃老庄道家特有之哲学范畴。《道德经》之二十一章有："孔德之容，惟道是从。道之为物，惟恍惟惚……其中有精，其精甚真。"也就是说，在老子眼里，"真"是"道"的精髓所在。《庄子·渔父》把"真"与"礼"进行了直接比较与甄别："礼者，世俗之所为也。真者，所以受于天也，自然不可易也。故圣人法天贵真，不拘于俗。愚者反此，不能法天而恤于人，不知贵真，禄禄而受变于俗，故不足。"又在《秋水》中指出："无以人灭天，无以故灭命。谨守而勿失，是谓反其真。"庄子认为生命最宝贵的是"真",惟能守"真"者方为圣人。陶渊明在诗文中屡屡言及"真":"抱朴含真"(《劝农》);"任真无所先"(《连雨独饮》);"真想初在襟"(《始作镇军参军经曲职》);"养真衡木下"(《辛丑岁七月赴假还江陵夜行途中》);"此中有真意"(《饮酒之五》);"自真风告逝,大伪斯兴"(《感士不遇赋》)。在陶渊明笔下,"真"这个道家概念少了些抽象玄虚,变得有了生命质感与温度。

三到六句则是"汲汲鲁中叟,弥缝使其淳。凤鸟虽不至,礼乐暂得先"。鲁中叟孔子在老庄之后出场了,"淳"即质朴淳厚,是儒家所倡导的,《淮南子·齐俗训》:"衰世之俗……浇天下之淳,析天下之朴"。而儒家之"淳厚"与道家之"真"实有相通之处,可以相互引发。《文选》张衡《思玄赋》:"何道真之淳粹兮,去秽累而轻飘";陶渊明的《扇上画赞》:"三五道邈,淳风日尽。九流参差,互相推陨。"在陶渊明笔下,儒家之"礼"也不复是繁琐累赘的东西(《史记·太史公自序》:"累世不能通其学,当年不能究其礼。故曰:'博而寡要,劳而少功。'"),已然是淳朴民风与健旺礼乐。

儒与道就这样无缝对接,在陶渊明的诗歌中水乳交融在了一起。

这样的诗歌,在陶渊明的创作中比比皆是,不胜枚举。

有时候,陶渊明会在同一句诗里把儒道焊接无隙合璧如初。

《五月旦作和戴主簿》中有这样的诗句:"曲肱岂相冲","曲肱"显然源出于《论语·述而》:"饭蔬食饮水,曲肱而枕之,乐亦在其中矣。"枕着自己的臂弯休憩睡眠,这是儒家的安贫乐道之境;而"冲"是道家概念,《道德经》第四章有:"道冲,而用之或不盈。渊兮,似万物之宗。"道体为虚而作用无穷,此虚非彼虚,不是空的意思,而是指道体的含藏无尽与蕴籍无限,类于道家的另一个根本的概念"无"。陶渊明这句诗儒道叠合亦儒亦道:安贫待终,虽然穷困而无损冲虚之道。

而在《始作镇军参军经曲阿》中,儒道出现在紧邻的两句诗里:"被褐欣自得，屡空常晏如"。上句有源自《道德经》的"是以圣人被褐而怀玉"；下句则让人想起亚圣颜回："回也其庶乎！屡空。"（《论语·先进》）

情况差不多就是这样，在陶渊明的诗文里，频频遥望古远，缅怀淳朴浑然之乌托邦，在这样的语境与背景里，儒道被自然弥合，几乎达到了天衣无缝的境地。

对陶渊明来说，儒与道，真与礼，入世与间世，安贫与乐道，两者相辅相成，相依相偎，既构成了他生命的两翼，复也是他创作的任督二脉。

在漫长的中国历史里，真正打通了这任督二脉，同时拥有儒道两翼的，除了陶渊明，再找不出第二个人。

无弦之琴

——陶潜新解之二

一

对文学史里的大部分诗人而言，在他们活着的时候就已经声名远扬，他们的创作风格、语言个性与作品内涵已然被同时代的读者充分认识和深入理解，后世的读者除了作些聊胜于无的补充，几乎没有更多批评的余地和阐释的空间，屈原、李白、杜甫、苏东坡差不多都是这样的诗人。

可陶渊明却完全是个例外。

鲁迅先生在那篇著名的演讲《魏晋风度及文章与药及酒之关系》中曾简要指出，汉末魏初时的文风是"清峻、通脱"，到了魏晋南北朝已经嬗变为"华丽、慷慨"[1]，曹丕《典论》里就提倡"诗赋欲丽"。"那个时代的'赋'极尽奢侈夸张之能事，而诗在所谓的六朝时期则以绮丽矫饰著称"[2]。

---

[1] 《鲁迅散文》，中国广播电视出版社，1992年，第160页。
[2] 《道与逻各斯》张隆溪著，四川人民出版社，1998年，第194页。

"六朝专事铺陈，每伤于词繁意寡"①。的确，极为挥霍地滥用辞藻，是那时候的文人们的普遍习惯，是那个时代的文学风气。

而陶渊明兀然忤逆于整个时代，他的诗文"孤特独立"（司马迁在《项羽本纪》里的用语），那么简朴，那么平淡，用词的平易俭约，风格的朴实无华，几乎让人惊讶，几乎到了极致的程度。

"有酒有酒，闲饮东窗。"（《停云》）

"有风自南，翼彼新苗。"（《时运》）

"狗吠深巷中，鸡鸣桑树巅。"《归园田居》之一）

"采菊东篱下，悠然见南山。"（〈饮酒〉之五）

如此简淡的诗句，如此自然的风格，几乎可以与古代民歌或《诗经》相媲美，甚至有过之而无不及。

于是陶渊明在他的时代就成了一个绝对的异数，他的诗歌不被别人欣赏与理解便是必然的事情了。陶渊明活着的时候几乎谈不上什么文名。

注定孤独的陶渊明（《咏贫士》之一："万族各有托，孤云独无依"）当然意识到了自己的诗文的命运，他一方面说自己"尝著文章"只是为了"自娱"，另一方面，他写了好多关于知音（文学的与生命的）的诗歌，比如《述史九章》中的《管鲍》《感士不遇赋》以及《咏贫士》七首。有趣的是，他并没有向现实或身边渴求知音，而是逆着时光返回古代去寻寻觅觅，他凭借想象回到过去，与历史上那些与他有相同秉性的人对话。以上所列的每一首诗歌都是写给诗人景仰的历史人物。这样的寻找与呼唤看似徒劳与悲伤（《咏贫士》之一："知音苟不存，已矣何所悲"），但他渴望理解的声音终将被人听到，"因为通过向过去的时代呼唤知音，陶潜实际上是在向未来说话并向未来的时代呼唤知音"②。

可是谁也没想到的是，陶渊明对知音的等待，居然需要那么漫长的时

---

① 见《白华山人诗说》之卷二（清）厉志撰，巴蜀书社，2008。
② 《道与逻各斯》张隆溪著，四川人民出版社，1998年，第205页。

间。在他去世后的几个世纪里，他那平淡质朴的诗风一直没有得到充分的理解与肯定。这一方面体现了知音难觅，难觅知音，另一方面当然也是因为陶渊明的诗歌风格貌似平易简单实则卓绝非凡。

陶渊明同时代的诗人颜延之写过一首《陶徵士诔》，他在盛赞陶渊明的道德品格的同时，却完全忽视了陶渊明的文学造诣，关于陶渊明的诗文创作，他仅仅提到"文取指达"这一点，虽然看似一种褒举（因为他暗引的是孔子说过的话："辞达而已矣"），但实则是"默而不宣地把陶潜的作品贬低为缺乏精致的典饰和修辞上的光华——而这正是他和他的同时代人极为推崇的。"①"当时解推渊明者，惟萧氏兄弟，昭明为之标章遗集，作序叹为'文章不群'，'莫之与京'……顾二人诗文，都沿时体，无丝毫胎息渊明处。"② 也就是说，萧氏兄弟也不算陶渊明真正的知音（木心先生就说过："昭明太子对陶渊明的诗实在看错了"③。"可见渊明在六代三唐，正以知希为贵"。④

无独有偶，陶渊明去世后一百年内成书的两部重要的文艺批评著作都奇怪地忽略了陶渊明，刘勰的《文心雕龙》压根儿没提到陶渊明，钟嵘在《诗品》里虽然把陶渊明称赞为"古今隐逸诗人之宗"，但却遗憾地把陶渊明的诗归入了"中品"（实际上是极品）。

到了盛唐，像杜甫这样的伟大诗人，尽管对陶渊明怀有深深的敬意（此前的王维也表达过这样的敬意，但王摩诘与陶渊明貌同心异），却仍然不能欣赏陶渊明"枯槁"的语言："陶潜避俗翁，未必能达道。观其著诗集，颇亦恨枯槁。"（《遣兴五首》）

一直到陶渊明死后大约五百年，大名鼎鼎的苏轼才堪称陶渊明的第一个真正的知音，他评价陶诗"外枯而中膏，似淡而实美，似癯而实丰"、

---

① 《道与逻各斯》张隆溪著，四川人民出版社，1998年，第196页。
② 《谈艺录》钱钟书著，中华书局，1984年，第91页。
③ 《文学回忆录》木心著，广西师范大学出版社，2003年1月，第234页。
④ 《谈艺录》钱钟书著，中华书局，1984年，第91页。

"初视若散缓，熟视之有奇趣"①。至此，陶渊明的诗歌艺术及其价值方才开始为人们重视和称颂（苏轼还写过大量唱和陶渊明的诗，但其实他对陶诗也或有误解，比如对陶渊明的《乞食》他曾这样说："渊明得一食，至欲以冥谢主人，此大类丐者口吻也"（《东坡题跋》卷二《书陶渊明乞食诗后》，显然不够中肯，也不体贴）。钱钟书先生在考察陶渊明文学声誉的历史演变时指出："渊明文名，至宋而极"②。也就是说，到了死后五百年左右，陶渊明作为一个经典作家的地位才被确立，他才被推崇为中国文学史上最重要的四五位诗人之一③。这在中外文学史上，都可以说是接受美学方面的一个绝无仅有的案例。

实际上，苏轼对陶渊明的评价依然偏于一种直观的感性的判断，他并没有也不可能从语言哲学和阐释学的角度对陶渊明诗歌中的艺术性与独创性作出进一步分析。

在我看来，陶渊明的诗文既简单平淡（开千古平淡之宗），同时又复杂玄妙（中外学者都指出过陶诗风格的复杂，但对其复杂性的阐释却值得商榷）。而其独特风格背后的艺术内涵与诗学价值，既与陶渊明的人生实践和心灵体验有关，也与陶渊明本人对语言本质的深刻洞察有关。

为了分析与探究这一切，我们必需回到陶渊明的隐居生涯。

二

依据袁行霈的《陶渊明年谱简编》，陶渊明在晋安帝义熙元年乙巳（公元405年）五十四岁时辞彭泽令④，归去来兮，回乡隐居，一直到宋文帝元

---

① 《苏轼文集》孔凡礼点校，中华书局，1986年，第2110页。
② 《谈艺录》钱钟书著，中华书局，1984年，第93页。
③ 到了现代，我记得鲁迅先生是把陶渊明称之为"中国文学史上的头等人物"；而木心先生在《文学回忆录》里也有类似说法："我以为陶渊明是中国最伟大的文学家，文学境界最高，翻译成法文，瓦雷利拜倒：这种朴素，是大富翁的朴素！"，第3页。
④ 《陶渊明集笺注》袁行霈撰，中华书局，2003年，第864页。

嘉四年丁卯（公元 427 年）去世，享年七十六岁[①]。

作为中国历史上最著名的隐者，陶渊明的隐居绝非一时冲动，更非故作姿态，而是他的命运，是他的人生选择，是他那坚贞的人格、正直的道德、倔强的性情以及亦儒亦道的精神修行等合力作用的结果与必然。古往今来的中国文人中，没有人能够像陶渊明那样把自己的大半个人生真正投注到乡村和田园（不是到农村体验生活），没有人能够像陶渊明那样把自己的生命真正融入自然和山水（不是把自然当作闲情逸致的对象），没有人能够像陶渊明那样坚守着如此清苦、闲静、简单、悠然的生活。所以，只有陶渊明，只能是陶渊明，为中国文学贡献了真正的田园之诗和乡村之歌，让自然重新成为自然（而不仅是诗人笔下的抒情对象），他的文字就像从泥土里长出来的庄稼，就像河流里摇弋的水草，就像山坡上屹立的开花之树（这一点，让我联想起当代散文家刘亮程以及后来的李娟，他们的文字之所以让人眼前一亮，让人感到亲切自然质朴生动，原因只有一个，他们首先是像庄稼一样把生命植根于农村的人，然后才抒写出了庄稼一样的关于大地的诗篇）。

在某种程度上说，写作总是对生活的反映和表现，而诗文当然是作者的精神自传。所以，把陶渊明称为"古今隐逸诗人之宗"无疑是准确的，把陶渊明命名为田园诗人也不会有任何问题，而且，风格即人，陶渊明有多热爱田园生活的简朴自然，就有多厌恶官场之虚伪和装腔作势，因此，陶渊明追求并形成淳朴简单的诗歌风格就是一种必然。"人为的矫饰与天然的自发是彼此不相容的，对这种不相容的感觉，是他拒绝采用同时代绚丽繁复风格的主要原因。[②]""陶潜的生活和人格是如此紧密地交织在他的诗中，以至要理解他的诗及其风格特征，就必须理解他体现在诗中的生活。"[③] 另外，作为真正的彻底的隐者，陶渊明写诗著文不是为了名利不是

[①]《陶渊明集笺注》袁行霈撰，中华书局，2003 年，第 865 页。
[②]《道与逻各斯》张隆溪著，四川人民出版社，1998 年，第 198 页。
[③]《道与逻各斯》张隆溪著，四川人民出版社，1998 年，第 198 页。

为了声望，只是为了"自娱"（寻求精神慰藉），为了"颇示己志"（其志纯真），所以做作与矫饰对他没有任何意义，他一定会拒绝绮丽夸张，而趋向简约自然。读陶诗如登宝山，似归故乡（这八个字是木心先生的），那种感人心魄的力量，正来源于他返璞归真的语言风格，那么简单平易，那么淳朴自然。而正因为陶渊明的诗歌风格对应着的是他的生命状态与生活风格，所以，那些没有这样的生命态度和生活经历而硬要模仿陶渊明简朴诗风的人（后代有多少唱和陶渊明诗歌的诗歌啊），就注定是不可能成功的，甚至是可笑的，即使大诗人如苏轼的唱和，其意义也非常有限。

　　以上的分析与阐释，触及的还只是陶渊明诗文的田园题材与简朴风格。那么，陶渊明诗歌简单中的复杂、平淡中的玄奥[1]到底是怎么回事？他的简朴风格背后的诗学追求与艺术精髓究竟又是什么呢？

　　不少论者把陶诗风格中复杂的一面与他的频繁用典（对《庄子》《论语》等典籍的大量引用与对《诗经》的频频遥望）简单地划等号，强调陶诗"也像任何六朝诗人的作品一样巧饰、博学和多用典故。"[2] 这样的观点与看法显然只停留在表面，没有实质性地触及"陶诗的深度"（朱自清语）。

　　毫无疑问，陶渊明诗文既是田园生活的直接表现与自然流露，但同时也是艺术的创作与自觉的追求，并且还是陶渊明对语言本质与写作之道的深刻洞察的结果。张隆溪先生在《道与逻各斯》这本优秀的阐释学著作里提到陶渊明的简朴诗风时就曾强调："这种风格来自他对语言性质的洞察。"[3] 在我看来，在中国文学史上，陶渊明是一个对语言本质与写作之道进行过终极思考的人，这样的洞察与思考，一方面固然与他的特立独行的隐居生涯有关，另一方面，也与陶渊明熟稔与喜爱的庄子有关。

---

[1] 今看木心先生的《文学回忆录》（广西师范大学出版社，2003年1月），谈到陶诗时有这样几句话，特补引在此，可相参照："读陶诗，是享受，写得真朴素，真精致。不懂其精致，就难感知其朴素。不懂其朴素，就难感知其精致。他写得那么淡，淡得那么奢侈。"，第234页。

[2] 《道与逻各斯》张隆溪著，四川人民出版社，1998年，第204页。

[3] 《道与逻各斯》张隆溪著，四川人民出版社，1998年，第206页。

三

也许，与为何隐居相比，同样值得我们探究的是：陶渊明到底是怎样度过后半生漫长的隐居生涯的？

白云苍狗，悠悠时光，那是多少个日日夜夜，那是怎样的无尽的岁月呵。一个曾在营营都市里生活过的知识分子，一个曾经在官场上做过事的人，回到僻静的乡村，除了结庐开荒荷锄耕种（《归园田居》之一："开荒南野际，守拙归园田"；《归园田居》之三："种豆南山下，草盛豆苗稀。晨兴理荒秽，带月荷锄归"），除了与邻里亲戚喝酒闲聊（《饮酒》之一："忽与一觞酒，日夕欢相持"；《饮酒》之七："泛此忘忧物，远我遗世情。一觞虽独进，杯尽壶自倾"；《饮酒》之九："且共欢此饮，吾驾不可回"；《饮酒》之十四："悠悠迷所留，酒中有深味"。陶渊明一生写过无数与喝酒有关的诗句，在《挽歌诗》之一中甚至有这样的诗句："但恨在世时，饮酒不得足"。而与乡邻相处闲聊的情形在《归园田居》之二有极好的描述："相见无杂言，但道桑麻长"），他靠什么，才能在农村乡野里渡过那无数虽然悠闲但毕竟清苦、虽然从容但毕竟空寂的日子，那漫长的白天和更为漫长的夜晚，他都在干些什么，想些什么？他如何安置自己的灵魂和情怀？他为自己找到了什么依托和精神慰藉？他的生命凭靠是什么？他的心灵归宿到底又是什么（想想我们自己吧，青年时代考上大学后就从农村来到城市，虽然常常想念故乡和亲人，可每次回到寂静空闲的老家，由于没有娱乐，没有电脑网络，没有现代文明的种种，一到晚间，则是乡村里那种万古如斯般的两眼一抹黑。呆不了一个星期，我们就得逃回习惯了的都市空间）？

陶渊明自己倒是在诗文中透露过这方面的消息。

《与子俨等疏》里有："少学琴书，偶爱闲静，开卷有得，便欣然忘食。

见树木交荫，时鸟变声，亦复欢然有喜"。而在《自祭文》中则有："欣以素牍。和以七弦。冬曝其日，夏濯其泉。"前者被认为是隐居之初的作品（文中提到其子尚幼："汝辈稚小家贫"），而后者无疑是辞世之前所作，从上引两段文字可见，在陶渊明二十多年漫长的隐居生涯里，有两件事情一以贯之维系始终：一是流连自然，二是读书写作。至于两次都提到的"琴"与"七弦"，后面还将专门分析，但也不妨暂且置入读书写作之范畴。

流连自然几乎不必多说，那本是陶渊明性情使然（《归园田居》之一开宗明义："少无适俗韵，性本爱丘山"），万古山河，鸟树花草，的确能给予隐居者陶渊明以心灵的慰藉与精神的滋养。像《桃花源记》的写作也许受到过老子曹操等前人的启发和影响。但在我的想象中，陶渊明一定是在一千五百多年前某个和风温熏的午后，独自徜徉于田园，卧睡于桃树下，然后做了一个奇幻之梦。他回家写下的，便是这个让人暇想无限美好如玉不朽的乌托邦。

相比之下，读书写作无疑在陶渊明的隐患居生涯中占据更为重要而内在的位置。

孤灯长夜，万籁俱寂，我们可以想象陶渊明的阅读是如何沉潜深入，他的目光又是怎样穿越经典感同身受。我们可以想象，在时光深处，在书页之间，隐居者陶渊明宁静致远，感悟到了别人感悟不到的东西，触摸到了圣贤古人的心跳和呼吸，熟谙并精通了艺术之道和叙述之道。于是，陶渊明成了一个真正懂得读书懂得艺术懂得文心的人。关于读书写作，陶渊明在《五柳先生传》中也曾着重提及："好读书，不求甚解，每有会意，便欣然忘食……常著文章自娱，颇示己志。"陶渊明说自己"好读书，不求甚解"，一般人其实并不是真正喜好读书，读书只是加官进爵的手段罢了，而那些自以为渊博的学究呢，其实也不懂读书，他们动不动就训古注疏强作解说，可陶渊明却明白，真正的好文章好文字，是不能强说甚解的，过度解释往往不是在理解而是在曲解，自以为是的阐释有害而无益，于是他说自己"不求甚解"。可光说"不求甚解"又容易被人误解为一目十行的粗疏不解,所以,他后面又紧跟着说:"每有会意,则欣然忘食",要懂得文章之好,需要去体验,需要凭会意,意在言外(一般的人只拘泥于言),意在内心,在静默的生命深处,意往往是直觉的冥想的产物,是心灵与语言的神秘玄妙的化学反应,一旦拥有,则欣然到忘食的程度,这才是一个真正会读书懂文字的人。而"每"字则说明"会意"是一种缄默中的邂逅相遇,陶渊明没用"常"字,因为并不是想会意就可以会意的,会意是一种弥足珍贵的缘分,可遇而不可求;他也没用"偶","偶"字又显得会意太少,显出阅读者的缺乏经验和慧眼。所以,深谙叙述之道的陶渊明不说"常"也不说"偶",而是用了最准确最妥帖的"每"。

唯其陶渊明用心灵而不仅仅是眼睛阅读,唯其陶渊明把写作看作生命的寄托和灵魂的归宿(陶渊明"著文"是为了"自娱",即让自己快乐,得到精神的慰藉,而非功利与名望,怕别人误以为这样的写作只是文字游戏,一向谦逊的陶渊明终于不谦虚了一次:"颇示己志"),唯其陶渊明把自己的人生沉潜融注在语言和文字之中,所以,那些把玩文字、并视写作为闲来无事之雅兴的文人不可能抵达的艺术之境与语言之境,陶渊明却在寂静悠闲的时光深处,用自己的隐逸心灵、独具慧眼和沉思默想感悟和抵达了。

诗人诺瓦利斯有言:"正是语言沉浸于语言自身的那个特质,才不为人所知,这就是为何语言是一个奇妙、而硕果累累的秘密。"[1] 我相信,陶渊明正是知晓那个"特质"、明了那个"秘密"的人。

我们知道,人类一直深陷在语言的两难境地。一方面,语言就是存在的家园,言说就是交流、显现和证明,人类依赖语言的魔力,信赖缪斯的舌头,人类就像鱼离不开水一样离不开语言;另一方面,由于人类的心灵是宽广无限的,而语言总是相对有限的,我们的精神与情感是微妙玄奥的,但文字总是相对直白的,因此,人类对语言文字又充满焦虑和困惑。人们

---

[1] 《在通向语言的途中》海德格尔著孙周兴译,商务印书馆,2009年,第210页。

在通过语言表达自己的同时，总感到这种表达是不尽如人意的，深感在形式和内容之间，在文字与意象之间，在语言的能指和所指之间，总是存在一道很难跨越的鸿沟，深感"书不尽言，言不及意"，深感"意不称物，文不逮意"，以至于只能感叹"常恨言语浅，不如人意深"。从古到今，人们一直困惑于语言的歧义和言说的艰难，一直在进行语词和意义的角力或搏斗，并常常陷落于沮丧与失望。正因为如此，在《逻辑哲学论》的前言中，维特根斯坦才会以这样一句名言总结全书的观点："可以去说的我们清楚地去说，对不可说的则必须沉默"①；而卡夫卡才会绕口令一样说出这样的话："我所说的不是我所想的，我所写的不是我所说的，我所想的不是我应该想的，这样以至于无穷。"②

在中国文学史里，陶渊明正是这样一个深刻体验了语言的悖论和两难的人。而陶渊明的这种洞察与体验，无疑是对庄子等先辈的承续与发扬。

庄子是个参透了语言的人，深知语言的有限性及其缺陷（参见《极限表达》一文）。在人格塑造与精神修行方面，陶渊明亦儒亦道，儒道均衡，但在语言表达与诗文创作方面，他无疑是偏向道家的庄子的（陶诗用典，庄子最多），陶渊明的诗文随处可见《庄子》文意的回响，在他最好的一些诗歌中，庄子的影响昭然可见。"就其对语言的理解而言，陶潜无疑更多地受到了庄子和庄子对意义、表达、沉默等全部问题的思考的影响。"③

两个人虽然站在不同的时间坐标与历史节点，但他们遇到的语言难题和表达困境其实是相似的：道出不可道的常道，或说出难以言说的真意。

不过，他们走出困境的方式解决难题的手段却完全不同，毕竟一个是诗人，一个是哲学家（令人遗憾的是，张隆溪先生在《道与逻各斯》第三章"无言之用"的"无言诗学"部分，对此的论述并不充分，并没有揭示

---

① 《道与逻各斯》张隆溪著，四川人民出版社，1998年，第86页。
② 《卡夫卡全集》第五之"日记"卷，河北教育出版社，1998年，第237页。
③ 《道与逻各斯》张隆溪著，四川人民出版社，1998年，第211页。

庄陶两人在语言策略上的差异性)。

如果说庄子创立的是迂回策略：用寓言述道，且用极限表达撰写寓言（见《极限表达》），从而触及道极；那么，陶渊明建树的则是暗示诗学：不直接言说，而是通过意味深长的暗示抵达真意，因为就如海德格尔所说的那样："一个暗示能够如此简单而又完满地把它所暗示的东西暗示出来"①。

张隆溪先生把陶渊明的暗示诗学叫做"无言诗学"，我想使用另一个也许外延更为宽广内涵更为深厚的概念——缄默诗学。

情况差不多就是这样，通过悠久绵延的深入阅读和语言感悟，通过无数的沉思默想和诗文创作，耿介内敛闲静如水的陶渊明，融入自然返璞归真的陶渊明，亦儒亦道特立独行于天地之间的隐者陶渊明，最终开拓的是一条迥异与时代（喧嚣与华丽）只属于自己的写作之道，即"缄默诗学"（里尔克："谁在心中保持沉默，谁就触及言说之根"②。说白了就是暗示就是无言之言：看上去好像没说什么，实际上什么都说了；看上去简单朴实，实际上意趣无穷。在叙述策略上，有点类似于我们所说的"减法写作"，也复接近于西方结构符号学理论的概念"零度写作"（莎士比亚在十四行诗中面对难以表达的挚真至深之爱情，常常运用这样的"沉默"策略，如第85首："我的拴住了舌头的缪斯默默无语，人们对你的美评却累牍连篇"；第23首："去学会阅读沉默的爱写出的情书"③。

如果说隐居生涯是生命的缄默，那么缄默诗学差不多就是叙述的隐居④。具体来看，陶渊明的缄默诗学包括三种途径和方式，一为忘言（张隆溪在"无言诗学"中分析的就是这种方式），二为不言，三为互文（所谓的用典或遥望）。

---

① 《在通向语言的途中》海德格尔著孙周兴译，商务印书馆，2009年，第197页。
② 《道与逻各斯》张隆溪著，四川人民出版社，1998年，第166页。
③ 《道与逻各斯》张隆溪著，四川人民出版社，1998年，第113、122页。
④ 今天在修改书稿的时候，我看到了木心先生的《文学回忆录》第234页有这样几句话，与我的这种想法很是接近，特引录在此："陶渊明，双重的隐士，实际生活是退归田园，隐掉了。文学风格是恬淡冲和，也隐在种种高言大论之外。"

四

结庐在人间,而无车马喧。
问君何能尔,心远地自偏。
采菊东篱下,悠然见南山。
山气日夕佳,飞鸟相与还。
此中有真意,欲辨已忘言。

(《饮酒》第五)

置身田园,结庐人间,陶渊明的身心处在一种宁静悠远的罕见境地,看着山岚夕阳,看着飞鸟在天空低飞,他的生命与自然融合如一,思接千载,情通天地。他看烟树时,自己好像就是另一棵树,他看飞鸟时,自己仿佛就是另一只鸟,他完全沉浸其中,终于体验到了那种一般人根本无法体验到的淳朴诗情和真意。

可如何通过外在的语言来表达这种内在的诗情呢?如何借助有限的文字来表达内心深处的无限的真意?

陶渊明这时候所面临的,正是陆机提出的诗歌语言难题:"恒患意不称物,文不逮意,盖非知之难,能之难也。"陶渊明之前和陶渊明时代的中国诗歌,在很大程度上可以视为对这一难题作出的反应,但这种反应显然徒劳无功收效甚微(就像一个陷于沙涡的人越挣扎反而陷得越深),它们极为挥霍地滥用辞藻,拼命试图弥补和平衡语言的无力与不足(这种语言策略有点类于现代派的"加法写作",但效果不可同时而语)。很显然,语言表达的难题不可能通过辞藻的堆砌来获得真正解决,因为,堆砌的语言仍然是有限的,真意却是无限和微妙的;堆砌和雕琢的结果常常是恰得其反,语词越堆砌，语义越不清，语言越雕琢，内蕴越空泛。

陶渊明的诗歌写作就是在这样的背景下展开的，他的"缄默诗学"或无言诗学正是在这样的反应面前建立起来的。我们看到，面对语言表达的悖论和难题，陶渊明选择的是"忘言"。

陶渊明选择"忘言"，一方面，是对那种奢侈夸张之"言"的拒绝，因为那样的语言只能使真意受损，说得越多，损耗越多，语言和效果恰成悖反。他当然还明白，绮丽矫饰的语言，常常是没有真意的表现，因为真意空泛，只好虚辞敷衍，刻意强说。另一方面，他发现自己也的确找不到得心应手准确到位的语言，他发现与洋溢于内心的真意相比，人类的语言要粗略得多有限得多，任何文字似乎都不足以表达这份真意。陆机的"能之难"，无疑切中了语言表达的要害。

既然任何表达都不能令人满意，那就只能不表达；既然任何语言都不能穷尽真意，那就干脆不言说。可如果真的无言，真的不说，真意的有无就得不到确认，别人也就无从感知，沉默只能意味着空无。于是乎，陶渊明面对的选择只剩下一种：既表达又不表达，既言说又不言说，即"无言之言"，具体来说就是佯装"忘言"。

所以，陶渊明先暗示这里有"真意"，然后又用"忘言"避免对真意的具体言说和直接表达（因为任何言说都是限制和减损，任何说明都会歪曲糟践诗人的直觉领悟），从而让读者通过这种间接的暗示去自行想象真意的丰富和深邃，真意的可能性和丰富性在这种富于暗示的无言中就得以保持着完整，保持着原样，这样的暗示可以使真意的阐释变得无限。也就是说，自然的真意并没有因为诗人自认无力表达而走样或减弱，相反却由于暗示所带来的无限的阐释可能而变得丰富微妙完整准确（济慈《希腊古瓮颂》："听得见的音乐是动人的，听不见的音乐则更加动人"）。

就这样，陶渊明终于给自己找到了独特的艺术策略或语言哲学：既然繁烦矫饰有害无益，我就尽可能简单质朴；既然直接表达无法穷尽，我就尽可能间接暗示。而简单和暗示的极限，自然就是"忘言"，就是无言之言。

我们不妨把真意比作一条水中游动的活鱼，用一般的直接的语言表达，相当于用鱼叉去捉，鱼虽然叉上来了，可也流血受伤了；而如果用繁琐矫饰滥施辞藻的语言表达，差不多就像用炸药去轰炸，真意之鱼必然被炸得粉碎炸得体无完肤；用尽可能简单的语言表达，则像用渔网捕鱼，对捕获之鱼的损伤可以尽量避免；而只有用陶渊明的无言之言缄默诗学，只有用间接暗示太极功夫，才可以既抓到鱼，又让鱼完好无损鲜活如初，保持水中游动时的原样。这正是陶渊明诗学的高超之处和卓越之处。

除了《饮酒》第五，像《和郭主簿》之一："遥遥望白云，怀古一何深"；《岁暮和张常侍》："抚己有深怀，履运增慨然"；《饮酒》第十四："悠悠迷所留，酒中有深味"；《咏荆轲》："其人虽已没，千载有余情"等，均是"忘言"策略的案例。

与"忘言"异曲同工的"不言"，显然也是陶渊明常用的缄默诗学之手段。

"不言"有二：一是不作表白和言说，二是指否定性修辞法。

言不及义，但言可及物，人类语言的陈述功能相对充分和发达，我们发现，陶渊明在诗文中总是避免直接言说微妙丰盈的情或意，而代之以指称和陈述确定性的具体的景与物，言景而不言情，说物而不说意，用景与物巧妙地暗示情与意，这就是陶渊明缄默诗学的不言方式之一。

如《归园田居》第一首中的名句："狗吠深巷中，鸡鸣桑树巅。"陶渊明只是运用了名词与动词，不作任何形容与引申，也没说这样的场景与事物有什么含义，但这种故意的格外的简约表达中，却分明蕴涵着乡村生活的丰厚质感与韵味，暗示了隐居的生命状态，暗示了一种亘古如斯的静穆和悠闲。这样的诗句貌似简单，看上去没有丝毫特别之处，可实际上，对物象与场景的精准的选择，句子的罕见的对称，却需要有殊为深远的生命体验作基础，需要有举重若轻的语言功力为前提。

很多人偏爱陶渊明的四言诗，并认为《诗经》以后，四言诗写得最好的当数陶渊明。我以为然。像《停云》这样的诗歌，把人世间的友情与亲情写得真是感人肺腑，却全篇不著一个"情"字。像"安得促席，说彼平生"这样的诗句，淡定内敛得好像什么也没说，那份感动却让人揪心叫人疼痛。我特别喜爱《时运》中这样的句子"有风自南，翼彼新苗。"陶渊明只是说了风从南面吹来，新苗被吹得像鸟的翅膀一样振颤飘动，对这样的景物到底意味着什么，陶渊明却缄默不语。每一次读到这样的句子，我的脑海里都会浮现出童年的似曾相识的幻觉般真切的情景：天苍苍，野茫茫，田头的麦苗在悠忽而过的一阵微风中像鸟的翅膀一样乍起抖动顾自飘飞，撩人心魄，感人肺腑，自然永恒之境，悠古人世之心，尽在不言中。

再让我们回到《饮酒》第五中的著名诗句："采菊东篱下，悠然见南山。"这样的句子，几乎是陶诗的代表与标志。它让我们明白，陶诗的简单绝不仅仅是简单，而是一种玄奥的艺术。这种艺术也许是呕心沥血的产物，但却不露痕迹近于天然。

像"采菊东篱下，悠然见南山"这样的句子，如果换个人也许顺手就写成了"采菊东篱下，抬头见南山"，意思似乎差不太多，可艺术效果却天上地下。"抬头"是一个现实的可直接言说的举动，这个举动毫无诗意可言，没有任何独特的艺术感觉，而"悠然"则通向精神的自由通向诗意本身。"悠然"不是一个现实的可模仿的动作，任何可模仿可书写的动作事实上都不够悠然（比如"抬头"比如"回眸"），所以，陶渊明不写任何具体的动作，也不写任何内心的感触与情绪，陶渊明只自然而然地运用了"悠然"这样一个恰到好处妙到分毫的副词，我们在他的诗句中就分明感受并体会到：那人和山是熟稔如故的，亲如兄弟的，南山是抬头不见低头见的，无需特意去看，更不需要抬头去看，悠然之间就已经看见了，而且在心里了。陶渊明的确没有直接言说什么，指称什么，他的诗句纯属暗示性的，几乎是缄默的，可实际上，诗意啊，返璞归真啊，人与自然的相融啊（即顾随先生所说的"小我没入大自然之内了"）①，什么都有了，什么都在"悠然"这两个字里边了（汉语中"悠然"这个词，陶渊明用得最绝最妙，仿佛这个词就为他而存在）。我想这才是真正的缄默诗学。

"不言"的另一种手段否定性修辞，我们在讨论老子的述道方式时作过分析，因为常道不可道，所以老子除了用比喻，就是用否定性修辞，如第十四章中的："视之不见"、"听之不闻"、"搏之不得"、"无状之状"、"无物之象"、"迎之不见其首，随之不见其后"。而面对难言之真意，陶渊明也常常进行类似的否定表达。《赠羊长史》："拥怀累代下，言尽意不舒"（意在言外，不可申说）;《杂诗》第十一："愁人难为辞，遥遥春夜长";《咏贫士》："赐也徒能辩，乃不见吾心";《拟古九首》第六："伊怀难具道，为君作此诗";《饮酒》第十六："孟公不在兹，终以翳吾情"等，均是否定修辞的案例。《五柳先生传》这个自传文，堪称文章中的极品，可谓陶渊明的人力所为的天籁。别人的厚如板砖的大部头自传，未必能生动真实地画出自己的人生，而陶渊明只简简单单用了区区一百多字，就写出了自己的人格、爱好、家境、艺术抱负和境界，写出了自己生命中重要的一切，写出了自己的一生。陶渊明的修辞策略其实很简单：以少胜多，否定修辞。短短一百多字的文章，"不"字倒出现了九次，当别人都唯恐疏漏地强调我是什么贵族之后我是什么名门子弟的时候，当别人都一个劲地说我是怎样我又如何的时候，陶渊明却连说了九个"不"："先生不知何许人也"，"也不详其姓字"，"不求甚解"，"不慕荣利"，"不蔽风日"，"不戚戚于贫贱"……钱钟书先生曾指出，"不"字是这一篇的"眼目"，也是这篇文章的精神所在。与此同时，我觉得"不"字还构成了陶渊明缄默诗学的独特标记。

最后，我们来看看缄默诗学的第三种方式与策略：互文。

许多论者把频繁用典（尤其是《庄子》和《诗经》）当作是陶诗复杂

---

① 《顾随诗词讲记》，中国人民大学出版社，2009年，第86页。

性的佐证，其实，在我看来，那是缄默诗学的手段。陶渊明的诗文之所以经常性地活用化用古诗与典籍，是因为，面对一些亘古如斯的场景或情感，古诗句或经典中的名句已经作了最好的难以超越的表达，因此，保持沉默，引颈遥望，就成了最佳选择。

用典虽然是中国文人的传统，但像陶渊明那样的频繁引用与遥望，实属罕见。会不会因此而削弱诗人的原创性，或者带来因袭的负面效果？这当然是个问题，但陶渊明却出色地化解了这个问题。

一方面，陶渊明自己的诗歌风格如此简易淳朴，形成了一种特别古朴的语境与诗意，对古诗的引用几乎就像是无缝对接，水乳交融；另一方面，陶渊明是一个道德感特别强劲坚韧、人格特别内敛而卓绝的人，再加上独特的隐居生涯与田园体验，因此他的创作个性与力量就不会被引用的诗句所冲淡或淹没。清代诗评家厉志对此有两段简要的点评："学古诗最要有力，有力则坚，坚则光焰逼人，读之只觉其笔下自有古气，不觉其是学古得来，此方是妙手。无力则松，松则筋络散漫，读之兴味索然，只觉其某句是从某处脱来，某字是从某处窃去，此便不佳。""或谓文家必有滥觞，但须自己别具面目，方佳。予谓'面目'二字，犹未确实，须别有一种浑浑穆穆的真气，使其融化众有，然後可以独和一俎。"[①] 陶渊明当然拥有这样的强健的生命内力（顾随老先生就常说陶渊明"有力"），拥有独特的"面目"，以及无与伦比淡定内敛的"真气"，所以，他自然能够融化众有，独和一俎。

从当代文艺理论视角看，陶渊明对古诗典籍，不是袭用，不是假借，而是化用，而是遥望，最终形成的是自己的独特之诗。这样的化用与遥望，其实就是后现代理论中的"互文"概念。

总而言之，忘言、不言、互文，共同构成了陶渊明的缄默诗学。凭借这样一些策略与手段，凭借其独特诗学，陶渊明最终抵达了迥然不同独一

[①] 见《白华山人诗说》之卷二（清）厉志撰，蜀书社，2008。

无二的诗歌境界与艺术高地：越是简单，越是玄奥；越是无言，越是有意；说得越少，蕴涵越多，说得越浅，触及越深。对陶渊明的诗学风格，张隆溪先生的结论堪称精彩：

> 我们会自然而然地想起马拉美的沉默——那位了不起的'无言音乐家'；同样我们也自然而然地想起里尔克的精彩诗句：'沉默吧，那心中沉默的人触到了言说之根。'在这样的时刻，消极绝望的沉默把自己展开为积极的、有意义的无言，那由于语言的局限而不可言说的东西，此时却由于诗人发现了沉默的暗示力和召唤力而成为故意的缄默。最终，语言的局限性和暗示力不应该被视为相互冲突而应该视为彼此互补，因为它们是同一符号作用的两面。这样我们便不难理解：为什么陶潜那不假雕饰的平淡质朴反而比他同时代人的诗更能打动我们。他那素朴的语言所具有的力量恰恰来自其素朴。只要读过陶诗歌和当时其他诗人的作品就会发现：其他人极尽雕琢冗赘之能事却没有说出些什么，陶渊明却用自己的质朴和缄默给人以无限的意会。[1]

其实，陶渊明自己就是一位真正的而非象征意义上的"无言音乐家"。

据沈约在《陶潜传》中的记载，陶渊明家中有一架奇异的无弦之琴（陶渊明在诗文中屡屡提到琴字），每当饮酒或心情好的时候，他常常会独自空弹虚抚，自我沉醉。这大概就是"此时无声胜有声"，或者就是"听不见的音乐则更加动人"。我想，这把无弦之琴，以及陶渊明的独特弹姿，是"缄默诗学"的最恰切不过的隐喻或象征，也是他内敛人格的最生动形象的注解。对闭目沉醉的陶渊明而言，琴声和音乐不在琴弦上，也不在空气的振动中，而在他沉静的心里，在他默然的魂里。

---

[1] 《道与逻各斯》张隆溪著，四川人民出版社，1998年，第217页。

五

就仿佛身体上隐而不显的痣或胎记，一本书常常有秘而不宣的标志，如劳伦斯·斯特恩的《项狄传》有两页黑屏（蒲隆翻译的 2006 译林版第 33、34 页），整个页面被涂成深夜般的黑色；蒲松龄的《聊斋志异》的故事标题两个字的最多，三个字的少，四个字的更少，而五个字的只有一篇：《荷花三娘子》；托尔斯泰是个不喜欢在章节之间用小标题的作家，但《安娜·卡列尼娜》里却有一个唯一的例外的隐喻一样的小标题"死"。

我之所以模仿托尔斯泰在这一节前加了一个小标题，是因为完成了陶渊明缄默诗学的阐释之后，我的解读已然濒临尾声——它既是这篇文章的尾声同时也是这本书的尾声。此时此刻，我不禁想起瓦雷里的诗句："你终于闪耀着了么？我旅途的终点。"按照写作之道，尾声往往意味着高潮，这样的高潮既是对读者的奖赏，同时也是对作者自己的犒劳。

而兑现或实现这样的尾声和高潮的方式，就是建构一个如小标题所示的汉语文学写作之谱系（实际上，就是对我在解读五个经典《诗经》《论语》《庄子》《史记》陶潜诗文的过程中所发现并阐发了的语言艺术、写作资源以及叙述之道的综合与绾结）。

这个谱系与一维的数值坐标系相仿佛。其中，我所解读的《诗经》、《论语》和《史记》处在这个谱系的中间位置，我把它叫做中间值写作（MID）；而《庄子》与陶渊明诗文则像展开的左右两翼，《庄子》的"极限表达"构成的是极大值写作（MAX），陶渊明的"缄默诗学"则构成了极小值写作（MIN）。

```
                    《诗经》
        陶潜◄──────《论语》──────►《庄子》
                    《史记》


    极小值写作◄────中间值写作────►极大值写作
     （MIN）        （MID）         （MAX）
```

所谓中间值写作，针对的往往是常态的一般性的事物与情感（记言记事记人），通过准确运用语言的技巧与修辞，通过呕心沥血的语言锤炼，就可以实现这样的写作。《诗经》中的赋比兴与文学时空，《论语》中的微言大义与话语艺术（《论语》较为特殊，严格而言，它逸出整个写作体系，因为它不是作家写作的产物，而是后人编撰记录的产物，但因其记言中的话语技巧和其他语言艺术资源的存在，我认为仍然可以把它整合到语言叙述的中间值写作范畴。我记得钱穆和木心等人都强调过"《论语》的高超的文学性"），尤其是《史记》中的诸多细节与笔法，更是中间值写作的典范与重要资源。在整个文学史里，隶属或靠近这个范畴的作家与作品是最密集最多数的，因为相对来说，中间值写作是可学习可借鉴的写作（如《水浒传》对《史记》的学习与借鉴）。而杜甫的"诗律细"，贾岛的"推敲"，也都是中间值写作的历史案例。

极值写作则面对非常态的更难言说的对象，如庄子的"常道"与陶渊明的"真意"，他们因此更深地陷入语言的悖论与表达的困境之中，他们只有运用趋向极端的语言策略才能克服其困境。正如我们在书中所阐释和分析过的那样，极值写作又分为极大值写作（庄子的"极限表达"）和极小值写作（陶渊明的"缄默诗学"）。极大值写作，是指为了解决表达困境，创作者必须把想象力、细节和语言艺术推向极致的写作，是最大程度最大限度的表达，是难以超越当然也是难以模仿的写作；而极小值写作，则是用不表达的方式（最小程度的、最简约的）进行表达，用沉默，用暗示，用不言之言，似乎什么都不说，却什么都说了。这种表达自然也不可模仿。

文学史里的所有作家，都处于这个谱系的相应位置和数值点上，靠近中间值区域的作家无疑是最多的，但也有许多作家是偏离中间值位置的，有的偏向极大值写作，如后世的屈原、李白等（当代的莫言也偏于这一端：他的语言狂欢与魔幻风格），有的偏向极小值写作，如王维等人（把小说写得像绝句的现代作家废名也有极小值写作的风格倾向）。

必须强调的一点是，这个语言写作谱系不仅仅是关于形式层面的，它也涉及了内容层面。也就是说，一个作家的语言写作风格与他要表达的内容与对象息息相关。用现代文艺理论术语来说就是：形式即内容，或内容即形式。

顾随老先生讲解古典诗词时表现出来的见地与思想，当今的学院派只能望其项背。他讲到韩退之的诗时，曾"杜撰"了中国文学中语言表达的两种风致（姿态、境界、韵味），一是夷犹，二是锤炼①。他虽然没有具体展开分析这两种风致，但我以为，他说的夷犹（不可模仿）类于我所阐述的极值写作（他没有区分极大值与极小值），而锤炼（可以学习）则近于我所阐述的中间值写作。迄今为止，这是我所见过的唯一与我的写作谱系相接近可参照的说法。

在研究小说叙事的时候，我发现西方小说的语言叙述体系里，至少可以找到一个与我提出的写作谱系相对应的框架与结构。对此，我觉得再正常不过，一点也不值得大惊小怪，因为，虽然英语法语等符号文字与中国的象形文字在语言的性质与功能上有诸多的差异（这种差异也是道与逻各

---

① 《中国古典诗词感发》顾随著，北京大学出版社，2012年，第124页。顾随先生认为："'夷犹'表现得最好的是楚辞，特别是《九歌》，愈谈，韵味愈悠长；散文则以《左传》《庄子》为代表。屈、庄、左，乃了不起天才，以中国方块字表面夷犹，表现得最好，前无古人，后无来者。后世有得一点的，欧阳修、归有光在散文中得一点；韵文中尚无其人，陶渊明几与屈、庄、左三人等，而路数不同。"

斯之间的差异①），但中西方作家却面对着同样的表达难题与困境（"性相近"也），所以，他们的解决之道与语言策略自然也就趋于一致。

我把对应的西方小说的语言叙述谱系简介如下：

其一，大多数作家的叙述风格当然是属于或靠近中间值写作的，这一点无需多言。像福楼拜、托尔斯泰等小说家对语言艺术与技巧的锤炼与追求就是这方面的代表。

其二，极小值写作的案例，最典型的就是海明威与他的冰山理论以及卡佛与他的极简主义写作。冰山理论说白了就是省略与简化的原理，海明威仿佛不是带着纸与笔而是带着斧头或剃刀进入文坛的，他把之前的英语小说写作中的繁冗与累赘成分悉数砍掉剔净，什么定语从句状语从句，什么形容词副词，他全都不要，他也不要什么心理描写肖像描写之类的东西，他的小说叙述最后差不多只剩下了减得不能再减的部分：人物对话。被昆德拉等许多作家所推崇的短篇《白象似的群山》，无疑是冰山理论对话小说的代表作品。海明威的简化写作与减省风格，对西方现代小说写作的影响非常深远而普遍，马尔克斯等作家都表达过这种影响的存在以及对海明威的敬意。我自己读海明威小说的感觉是：风格过于明显，有点像美女减肥减过了头，显得形销骨立（简约而又丰盈的《老人与海》当然是个例外，那是极小值写作的典范）。而卡佛的极简主义虽然与海明威有承续关系，但在我看来，他的简约更为自然，他的减省更恰到好处，其写作风格倒与陶渊明的缄默诗学更为契合一致：同样是不言之言，同样只写身边的生活，同样是看似简单实则丰盈、看似浅显实则深邃的叙述话语，两者的语言特征、叙述策略、写作资源等诸多艺术层面都极为形同神似。一个是诗歌，一个是小说，一个在中国古代，一个在当代美国，"缄默诗学"与"极简主义"、陶渊明与卡佛之间，却真的有一种令人惊讶的不谋而合与酷似性。

其三，极大值写作，即极限表达，我在《极限表达》一文中已作过相

---

① 张隆溪先生的《道与逻各斯》，对此有所揭示，可参照。

应的阐述，我当时举了普鲁斯特的极度细腻与博尔赫斯的异位移值等作为例子。这里可以再补充一个案例，那就是诺贝尔文学奖获得者、法国新小说作家克劳德·西蒙的"最大密度"叙述：为了穷尽物象，为了把真实性与客观性推向极致，为了把瞬间延伸拓朴为永恒与无限，克劳德·西蒙的写作策略就是让描述细致到极限并把语言的密度推向惊人的最大值，这样的密度与细致，几乎接近了人类所能达到的极限（西方文学的极大值表达相对倾向于理性的语言密度与数量上趋向极大，而中国文学如庄子的极大值表达更多的是一种感性的想象的奇异度、细节的精准度与感觉的最大限度或程度）。

关于战场上的奔马与一具污泥中的马的尸骸，我相信这个世界上没有第二个人作过如此匪夷所思的极大值叙述：

……我老是看见马在我们前面呈现的黑色的外形轮廓（唐·吉诃德似的没有一点肉的形状，亮光把它的轮廓线啮食、腐蚀了）。它们在炫目的阳光衬托下难以磨灭的黑影，在大路上有时投在它们身旁像它们忠实的相似之物，有时缩短、堆积在一起，或更确切地说混杂在一起，变为矮小畸形；有时膨胀、拉长像长脚长嘴的禽类，同时以缩短、对称的方式重复相似之物垂直位置的动作。这些黑影似乎和其相似之物被一些无形的锁链联结起来：四个黑点——四个马蹄——交替地分开、会合〔完全像从屋顶滴下的水，或更确切说，这滴水断裂了，一部分还挂在檐槽的边缘上（其现象可以分析如下：水滴由于自身的重量，拉长如梨形后，继续变形，然后变窄，最大的下端分离掉下，而上端似乎朝上收缩，像在分离后立即被往上吸，接着由于新加入的水分，这滴水又再度膨胀起来，一霎时后，似乎还是同一滴水仍然在同一位置上悬挂着，再次鼓起，如是可以无究地重复。这滴水像被一种一收一放的运动所推动，像悬在橡皮筋一端的晶体球）。同样地，马的脚和其影子分离后又再接合，不断地相互靠拢，影子往自己身上收缩，像章鱼的触须一般。这时候马蹄腾飞，马脚迈出划成一条自然的圆形线条，但那在马脚下稍后面的黑点往后稍退，压缩了起来，接着又回过来紧贴着马蹄——随着光线的倾斜度，影子返回接触到原物的速度，这黑影逐步拉长。虽然开始时速度缓慢，但到最后却像箭一般朝接触点、汇合点尽奔过去，仿佛是被吸过去似的〕像是由于相互渗透作用的现象。影子与原物双重的动作增殖四倍，相互交融的四只马蹄及其四个影子好像在原地踏步似的来去之中一分一合。与此同时，在黑影下相继展现尘土飞扬的侧道、砾石路径、野草。像浓重的化开的墨迹，像战争遗留在后面的一长条的拖痕、污迹、沉船的余波，在散开又在汇合。它们在残垣破壁上，在死去的人身上飘拂而过，不留痕迹。大概就是在这附近，我第一次看见马尸。就在我们停下喝水不久之前或者之后。在那地方我发现它，在半睡半醒中凝视着它，像是一堆栗色污泥的样子，这样的烂泥好像也把我全身糊住了。也许当时我们不得不绕路避开这堆泥，或是猜测是它，但没有看见它（如同路旁连续展现的一切：卡车、小汽车、小提箱、死尸），这是一种异乎寻常、虚幻不实、非驴非马的东西。这曾经是一匹马（我是说，我们知道，认出来，识别出来这曾经是一匹马），但现在只是一堆有四肢、蹄、皮、粘住了毛的模糊东西，其四分之三已覆盖了泥土。佐治思忖，不完全认真地在思忖，只是平静地、带有点惊讶地看着。这十天来的经历，已使这种惊讶的感觉变得迟钝、疲沓。这十天中他已逐渐不会对任何事感到惊异了，他已经抛弃那种能够对所看见的或身边发生的事寻求原因或合乎逻辑的解释的精神活动。那就不问为什么吧，只是看见这样的事实：虽然长久没下雨——至少是根据佐治所知——这马或曾经是马的东西几乎全部覆盖着一片淡灰褐色的稀泥——好像是在一碗牛奶咖啡里泡过后捞了出来——这个马骸似乎已被土地吸收了一半,好像大地悄悄地开始重新占有原来来自它的东西,只是由于得到它的同意,它的居间作用(这是说大地生产的喂养马的草料和燕麦)得以存在。这样的东西必然要回归泥土中去,重新解体。大地分泌出的社种稀泥把它覆盖、包裹(像那些蛇,在吞食消化被猎到的动物之前,先涂上分泌的粘液和胃液),这已经像一个印章,一个明显的标记证明其归属,然后慢慢地最终把它吞入内部,大概同时还发出一种像吮吸的声音(虽然马骸似乎一直是在这个地方,像变成化石的动物或植物返回矿物界中。它的两只前脚屈起,其姿势像腹中胎儿跪着作祷告的样子,如同螳螂的前肢似的。它的颈子僵直,发硬的头部向后仰着,下腭张开,露出上腭紫色的斑点):马死去没多久——也许是在最近敌机经过的时候?——因为血迹犹新。一大块鲜红的凝血,像油漆那样发亮,摊开在泥土的外层和粘结的马毛上面,或更确切说,这些东西之外,似乎这些血不是出自一只动物,一只被屠杀的牲畜,而是出自人在大地的粘土胁部所造成的亵渎神圣、无法补赎的伤口(像传说中的水或酒,经魔棍一敲就从石头或山岳中喷涌出来):佐治望着马骸,不自觉地使他骑着的马走上了一个很大的半圆形以便绕过它……①

---

① 《弗兰德公路》克劳德·西蒙著,林秀清译,漓江出版社,1987年,第17页。